ISBN : 979-10-91423-24-3

Michèle Abramoff

UN VILLAGE DE RÊVE

Roman policier

DU MÊME AUTEUR

Mort d'une héritière – 2012
Roman policier
(*e-book Amazon-KDP –*
édition papier disponible sur Amazon)

Coup de chance – 2012 – Récit
(*e-book Amazon-KDP –*
édition papier disponible sur Amazon)

Mademoiselle Jensen et son labrador
– 2011
Roman policier
(*e-book Amazon-KDP –*
édition papier disponible sur Amazon)

Le Café du canal – 2011 – Roman
(*e-book Amazon-KDP –*
édition papier disponible sur Amazon)

Derrière la Façade – 2011 – Roman
(*e-book Amazon-KDP –*
édition papier disponible sur Amazon)

L'Édition est un métier de chien
– 2008
Roman policier satirique
(*e-book Amazon-KDP –*
édition papier disponible sur Amazon)

Un Village de rêve

Roman policier

Chapitre 1

En s'installant au "Valaubois", une élégante résidence fermée de la forêt de Fontainebleau, Julien Vigouroux était loin d'imaginer que, un peu moins d'un an plus tard, il serait le témoin (*témoin*, au sens policier du terme) de l'affaire la plus étrange de toute l'histoire criminelle de la région.

Le Valaubois faisait partie de la commune de Frémonville. C'était un village construit de toutes pièces, une cinquantaine de maisons réparties sur huit hectares et protégées par un mur d'enceinte de plus de trois mètres de haut qui s'enfonçait en serpentant dans la forêt. Situées à bonne distance les unes des autres, du début du printemps à la fin de l'automne, on ne pouvait que les deviner, dissimulées par les buissons et par le feuillage dense des grands hêtres ; tandis que l'hiver, en passant en voiture dans les allées, on apercevait de loin en loin leurs façades entre les troncs dénudés comme derrière d'épais barreaux. Habilement nichées au creux des branches, à peu près invisibles puisqu'il fallait lever la tête et tendre le cou pour les voir, les caméras qui jalonnaient le parcours filmaient les résidents et les visiteurs jour et nuit.

L'endroit avait plu à la femme de Julien. Il lui avait plu avant même sa construction quand les promoteurs avaient commencé à distribuer leur publicité dans les boîtes à lettres de Frémonville et de la plupart des communes du sud de l'Ile-de-France. Mais lui-même était au courant du projet depuis bien plus longtemps parce qu'à cette époque il était encore conseiller municipal et que, bien évidemment, au Conseil, ils en avaient été informés tout au début.

Donc, un beau soir, à peine rentré à son domicile, tout juste s'il avait eu le temps d'ôter son pardessus, son épouse lui colle sous le nez une brochure qu'elle avait trouvée dans sa boîte le matin même. Un document tout ce qu'il y a de plus luxueux dont il commença par constater qu'il n'avait pas été fabriqué chez lui. Julien Vigouroux était imprimeur. Avec son œil infaillible, son œil de professionnel, il fut obligé de reconnaître que c'était du beau boulot. Seize pages sur papier couché 170 grammes, brillant recto-verso, avec une élégante mise en page, des photos bien cadrées aux couleurs lumineuses, une typographie nette et aérée. Cette brochure, c'était comme un beau livre d'images dont on éprouvait un plaisir sensuel à tourner les pages et qui vous remplissait de désirs, de rêves...

Imperméable à l'aspect esthétique de la chose, Simone Vigouroux attira l'attention de son mari sur son contenu. Il s'agissait du village fermé dont on leur rebattait les oreilles depuis plusieurs mois au Conseil, qui avait enfin obtenu les autorisations nécessaires et dont la construction allait commencer sous peu. Ils lui avaient trouvé un joli nom : Le Valaubois. Étaient proposés aux acheteurs cinq modèles de maison, dont les prix variaient suivant leur surface, car les humains sont ainsi faits que, fût-ce entre gens de la même classe sociale, ils aiment que subsiste une hiérarchie.

Au milieu du village, un pavillon serait à la disposition des résidents, comportant une salle de réunion, une salle de gymnastique, ainsi qu'une autre grande salle, polyvalente, pour les assemblées générales, les réceptions, les spectacles improvisés, les soirées dansantes. On avait prévu quatre courts de tennis, plus un parc équipé de jeux dernier cri pour les enfants, un terrain de volley à l'intention des plus grands, et toutes sortes de services de nature à faciliter la vie des petits veinards qui allaient habiter là.

Globalement, on promettait à ces privilégiés une parfaite tranquillité, les charmes sans surprise mais réconfortants de l'entre-soi, et au-dessus de tout : la sécurité. Mais plus encore qu'un habitat confortable et protégé, c'était un style de vie paradisiaque que cette brochure leur faisait miroiter. Elle était comme un avant-goût de l'existence merveilleuse qui les attendait.

La sécurité, argument suprême, était évoquée par le visage débonnaire d'un gardien souriant sous sa casquette, posté devant l'imposant portail électrique de la résidence. – Le rébarbatif mur d'enceinte ne figurait pas sur la brochure, laquelle ne disait rien non plus des règles nombreuses et contraignantes, pour ne pas dire tatillonnes, inhérentes à ce type d'habitat, un tissu serré d'obligations et d'interdictions que les époux Vigouroux lurent à peine à la signature du contrat, mais qu'ils eurent tout loisir de découvrir une fois installés dans les lieux.

Car, bien entendu, en dépit des réticences et des objections que Julien avait d'abord formulées, Simone avait eu gain de cause. Il faut dire que la proposition était tombée au bon moment, pile au moment où il songeait à se débarrasser de son affaire et à se retirer. Il avait cinquante-trois ans, on pourra penser que c'est jeune pour cesser le travail (et lui-même, l'idée de se retrouver tout d'un coup "à la retraite" ne l'emballait pas), mais il avait commencé comme apprenti à dix-sept ans et, parti avec un prêt bancaire et deux machines offset d'occasion que la société où il travaillait lui avait cédées, pour se retrouver, trente-six ans plus tard, patron d'une imprimerie employant une quarantaine de personnes et qui en somme tournait plutôt bien, il lui avait fallu en mettre un coup. En vérité, il commençait à sentir la fatigue. Mais la raison principale, celle qui avait emporté sa décision, c'était qu'il avait reçu une intéressante proposition d'achat de la part de la plus grosse imprimerie de la région – celle-là même où il avait fait ses débuts et qui l'avait aidé à démarrer en lui cédant ses machines. Une occasion inespérée, dont il n'était pas du tout sûr qu'elle se représenterait. Comme on dit, la vie ne repasse pas les plats.

Retraité (puisqu'il faut appeler les choses par leur nom), il ne se voyait pas quitter la région où il avait toujours vécu, où il avait ses relations, ses amis, pour aller s'installer sur quelque rivage ensoleillé où il ne connaîtrait personne et où il ne serait pas forcément le bienvenu. Et il n'était pas non plus question de continuer à vivre dans sa grande baraque de la périphérie de Frémonville, à même pas deux cents mètres d'une imprimerie qu'il pouvait voir de ses fenêtres et qui désormais ne lui appartiendrait plus.

Bâti en forêt, dans un cadre idyllique, le village à venir ne serait en réalité qu'à trois kilomètres de chez eux – comme en plaisantait sa femme : ils ne seraient pas trop dépaysés. Son imprimerie vendue, Julien trouva facilement un acquéreur pour sa maison et, dix-huit mois plus tard, les époux Vigouroux emménageaient au Valaubois.

Simone ne tarda pas à s'y faire des amies. Malgré le bouleversement apporté à ses habitudes, l'éloignement de ses voisines et des magasins qu'elle fréquentait, et malgré la distance qu'avaient prise insensiblement leurs relations, simplement parce qu'ils avaient en quelque sorte "changé de vie", elle s'y sentait nettement moins seule que dans leur ancienne habitation.

Les Vigouroux n'avaient eu qu'un enfant, Antoine, âgé de trente-deux ans aujourd'hui et qui vivait aux Etats-Unis. Antoine était une sorte de petit génie de l'informatique : un *geek*, comme on les appelle. A pas plus de sept ou huit ans, il venait sous tous les prétextes traîner à l'imprimerie, posait des questions, s'intéressait à tout, même si, quelques années plus tard, en préado impertinent qu'il était, il ne se gênait pas pour faire savoir aux ouvriers de son père que leur façon de travailler était totalement "dépassée".

Après de brillantes études, Antoine avait rapidement trouvé un poste très bien rémunéré dans une *start-up* de la Silicon Valley. Peu de temps après, il avait épousé une américaine et il s'était installé là-bas, en Californie. Ses parents avait fait la connaissance de sa femme à son mariage, une fête plutôt débridée, pleine de jeunes gens dynamiques et turbulents, organisée sur une plage de San Francisco. Kathleen, la jeune épouse, était une très jolie fille, mais au psychisme fragile. D'après les nouvelles qu'Antoine envoyait à ses parents la première année de son mariage, sa jeune femme n'allait pas très bien, elle s'ennuyait dans leur confortable appartement acheté à crédit et se sentait déprimée. Une "*desperate housewife*", résumait Simone qui regardait les séries américaines à la télévision. Son fils lui manquait bien un peu mais au moins, au Valaubois, elle avait des compensations, une vie sociale animée, des copines...

De son côté, Julien Vigouroux n'avait pas eu de mal à trouver ses marques. Ancien conseiller municipal de Frémonville, élu deux fois, il avait rempli ses deux mandats, ce qui représentait douze années à gérer une commune de huit cents habitants. Huit cents habitants, ça peut faire sourire mais, comme aimait à le souligner Julien, les petites communes sont parfois plus complexes à gérer que les grandes ; une petite commune, c'est comme une grande famille, une famille de huit cents personnes qui habiteraient toutes au même endroit – "à un jet de pierre... si vous voyez ce que je veux dire."

Situé sur le territoire de Frémonville, Le Valaubois, avec ses cinquante-deux maisons et près de cent soixante habitants, était comme une commune dans la commune : Julien était donc en terrain connu. Son expérience aidait un peu dans les conflits qui n'avaient pas tardé à survenir avec la société de gestion du village et sa réglementation pointilleuse que, de même que sa femme et lui, la plupart des nouveaux propriétaires s'étaient contentés de parcourir d'un œil distrait en signant l'acte de vente.

Pour les plantations et l'entretien du jardin, pas de problème : les résidents s'en acquittaient pour l'essentiel en payant des charges mensuelles élevées et les professionnels envoyés par le gestionnaire se chargeaient du travail en veillant à préserver l'harmonie du lieu. Ce qui défrisait les propriétaires, c'était les multiples interdictions concernant la maison elle-même. Interdit de repeindre la façade d'une couleur différente, interdit d'agrandir ou d'ajouter une fenêtre ; même à l'intérieur, en principe, il était interdit d'abattre une cloison ou de modifier le système de chauffage. ("Encore heureux, s'était exclamée Simone, qu'on nous laisse libres de nous meubler à notre idée !"). Les propriétaires qui, non sans raison, se considéraient comme plus propriétaires que la société de gestion, avaient du mal à comprendre pourquoi ils n'avaient pas le droit d'apporter des améliorations à leur maison, ni leur mot à dire quant à l'organisation du village.

Par exemple, Monsieur Galbrun, un rentier qui vivait de la location de quelques boutiques qu'il possédait à Fontainebleau et à Paris, traumatisé par les agressions à main armée qu'avaient subies certains de ses commerçants-locataires, et surtout par le retard qui s'était ensuivi dans le paiement de leurs loyers, jugeait le mur d'enceinte trop bas. Trois mètres cinquante, qu'est-ce que c'était que trois mètres cinquante ! Ce mur qui, au départ du portail surmonté d'une grille hérissée de flèches acérées et couronnée par une énorme fleur de lys en fer forgé, pénétrait assez profondément dans la forêt et se trouvait donc en plusieurs endroits à l'abri des regards, il estimait qu'il serait trop facile d'y poser une échelle pour le franchir. A quoi peut bien servir, argumentait Monsieur Galbrun, un mur haut seulement d'un peu plus de trois mètres ? A décourager les curieux, les promeneurs, les démarcheurs, c'est-à-dire, en somme, à protéger les résidents des gens honnêtes. Tandis que pour les gens mal intentionnés, les malfaiteurs, cet obstacle symbolique était tout simplement risible.

Quelqu'un lui avait fait observer que les caméras nombreuses discrètement dispersées dans le village constituaient une protection suffisante et que tout individu qui s'aviserait de pénétrer sans autorisation à l'intérieur ne manquerait pas d'être aussitôt repéré. "Les caméras, parlons-en, avait vertement répliqué Monsieur Galbrun, avec des gardiens qui roupillent devant leur écran la moitié du temps !".

Il avait été également question de compléter le matériel de la salle de gym, insuffisamment équipée selon ses usagers. Tout au contraire de l'aire de jeux des enfants surchargée d'engins compliqués qui lui donnaient l'aspect d'une chambre de torture en plein air. Un temps, on avait même envisagé de construire une piscine mais le projet avait été rapidement abandonné : trop cher en entretien et en surveillance avec tous ces gamins qui vadrouillaient librement dans le village. Mais la question qui revenait le plus souvent sur le tapis, ce que les copropriétaires avaient le plus de mal à digérer – et ce point faisait l'unanimité –, c'était l'interdiction d'installer une clôture autour de leur maison : ces maisons sans clôture, à l'américaine, ce n'était pas du tout dans la mentalité française.

Enfin tout ça, c'était des paroles en l'air, des paroles pour parler, parce que, quoi qu'ils disent, la société de gestion n'en faisait qu'à sa tête. Elle n'avait cure des lettres qu'ils passaient des après-midis entiers à rédiger, se contentant de répondre par une circulaire courtoise qu'elle ne manquerait pas d'étudier leurs intéressantes suggestions – et les choses en restaient là.

En réalité, ces réunions mensuelles, même si tous les résidents n'y assistaient pas à chaque fois, servaient surtout à consolider les relations entre copropriétaires, à leur apprendre à se connaître et à vivre ensemble. Et, tant bien que mal, ça marchait ; ils s'étaient même trouvé un nom : ils habitaient au Valaubois, ils étaient donc des Boisivallois. (En plus, bien entendu, d'être des Frémonvillais.)

Julien n'était pas naïf. Il savait bien que, dans un groupe social d'environ cent cinquante personnes quel qu'il soit, il se trouve toujours une poignée d'individus au cœur froid et au cerveau calculateur que ça ne dérangerait pas plus que ça d'en dézinguer un autre à condition d'être sûrs de l'impunité. On ne peut presque jamais les identifier parce que, pour commencer, ce sont en général des gens habiles à dissimuler leurs pensées, et surtout parce que, Dieu merci, ils passent rarement à l'acte, soit qu'ils n'aient pas de raison suffisante pour le faire, soit qu'ils soient retenus par la peur d'être mis en prison et d'anéantir leur propre existence (la peur du gendarme), et qui se contentent donc la plupart du temps de commettre leurs crimes en imagination.

Enfin, depuis presque un an que le village avait été inauguré, tout allait pour le mieux au Valaubois. Toutes les maisons étaient vendues, occupées par un échantillon représentatif de la population : jeunes couples à l'aise mariés de fraîche date et amoureux de la nature, familles avec enfants qui souhaitaient un environnement sécurisant pour leur progéniture, ménages de retraités, comme Julien et Simone, recherchant la tranquillité, et même cinq célibataires, deux hommes et trois femmes ayant dépassé la quarantaine et qui souhaitaient vivre en sécurité au milieu de gens qui leur ressemblaient et avec lesquels ils pouvaient prévoir qu'ils n'auraient jamais de désaccords sérieux. – Bref, un petit monde animé des meilleures intentions et déterminé à s'entendre.

Tout allait trop bien, peut-être ? En y repensant, après que se furent produits les fâcheux événements dont il va être question, Julien Vigouroux se rappelait qu'à un moment, il avait ressenti une vague inquiétude, comme un pressentiment. Ce n'était pas la première fois qu'il avait ce genre de prémonition pour les emmerdements, cette espèce d'intuition négative. Et bien qu'au cours de leur longue vie commune son intuition ait été plusieurs fois vérifiée, cela avait toujours fait rire Simone. Elle prétendait qu'il avait trop d'imagination, que ce devait être parce qu'il avait imprimé trop de livres. Mais, les livres, Julien Vigouroux n'avait pas fait que les imprimer, il en avait lu beaucoup aussi. Il ne faudrait pas croire que les imprimeurs sont des ignorants, dépourvus de jugement et de flair.

*

Le dimanche 10 juin, treize mois après l'ouverture du village, l'un de ses plus éminents résidents, un industriel nommé Edouard Serallier, organisa une réception pour fêter l'anniversaire de son frère, réception à laquelle Julien fut convié. Il s'y rendit seul : sa femme était partie aux Etats-Unis quelques jours plus tôt, appelée par Antoine : sa jeune épouse, qui venait d'avoir un bébé, était tombée dans une dépression post-natale. Cet enfant que ses parents avaient eu d'un commun accord en espérant qu'un bébé permettrait à Kathleen de sortir de son désœuvrement et de son état dépressif ordinaire, n'avait fait que la précipiter dans un état encore plus grave. Volant au secours du jeune ménage, Simone avait sauté dans le premier avion pour aller tenir la maison et prendre soin du nouveau-né en attendant que la maman se remette.

Depuis une semaine que sa femme était partie, la solitude commençait à peser à Julien et il fut content de se retrouver au milieu du monde, à l'invitation d'un homme dont il appréciait la compagnie. Tous deux avaient fait connaissance au cours des réunions de copropriétaires et ils avaient sympathisé : Edouard Serallier dirigeait une usine de verrerie, SERAVER, une entreprise prospère, significative pour l'économie de la région, dont Julien avait entendu parler sans jamais avoir croisé son patron jusqu'à leur installation commune au

Valaubois. Comme lui, Serallier était un chef d'entreprise, et même si la sienne était beaucoup plus importante (SERAVER employait autour de quatre cents personnes) que n'avait été celle de Julien, ils voyaient un peu les choses de la même façon. Comment dire ? Ils étaient du même bord.

D'accord dans les discussions la plupart du temps (et avant tout d'accord pour éviter ou aplanir les conflits), Julien grâce à son talent de médiateur, Serallier avec l'ascendant que lui valait sa personnalité charismatique et sa brillante situation (selon les estimations, c'était le membre le plus riche de leur petite communauté), les deux hommes n'étaient pas pour rien dans la bonne entente qui avait régné jusqu'ici dans le village.

Edouard Serallier habitait l'une de ses maisons les plus prestigieuses, revêtue comme toutes les autres d'un crépi ocre clair sur lequel contrastait le brun foncé des portes, des volets, des balustrades, et couverte d'une toiture de tuiles brunes en harmonie avec les boiseries. Mais, privilège réservé aux cinq maisons les plus chères, elle jouissait d'une porte-fenêtre ouvrant à l'arrière sur une terrasse et sur une assez large pelouse, privée de barrière, conformément au règlement, mais bordée de grands arbres qui élevaient tout autour comme une clôture naturelle.

A son arrivée, aux environs d'une heure, il s'agissait d'une garden-party, une vingtaine de personnes se trouvaient déjà sur cette clairière. Un buffet bien garni était dressé sous un dais de toile blanche à l'ombre des arbres. Quelques tables rondes, des tables de quatre protégées par des parasols, étaient disposées dans un coin de la pelouse. Il faisait un temps radieux, comme s'en félicitaient les dames présentes, habillées de robes légères généreusement décolletées ou offrant aux bons endroits de suggestives transparences. Quelques-unes s'étaient coiffées de chapeaux de paille à large bord, ornés de rubans de couleur vive dont les pans voletaient gracieusement sur leur nuque. Ces chapeaux un peu *tralala* (un peu "*garden-party à l'Elysée*" au siècle dernier) étaient censés les protéger du soleil, qui tapait dur, en effet, pour un mois de juin. A l'heure solaire, il n'était en réalité que onze heures, ce qui présageait un après-midi caniculaire.

Quelques invités vinrent saluer Julien, s'étonnant de le voir seul. Il leur donna la raison pour laquelle son épouse était absente et fut abondamment félicité d'être grand-père pour la première fois. C'est une fille ou un garçon ? s'enquit poliment Eve Serallier. Un garçon, la renseigna Julien.

Eve Serallier était l'épouse, non d'Edouard, leur hôte, mais de son frère Romain, son cadet de trois ans, celui-là même dont on fêtait ce jour-là l'anniversaire. Agée de vingt-huit ans, mère de deux petits garçons, c'était une blonde naturelle aux yeux bleus et au teint clair, connue pour son caractère réservé. D'après ce que racontait la femme de Julien, les après-midis où les dames du Valaubois se réunissaient à quatre ou cinq pour papoter autour d'une tasse de thé, on l'entendait rarement s'exprimer. Peut-être en raison de sa timidité. Ou tout simplement parce qu'elle s'ennuyait, que leurs bavardages lui semblaient sans intérêt et qu'elle ne venait que par obligation à ces réunions, qui se tenaient le plus souvent chez sa belle-sœur, près de la cheminée du salon où flambait un bon feu l'hiver, ou bien, l'été, sur la terrasse, quand le temps le permettait. Quoi qu'il en soit, toujours d'après Simone, Eve était le genre de personnes dont on ne sait jamais ce qu'elles pensent.

Florence, la femme d'Edouard, avait une personnalité toute différente. Plus âgée qu'Eve d'une dizaine d'années, c'était une belle plante sportive, à l'allure décidée et à l'expression franche. Pour ce qu'en savaient les dames du Valaubois, Edouard Serallier l'avait rencontrée dans le service Marketing d'une importante usine de parfumerie de la région pour laquelle sa société fabriquait des centaines de milliers de flacons.

Ils avaient une fille de quatorze ans, Isabelle, pensionnaire à l'Ecole des Roches, un établissement privé réputé situé en Haute-Normandie, à un peu plus de deux heures de route du Valaubois. Elle rentrait tous les week-ends chez ses parents. Un chauffeur de la verrerie allait la chercher le vendredi après les cours et la reconduisait à la pension le lundi matin. Isabelle était fille unique. Bien que Florence ait abandonné son activité professionnelle en se mariant, elle n'avait pas eu d'autres enfants. A se demander à quoi elle passait ses journées, persiflait Simone avec un soupçon d'envie, puisqu'elle avait à son service une employée de confiance, Françoise, laquelle s'occupait à peu près de tout dans la maison, elle-même secondée par une femme de ménage qui venait tous les jours de la semaine, sauf le samedi et le dimanche.

Pour l'heure, Florence était absorbée par ses devoirs d'hôtesse. Tout en surveillant du coin de l'œil sa fille et son employée de maison occupées à faire circuler des plateaux d'amuse-bouches, elle se déplaçait d'un groupe à l'autre, remerciait d'être venu, prononçait quelques mots aimables, ou allait discrètement donner un ordre à l'extra qui s'affairait derrière le buffet. Un buffet débordant de victuailles où le champagne coulait généreusement et à l'assaut duquel se bousculaient les invités. Ils étaient tous là, à présent, à vue de nez une trentaine de personnes, pour la plupart des résidents du village bien que Julien eût tout de même croisé trois ou quatre visages inconnus.

Quand tout le monde fut servi, les uns restés debout, picorant dans leur assiette au soleil, les autres installés aux tables à l'abri des parasols, Edouard Serallier s'avança sur la terrasse, une large terrasse dallée de bois exotique qui dominait la pelouse de quelques marches, suivi de près par son frère qu'il amena à sa hauteur en enlaçant ses épaules d'un geste affectueux. Parvenu tout au bord, il attira l'attention des convives en faisant joliment tinter un couteau d'argent contre un verre en cristal puis commença avec une intonation joyeuse :

"Mes chers amis, je veux d'abord vous remercier d'avoir répondu si nombreux à mon invitation. C'est un honneur et un grand plaisir pour moi de vous voir tous réunis ici aujourd'hui, par ce temps splendide, pour fêter l'anniversaire de mon bien-aimé frangin...".

Tout en écoutant d'une oreille distraite les banalités de circonstance que son hôte dévidait après son entrée en matière, Julien observait les deux frères. Indiscutablement, ils se ressemblaient : mêmes cheveux brun noir, même couleur de peau d'un blanc terne, même forme du nez, légèrement busqué, bien qu'il parût nettement moins proéminent chez le cadet. Romain donnait l'impression d'un double d'Edouard en plus "élagué" : il était moins grand et plus mince que son aîné, lequel sans être ce qu'on peut appeler gros, était plutôt enveloppé, et doté d'un visage plein et ouvert, à première vue sympathique, ce qui avec sa stature (il devait frôler le mètre quatre-vingt-cinq) lui conférait un physique imposant et beaucoup de présence.

Pour cette fête campagnarde et décontractée, tous deux s'étaient habillés dans le même style d'un costume de toile beige sur une chemise de couleur : marron clair pour l'aîné, bleu ciel pour le cadet...

"... Entre Romain et moi, c'est une longue histoire, poursuivait Edouard (de plus de quarante ans, hélas, intervint en riant son frère, puisque j'entre aujourd'hui dans ma quarante-troisième année...). – Tandis que j'ai déjà bien entamée ma quarante-huitième, enchaîna Edouard. Eh oui, mes amis, le temps passe, et ce sont mes quarante-huit ans que, je l'espère, nous fêterons bientôt ici tous ensemble... – Puis revenant à son discours : Enfants, mon cher frangin et moi, nous n'étions pas des anges, nos batailles étaient fréquentes, et ce n'était pas seulement des batailles de polochons, et depuis nos bagarres de gamins nous avons eu de petits désaccords, et même quelques disputes, mais il y a toujours eu entre nous beaucoup d'affection et de tendresse. Une compréhension profonde. En fait, tout au long de notre existence, nous nous sommes très peu quittés...".

Le moins qu'on puisse dire, opina Julien en pensée. Les frères étaient associés à la tête de la verrerie (où, s'il se souvenait bien, Romain avait le titre de directeur du Marketing), et ils s'étaient installés en même temps au Valaubois. Edouard, dans la grande maison où la fête se tenait ce jour-là et qui se trouvait au milieu du village ; Romain dans une maison toute pareille, à proximité du mur d'enceinte, à moins de trois cents mètres de son aîné.

Malgré la démonstration un peu ostentatoire de bonne entente qu'ils étaient en train d'offrir à leurs invités, on sentait qu'il y avait entre eux un lien ancien et très fort. Julien n'ignorait pas que leurs parents étaient morts, et par conséquent chacun n'avait plus que son frère au monde. S'ils voulaient développer leur usine, faire prospérer leurs affaires, fonder une famille influente et léguer un "nom" à leurs descendants, ils devaient pouvoir compter absolument l'un sur l'autre.

Le discours achevé ("Voilà, mes chers amis, c'est tout ce que je voulais vous dire... Merci de votre attention – j'espère n'avoir pas été trop long –, et encore une fois merci à tous d'avoir répondu à mon invitation. Maintenant, amusez-vous, profitez, la réserve de Dom Pérignon n'est pas près d'être épuisée...), une dame charmante vint interrompre les réflexions de Julien : "Mais, Monsieur Vigouroux, que faites-vous donc là tout seul, venez plutôt vous joindre à nous !" – Et sans attendre sa réponse, elle prit son bras et l'entraîna dans un coin ombragé où une dizaine de personnes d'âge respectable terminaient tranquillement leur repas à l'écart de l'agitation et des éclats de voix des plus jeunes.

Julien se trouva bien là et n'en bougea plus de l'après-midi, sans trop prendre part à la conversation, qui, le champagne aidant, semblait quelque peu décousue, sautant du coq à l'âne, ou s'arrêtant soudain, une phrase laissée en suspens, pour une petite pause somnolente. A l'autre bout de la pelouse, côté terrasse, la jeune fille de la maison passait sur le lecteur du salon des CD dont les échos s'échappaient par les fenêtres ouvertes et leur parvenaient agréablement atténués.

Aux environs de quatre heures, alors que lui-même s'était assoupi un instant, Julien fut tiré de son demi-sommeil par la pétarade d'une moto. Un bruit familier qui le fit immédiatement penser à Stef, un jeune chômeur adroit de ses mains qui rendait des services et faisait du petit bricolage au Valaubois. Il avait eu recours à lui deux ou trois fois pour de menus travaux pour lesquels un artisan professionnel ne se serait pas déplacé. Le dénommé Stef travaillait bien et se faisait payer au noir.

Grâce au bouche-à-oreille, il s'était fait dans le village une clientèle régulière d'une demi-douzaine de foyers.

Julien pensa d'abord que le jeune homme avait été invité à venir boire un verre à la fête. Machinalement, il porta son regard vers l'entrée du jardin, s'attendant à le voir apparaître. Mais, au lieu de ça, même pas cinq minutes plus tard, il entendit la moto redémarrer. Un instant, il se demanda ce que le garçon était venu faire là, un dimanche après-midi, pendant une réception à laquelle il n'était pas convié, puis il pensa à autre chose.

A sa table, les autres invités eux aussi réveillés par la pétarade, la conversation reprenait. On était à la veille des vacances. Chacun révéla sa destination prochaine et fit part de ses expériences des années précédentes. Les mérites de la côte atlantique et de la Côte d'Azur furent longuement comparés. Puis il y eut une autre tournée de champagne.

Aux environs de six heures, le soleil disparut, recouvert en un clin d'œil par de lourds nuages, noirs et massifs. Le jour s'assombrit d'un coup jusqu'à devenir crépusculaire, comme si la nuit allait tomber d'une seconde à l'autre. Presque aussitôt un éclair sec stria le ciel, suivi d'un craquement déchirant. L'air humide et chargé d'électricité devint irrespirable. Encore un instant, puis quelques larges gouttes d'eau s'écrasèrent bruyamment sur la toile des parasols. Une bourrasque brusque et puissante faillit en emporter un, qui tangua violemment, libérant un coin de toile de sa branche, et manqua sortir de son logement. Quelqu'un cria : "Tous aux abris !" et les invités se précipitèrent d'un même élan dans la maison.

Beaucoup de résidents du Valaubois étaient venus à la réception à pied et, craignant une saucée, prirent rapidement congé, tâchant de devancer le gros de l'orage qui s'annonçaient par des grondements sourds de plus en plus rapprochés, tandis que quelques autres, qui n'habitaient pas le village, couraient vers leur voiture.

La majorité des invités partis, Julien Vigouroux constata qu'une dizaine de personnes demeuraient sur place, calées, un verre à la main, dans les gros fauteuils club du salon, ou affalées sur les canapés. Le maître de maison lui proposa une dernière coupe, qu'il accepta. Il avait remarqué la présence de trois femmes qui n'étaient pas là l'après-midi et dont il pensa qu'elles avaient dû arriver plus tard. Des femmes attirantes, le genre de créatures sexy qu'un pauvre homme comme lui n'avait l'occasion d'admirer que dans les magazines et qui lui avaient donné, c'est humain, l'envie de s'attarder un peu.

Enfin, craignant de s'imposer, Julien prit congé à mon tour. Au moment où il franchissait la porte, une berline noire et rutilante s'arrêta silencieusement devant l'entrée. Un homme en descendit, alla galamment ouvrir la portière à deux autres filles et remonta en voiture pour aller se garer un peu plus loin, tandis qu'à l'abri d'un grand parapluie, avec un charmant balancement de leur derrière, leurs longues jambes perchées sur des talons vertigineux, ses ravissantes passagères rejoignaient d'un pas altier celles qui se trouvaient déjà à l'intérieur.

Sans avoir l'esprit mal tourné, il était permis d'imaginer que l'innocente garden-party d'anniversaire d'Edouard Serallier allait se continuer par une soirée plus délurée.

Chapitre 2

Le lendemain de ce mémorable dimanche, Eve Serallier fut tirée d'un sommeil profond par la sonnerie stridente de son réveil. Elle la fit taire et tâta la place encore chaude à côté d'elle. Romain était déjà levé. Il était sept heures pile, l'heure d'aller réveiller ses enfants pour l'école.

Elle laissa passer quelques secondes le temps de rassembler ses forces, puis elle s'extirpa du lit d'un mouvement vif, enfila un peignoir et des mules, et entreprit la traversée du couloir qui menait à leurs chambres. Elle les trouva en train de jouer dans celle du plus grand : ils s'étaient réveillés tout seuls et chahutaient.

Après le câlin matinal rituel, Eve les poussa dans leur salle-de-bain. Celle-ci n'avait qu'une douche, mais des lavabos jumeaux, lesquels évitaient des chamailleries et permettaient de gagner du temps. Roland, qui avait huit ans et était en âge de se laver tout seul, passa dans la douche le premier. Puis, pendant qu'il se lavait les dents, elle doucha elle-même Marcellin, le plus petit. Enfin, elle choisit leurs vêtements et les aida à s'habiller.

Ils descendirent ensemble dans la cuisine. Romain était là depuis un moment. Comme tous les matins, il avait fait du café et du chocolat chaud et mis les bols sur la table pendant que sa femme préparait leurs fils.

– Bonjour, dit-il sans se retourner en continuant de couper des tranches de pain. Vous avez bien dormi ?

Eve ravala un bâillement et se laissa tomber sur une chaise. Les garçons allèrent embrasser leur père et s'installèrent à leur tour.

– T'as eu une belle fête d'anniv, hein, papa ? dit Roland qui avait eu l'autorisation d'y aller faire un tour avec son frère, à l'heure du déjeuner, en compagnie de leur baby-sitter,

– Ça oui, j'ai été gâté, répondit gaiement Romain.

– Qu'est-ce que t'as eu comme cadeaux ? s'informa Marcellin avec la gravité de ses six ans sur un sujet aussi important.

– Un beau portefeuille, commença d'énumérer son père en adressant un sourire à sa femme...

Eve lui rendit son sourire : le portefeuille venait d'elle, un bel objet de lézard bleu marine qu'elle avait acheté chez Hermès.

– ... et deux magnifiques dessins, ajouta-t-il avec un clin d'œil à ses fils, qui se rengorgèrent, flattés de voir leur cadeau apprécié.

– ... et puis j'ai eu une montre en or. Une montre suisse.

Il tendit son poignet et lui imprima une légère rotation pour la faire miroiter.

– Ah ouais !... admirèrent les enfants d'une seule voix.

– La montre, c'est tonton et tata, qui la lui ont offerte, précisa Eve.

– ... et aussi du cognac, des cravates, des boutons de manchette, enfin, plein de jolies choses.

– Plus tout un tas de bazars, compléta sa femme. Ton frère avait pourtant dit à ses invités de ne rien apporter.

– Penses-tu, dit Romain, c'était gentil, ça m'a fait plaisir.

Eve, qui ne mangeait rien le matin, vida son bol de café :

– Alors, dit-elle, c'est décidé, on part en Grèce en août ?

– C'est comme si c'était fait. Il ne me reste plus qu'à trouver un skipper. Ça ne devrait pas poser de problème.

Ce voyage en Grèce, huit jours en bateau, huit jours dans une maisonnette sur une île des Cyclades, ils en rêvaient depuis longtemps. Un projet plusieurs fois repoussé pour diverses raisons. Mais cette fois-ci, c'était ferme, ils le feraient ce voyage en Grèce. Les enfants ne les accompagnaient pas : ils partaient à la fin du mois pour toute la durée des vacances chez leur grand-mère Marie-Hélène, la maman d'Eve, qui possédait une villa aux Sables-d'Olonne. Tous les ans, les parents venaient y passer la dernière quinzaine de juillet en famille. Puis, vers la fin août, ils s'accordaient une semaine de vacances ou deux en amoureux.

Romain consulta sa montre, sa belle montre en or toute neuve :

– Huit heures moins le quart. Je dois y aller maintenant, je ne suis pas en avance.

– Tu reviens déjeuner ? demanda Eve pendant qu'il se dirigeait vers la porte du fond pour descendre au garage par l'escalier intérieur.

– Non, ma chérie, j'aurai pas le temps de rentrer à midi. J'ai un rendez-vous à Paris en fin de matinée chez

PHARMAVIX. Un rendez-vous très important. Ils s'apprêtent à lancer un nouveau produit, un médicament prometteur, révolutionnaire même. Pour nous, ça représente un marché énorme, et qui devrait se renouveler régulièrement. On fait notre maximum pour l'obtenir.

Il avait déjà disparu.

Eve se retourna :

– Dépêchez-vous, les garçons, vous allez manquer le bus.

Elle les aida à rassembler leurs affaires puis les accompagna jusqu'à la porte d'entrée. Depuis le seuil, elle les suivit des yeux pendant qu'ils couraient vers l'arrêt du bus scolaire. Le bus s'arrêtait tous les matins devant le portail pour ramasser les enfants du village et les ramenait le soir après la classe. Il commençait par déposer les plus jeunes à l'école primaire de Frémonville, puis conduisait les plus grands au lycée François-1er de Fontainebleau. A midi, Eve allait rechercher ses fils à la petite école pour les faire déjeuner et elle les ramenait à deux heures.

Ses trois "hommes" partis, un grand calme tomba sur la maison. Après le branle-bas quotidien du début de la journée, Eve pouvait enfin penser un peu à elle. Elle s'aperçut alors qu'elle avait mal à la tête. Le souvenir laissé par tout le champagne bu la veille. Elle remonta dans sa chambre, passa dans la salle de bain où elle avala deux cachets d'aspirine, et revint s'étendre un moment sur son lit.

Sans aide-ménagère ce jour-là (celle-ci ne venait que trois jours par semaine, les mardis, jeudis et samedis), Eve redescendit au milieu de la matinée dans la cuisine pour y préparer le déjeuner. Alors qu'elle s'apprêtait à laver la salade, elle constata que le robinet de l'évier était bloqué. Après quelques essais infructueux à la main, elle prit le parti d'aller chercher une clé à mollette au garage, où son mari, bricoleur à ses heures, avait installé son établi et rangeait ses outils.

Elle ouvrit la porte donnant sur l'escalier intérieur et fit un pas sur le minuscule palier : la lumière s'alluma automatiquement. Romain était féru de *domotique*. Plusieurs pièces de la maison, équipées d'une cellule photoélectrique, s'allumaient toutes seules quand on entrait et s'éteignaient de même quand on sortait : le garage, mais aussi la lingerie, la cave, la salle de bain des parents... Parvenue à la moitié des marches, elle constata que la voiture de son mari était toujours là. Elle pensa qu'elle avait refusé de démarrer et que Romain, très pressé ce jour-là, avait appelé un taxi sans perdre de temps. Et elle continua sa descente.

L'escalier débouchait au fond du garage, derrière la voiture. En arrivant en bas, Eve ressentit un choc : à travers la lunette arrière, elle distinguait une silhouette dans l'habitacle, côté volant. C'était Romain, bien sûr, mais avachi, comme tassé sur lui-même, et légèrement penché sur sa droite, la tête retombant sur sa poitrine. La porte basculante du garage était fermée. La première chose qui lui vint à l'esprit fut qu'avant d'actionner sa télécommande pour l'ouvrir Romain avait eu un malaise, peut-être une attaque cardiaque.

Elle se précipita vers la voiture. La portière avant gauche était entrouverte, coincée par un pied du conducteur : machinalement, elle l'ouvrit en grand, ce qui eut pour effet de le renverser sur son côté droit, sur le siège passager, en même temps qu'un flot de sang jaillissait de son cou et inondait sa chemise. Dans le mouvement, sa tête s'était déplacée et tournée dans la direction d'Eve : pleins de surprise et d'effroi, les yeux de son mari la fixait étrangement.

Elle poussa un cri déchirant que personne n'entendit – la maison la plus proche était à une centaine de mètres –, se rua dans l'escalier du garage et se précipita vers le téléphone. Mais arrivée en haut, elle pensa tout d'un coup que l'assassin était peut-être encore là, caché quelque part dans la maison, un de ces fous meurtriers qui tuent pour le plaisir de tuer, comme les journaux et la télévision en présentent à longueur d'année dans leurs faits-divers. Le fou criminel qui avait tué Romain se trouvait peut-être dans une chambre du premier étage, ou peut-être même au rez-de-chaussée, tout près d'elle : il la guettait derrière une porte, attendant le moment de lui sauter dessus. Dans une seconde, il allait surgir. Sous la menace d'un couteau ou d'un revolver, il l'entraînerait de force dans le garage où il venait d'assassiner son mari, ou même dans la cave, où elle pourrait hurler tant qu'elle voudrait, personne ne l'entendrait, ses hurlements ne feraient que décupler son plaisir à lui, et où il la torturerait à loisir, puis la violerait longuement, avec perversité, pour finir par l'achever d'une manière atroce...

Terrorisée, oubliant le téléphone, Eve se jeta dehors et, haletante, le cœur battant à tout rompre, elle courut comme une folle chez sa belle-sœur.

*

Moins d'une heure plus tard, Edouard Serallier arrivait devant la maison de son malheureux frère, où le docteur Pulvey l'attendait déjà, au départ de l'allée, sa trousse à la main. Prévenu par son épouse qui lui avait téléphoné au bureau dès qu'elle avait pu comprendre ce que Eve, décomposée et incohérente, essayait de lui expliquer en hoquetant, il avait aussitôt appelé le médecin et bondi dans sa voiture. Le battant de l'entrée oscillait doucement ; dans sa fuite éperdue, Eve avait laissé la porte ouverte. Les deux hommes remontèrent l'allée et pénétrèrent dans la maison pour gagner le garage.

En découvrant le spectacle effroyable qui s'offrait à sa vue, Edouard devint blême et détourna la tête. Le médecin se pencha à l'intérieur de la voiture, prit le pouls de la victime et, à défaut d'écouter son cœur (il n'était pas question de se coller contre sa poitrine trempée de sang), il approcha un petit miroir de sa bouche. Mais c'était surtout par acquit de conscience, pour respecter la procédure, car il avait su au premier coup d'œil que l'homme qu'on lui présentait était mort.

– Il n'y a plus rien à faire, dit-il en sortant un papier de sa trousse. C'est fini. Il remplit et signa le constat de décès et le tendit à Edouard : Il ne reste plus qu'à prévenir les gendarmes... euh non, la police, se corrigea-t-il, j'oubliais que Frémonville est passé en "zone police" il y a quelques mois.

Le docteur prit congé. Il avait ses visites à faire. Une très longue liste de patients à voir, souligna-t-il avec un grand soupir, tant les médecins se faisaient rares dans les campagnes.

Edouard alluma son portable, consulta ses numéros et, au lieu du commissariat de Frémonville, appela directement le SRPJ de Versailles, compétent pour les affaires criminelles dans cette partie de l'Ile-de-France, et dont il connaissait personnellement le commissaire. Un temps, ils avaient été membres du même club de chasse, le Club de la Chênaie, qui organisait des battues intéressantes dans la forêt de Fontainebleau. Le commissaire n'était pas vraiment un ami, seulement une relation, mais c'était la façon de faire habituelle d'Edouard : il pensait qu'il vaut mieux s'adresser à Dieu qu'à ses saints.

A deux heures, dépêché par le SRPJ, le commandant Sylvain Leprat se présenta au domicile de la victime. Il était accompagné d'un stagiaire, Thomas Cassin, un garçon de vingt-cinq ans au visage éveillé. L'homme qui vint leur ouvrir se présenta : "Edouard Serallier, le frère de la victime". D'une manière inattendue, un rien protectrice, il tendit la main au commandant, qui la prit en plongeant ses yeux dans les siens. Quand il le voulait, le policier pouvait avoir un regard terrible, un regard bleu acier qui vous transperçait, vous mettait à nu en une demi-seconde, et qui impressionnait la plupart des gens. Mais Serallier ne parut pas impressionné ; tout en serrant la main du policier avec force, il le scrutait de même de ses yeux noirs aux reflets d'anthracite. En moins d'une seconde, par le moyen de cet échange muet, les deux hommes en avaient déjà beaucoup appris l'un sur l'autre. Ils s'étaient jaugés.

Edouard précéda ses visiteurs jusqu'au salon, une pièce transversale de belle taille qui occupait toute une extrémité de la maison. Le mur de façade et le mur latéral étaient percés chacun d'une baie vitré. A l'arrière, une large porte-fenêtre s'ouvrait sur une terrasse.

Deux femmes se trouvaient déjà là. "Mon épouse, Florence, et Eve, ma belle-sœur, la femme de mon pauvre Romain, dit Serallier en les désignant d'un geste."

Florence Serallier se tenait très droite, les mains jointes, le visage uni, sans mine de circonstance, sans jouer l'affliction. C'était apparemment une personne solide et maîtresse d'elle-même. Elle fut immédiatement sympathique à Leprat.

Eve, l'épouse de la victime, était assise sur un canapé et ne se leva pas pour accueillir le commandant. Elle semblait très abattue, abasourdie. Difficile de se faire une idée de sa personnalité. Après ce qu'elle avait découvert quelques heures plus tôt, elle ne pouvait pas être tout à fait elle-même. N'importe qui aurait été secoué. Le commandant lui présenta ses condoléances.

– Je vous y conduis ? proposa Serallier.

Les policiers le suivirent jusqu'à la scène de crime, pendant que les deux femmes demeuraient dans le salon. Eve ne se sentait pas la force de revoir son époux dans l'état où il était et Florence avait préféré rester auprès d'elle.

Cependant, le premier choc passé, Eve s'était un peu calmée. Au moins, elle savait ses enfants à l'abri. Françoise, la gouvernante de sa belle-sœur, était allée les prendre à midi à l'école et ils se trouvaient pour le moment en sécurité, sous sa garde, dans la maison de Florence. Eve avait téléphoné à sa mère qui devait déjà être en route pour venir les chercher. Il était convenu que celle-ci les emmènerait à Paris et qu'elle les garderait chez elle jusqu'à leur départ à tous les trois aux Sables-d'Olonne. Eve devait appeler la directrice de l'école dans l'après-midi pour l'avertir qu'il s'était produit un événement grave dans la famille et que ses fils ne retourneraient pas en classe avant la rentrée. On était le 11 juin, en somme ils ne manqueraient que trois semaines puisque les vacances scolaires commençaient début juillet. Dès que sa mère serait arrivée, Eve irait leur dire au-revoir. Le difficile serait de trouver une explication acceptable à ce soudain changement de programme. Mais les enfants n'avaient que six et huit ans. On serait bien obligés de leur apprendre un jour qu'ils ne reverraient plus jamais leur papa, mais le plus urgent était de les emmener le plus loin possible, de les protéger du scandale qui n'allait pas tarder à éclater, des ragots à Frémonville et dans les médias, des sottises de leurs petits camarades.

Les trois hommes étaient arrivés au garage, situé au sous-sol à l'autre bout de la maison. Le commandant Leprat embrassa la scène d'un coup d'œil et s'approcha de la voiture. C'était une Audi gris métallisé, un coupé A8, le tout dernier modèle de la marque, qu'il avait eu l'occasion d'admirer au Salon de l'automne dernier. Un peu imposante, mais de la classe. Du haut de gamme. L'homme qui gisait là ne se doutait sûrement pas en rédigeant un chèque pour s'offrir cette splendide voiture que c'était son cercueil qu'il était en train de se payer.

Sans toucher à rien, Leprat examina avec attention le corps à demi couché sur les sièges avant. Le sang semblait couler d'une seule blessure : à en juger par le flot important qui commençait tout juste à coaguler, la victime avait dû être atteinte à la carotide externe gauche. Du sang s'était répandu sur ses jambes de pantalon et sur le sol moquetté de la voiture. Il y en avait aussi sur une manche de sa chemise : son bras gauche pendait, une montre brillant à son poignet. Une montre de prix, pour autant que le commandant pouvait en juger.

L'arrière de la voiture était propre. La veste de toile claire accrochée sur un cintre n'avait pas reçu la moindre éclaboussure, non plus que l'attaché-case posé à plat sur la banquette...

Le jeune stagiaire interrompit ses réflexions :

– J'ai trouvé les douilles, chef ! Elles sont là, juste sous vos pieds. – Il était déjà accroupi, prêt à les ramasser.

– Laisse-les où elles sont ! l'arrêta le commandant. Les experts ne vont pas tarder, ils s'en occuperont eux-mêmes.

Il se baissa pour les voir de près : c'était des douilles de 9 mm. *Deux* douilles. Le tueur avait donc tiré deux fois. L'une des balles avait pu se perdre, ou bien elle s'était logée quelque part dans le corps de la victime. Un endroit invisible dans la position où il était.

Les douilles éjectées étaient tombées sous la portière avant. Le tueur avait donc agi de près, à la place même où se trouvait le commandant pour l'instant. Il s'était approché, avait ouvert la portière au moment où le conducteur s'apprêtait à partir et il avait tiré. C'était probablement des douilles de pistolet semi-automatique. Un type d'arme assez répandu que n'importe quel petit voyou pouvait facilement se procurer. Et bien, se dit le commandant, voilà un commencement d'indication : comme armes de poing, les vrais gangsters et les tueurs professionnels préfèrent en général le revolver, une arme qui n'éjecte pas ses douilles. On pouvait donc penser à un crime d'amateur. Mais sûrement pas à un crime crapuleux puisque l'assassin n'avait pas volé la montre. Et il était à peu près certain que le portefeuille de la victime se trouvait toujours dans la poche intérieure de la veste suspendue à l'arrière.

Toutefois rien n'était encore sûr : il faudrait attendre que la ou les balles soient extraites du corps par le légiste : on saurait alors avec précision de quelle arme il s'agissait.

La porte du garage était fermée. Le commandant se tourna vers Serallier :

– La porte s'ouvre comment ?

– Avec une télécommande, évidemment.

L'attention du policier se reporta dans l'habitacle : pas trace de télécommande. Elle n'était pas sur le rebord du pare-brise et elle n'était pas non plus tombée par terre. A l'arrière, même chose : rien en vue, ni sur la banquette, ni sur le sol. Peut-être était-elle encore dans la boîte à gants ? Ou même sous le corps de la victime ? Le conducteur venait peut-être de la poser sur le siège passager quand il avait été tué et il était tout simplement tombé dessus, c'était son corps qui la dissimulait. Si c'était le cas, les experts la trouveraient. C'était un indice important : si la télécommande était restée dans la voiture, le tueur était obligatoirement reparti par l'intérieur. Ce qui faisait de l'épouse de la victime le suspect n°1, soit qu'elle ait tiré sur son mari elle-même, soit qu'elle ait fait entrer et ressortir un complice.

– A l'extérieur, le garage ouvre de quel côté ? s'informa Leprat.

– Côté forêt. Par le pignon nord.

Leprat se promit d'aller y jeter un coup d'œil en partant.

– Bon, dit-il, j'en ai assez vu pour le moment, on remonte. Les experts ne vont pas tarder à arriver. Les scellés seront posés aussitôt après leur passage et l'évacuation du corps. En attendant, interdiction à quiconque de pénétrer à l'intérieur du périmètre de sécurité.

Revenu dans le hall d'entrée, le commandant murmura au stagiaire : "Va faire un tour. Tâche de voir si tu trouves quelque chose. On ne sait jamais."

Puis Serallier et lui rentrèrent dans le salon où les deux femmes attendaient, Eve tirant nerveusement sur une cigarette dont elle rejetait aussitôt la fumée.

– Madame Serallier, commença le commandant avec douceur, si vous vous sentez en état de répondre, j'aurais besoin de vous poser quelques questions.

Eve hocha la tête et il s'assit tout au bord d'un fauteuil en face d'elle.

– Il semble que vous soyez la dernière personne à avoir vu votre mari vivant. Racontez-moi ce que vous avez fait ce matin.

Eve se racla la gorge et, d'une voix étranglée, fit le récit de sa matinée : le réveil de la maisonnée, la préparation des enfants, le petit-déjeuner pris tous ensemble dans la cuisine...

– Votre mari est parti à quelle heure exactement ?

– Huit heures moins le quart. Il a regardé sa montre et annoncé l'heure en se levant.

– Il vous paraissait normal ? Vous n'avez rien remarqué d'inhabituel dans son comportement ?

– Rien du tout. Romain était pressé, comme toujours. Il avait un rendez-vous important à Paris.

– Où sont vos fils en ce moment ? A l'école ?

– Bien sûr que non. Ils sont chez ma belle-sœur, répondit-elle avec un mouvement du menton en direction de Florence. Leur grand-mère va venir les chercher tout à l'heure.

– Ils ont peut-être remarqué quelque chose, eux... Les enfants observent leurs parents et ils sont très sensibles à leurs changements d'humeur.

Eve sortit de sa prostration pour s'écrier :

– N'allez surtout pas tourmenter mes fils ! Ils ne savent pas encore que leur père est mort. L'aîné n'a que huit ans...

– Elle les emmène où, leur grand-mère ?

– Chez elle, à Paris.

Le commandant songea que Paris n'était pas loin et qu'il pourrait interroger les enfants plus tard s'il l'estimait nécessaire.

– Son adresse ?

– 126, boulevard Exelmans. Madame Gilbert. Marie-Hélène Gilbert.

Il nota l'adresse sur son carnet et reprit :

– Est-ce que vous connaissiez des ennemis à votre époux ? Vous ne l'avez pas trouvé inquiet ces derniers temps ? Préoccupé ?

– Pas du tout. – Eve réprima un sanglot : Ce matin, il était même de très bonne humeur, on a fêté son anniversaire hier.

– Il avait quel âge ?

– Quarante-deux ans.

– Vous avez fêté ça ici, chez vous ?

– Non, chez moi, intervint Edouard Serallier. J'avais organisé une petite garden-party en son honneur.

Le commandant dressa l'oreille : c'était intéressant cette histoire de garden-party, tout ce monde rassemblé la veille de l'assassinat...

– Vous étiez nombreux ?

– Une trentaine de personnes. Des gens du Valaubois, pour la plupart.

– Vous faisiez ça tous les ans, une réception pour l'anniversaire de votre frère ?

– Non, c'était la première fois. Nous nous sommes installés ensemble dans le village l'année dernière. C'était une façon de marquer le coup, de réunir les habitants. Et puis ça nous amusait cette idée de fête à la campagne : avant le Valaubois, nous habitions Paris.

– Vous étiez très liés avec votre frère ?

– Très. C'était mon frère et c'était mon associé. On s'est toujours bien entendus, Romain et moi.

– Qu'est-ce que vous avez comme affaire ?

– Une fabrique de verrerie, SERAVER. Fondée en 1969 par mon père. L'usine est à Avon. A quinze kilomètres d'ici, à côté de Fontainebleau... Et je vais devoir y aller, si vous permettez, commandant, j'ai un rendez-vous à quinze heures trente. Il rappela, la mine sombre : C'est que je suis tout seul à présent.

– Vous pouvez partir, Monsieur Serallier, nous aurons tout le temps de parler plus tard.

Leprat se retourna vers Eve :

– Une fois votre mari descendu au garage, vous avez entendu la porte basculante se lever ?

– Je n'ai pas fait attention.

– D'habitude, vous l'entendez cette porte, quand votre mari l'actionne pour sortir ?

– Parfois, oui, ça a pu m'arriver de l'entendre.

– Et ce matin, vous n'avez rien entendu ?

– Non.

– La fenêtre de la cuisine ouverte, si près du garage, ça ne vous a pas étonnée de ne pas entendre la porte se soulever et glisser sur ses rails ?

– Non, je vous dis. Et puis les enfants et moi, nous sommes sortis de la cuisine en même temps que mon mari. Tout le monde avait fini de déjeuner. J'ai suivi mes garçons dans le hall d'entrée, qui est assez éloigné comme vous avez pu le voir. En réalité, depuis le hall, on n'entend rien de ce qui se passe dans la cuisine, et encore moins dans le garage... Je les ai aidés à se préparer pour l'école. Le plus petit avait oublié son cartable dans sa chambre. Je l'ai envoyé le chercher puis je les ai accompagnés tous les deux jusqu'à la porte. J'ai pressé le mouvement, j'avais peur qu'ils ratent le bus scolaire. Je crois que je suis restée un moment sur le seuil à les regarder courir vers l'arrêt.

– Et là, une fois dehors, sur le pas de la porte, vous n'avez rien remarqué, rien entendu de particulier ?

– Mais non, rien du tout. Je n'avais pas de raison de faire attention, je pensais que mon mari était déjà parti...

Le téléphone fixe résonna dans la pièce.

Eve se précipita :

– C'est maman, annonça-t-elle à sa belle-sœur après un bref échange, elle vient d'arriver chez toi. – Puis au commandant : Faut que j'y aille, là, je dois aller dire au-revoir à mes fils... Il va falloir que je leur parle, que j'invente une explication.

– Vous y allez comment ? s'informa le policier.

– A pied, ça ira aussi vite : la maison de Florence n'est qu'à trois cents mètres.

– Vous conduisez ?

– Naturellement, dit Eve.

– Vous conduisez quoi ? Je n'ai vu qu'une voiture dans le garage.

– Un 4x4 Nissan. Je l'avais laissé dehors. Il est derrière la maison, pas loin de la cuisine. Je l'ai garé sous les arbres, à l'abri du soleil.

– Ça vous arrive souvent ?

– Quoi ?

– De laisser votre voiture dehors.

– Oui, assez souvent. Quand il fait beau. Ça m'évite la manœuvre pour la rentrer. Surtout quand je suis en retard.

Encore une bonne question à poser aux fistons, pensa le commandant. Ils devaient bien connaître les habitudes de leur mère. Tous les petits garçons s'intéressent aux voitures.

– Alors, fit Eve, je peux y aller maintenant ? Maman m'attend.

– Donnez-moi d'abord vos coordonnées téléphoniques, domicile et portable. Et puis, c'est d'accord, allez-y. Nous reprendrons cette conversation plus tard.

– Je peux accompagner ma belle-sœur ? demanda Florence.

– Oui, Madame. Mais laissez-moi vos coordonnées, vous aussi. Et les numéros de votre mari.

En sortant de la maison, se dirigeant vers le pignon nord où Serallier lui avait dit que se trouvait le garage, Leprat croisa Thomas qui en revenait.

– J'ai trouvé la télécommande, lui chuchota le stagiaire en levant un coin du mouchoir dans lequel il avait enveloppé l'objet. – Il emboîta le pas à son chef jusqu'au garage.

Celui-ci s'ouvrait sur une rampe courte assez pentue, limitée de chaque côté par un muret. Le bois commençait tout près : en sortant, une voiture n'avait que la place de tourner pour longer la façade de la maison et atteindre l'allée.

– La télécommande était là-haut, dans un buisson, à gauche de la rampe.

– Tu l'as essayée ?

– Juste un peu pour voir. C'est la bonne.

– Et bien à présent on peut être sûr que le tueur est reparti par l'extérieur. Et c'est aussi de l'extérieur qu'il a dû arriver, vraisemblablement par le bois. Je dirais qu'il est entré dans le garage au moment où Romain Serallier actionnait la porte, pendant qu'elle s'ouvrait pour être couvert par le bruit. Il a tiré, peut-être avec un silencieux, puis il s'est emparé de la télécommande et il est ressorti. Il s'en est servi pour refermer la porte et il s'en est débarrassé. Il l'a jetée, purement et simplement. T'aurais pas trouvé l'arme, par hasard ?

– Non, commandant. J'ai rien vu. Ça serait trop beau. Y avait pas beaucoup de chances qu'elle traîne dans le coin.

– T'as raison, petit. Une arme, ça raconte trop de choses.

Au détour de l'avenue qui les ramenait au portail, ils croisèrent deux policiers en tenue qui se dirigeaient d'un pas décidé vers le lieu du crime. Le commissariat de Frémonville venait de recevoir un coup de fil du SRPJ l'informant qu'un assassinat avait été commis au Valaubois et qu'un de leurs enquêteurs était déjà sur place : les deux policiers venaient aux nouvelles. Le commandant Leprat leur confirma ce qu'ils savaient déjà et les pria de retourner dire au commissaire qu'il passerait le voir dans l'après-midi. En attendant les experts, mieux valait éviter les mouvements inutiles sur la scène de crime.

Le gardien du village se tenait devant le portail, bouche bée. Les policiers de Frémonville venaient de lui apprendre la raison du remue-ménage et des allées-et-venues qui l'intriguaient depuis la fin de la matinée. Le commandant lui montra sa carte et il entra avec Thomas dans son bureau. La pièce, aux dimensions exiguës, était meublée d'une table, de deux chaises et d'un moniteur de vidéosurveillance qui occupait presque toute la largeur d'un mur et comportait quatre écrans, allumés en permanence. On choisissait les images qu'on voulait voir en sélectionnant les caméras correspondantes sur une batterie de boutons disposés verticalement à côté de l'écran.

Le commandant s'assit sans façon sur le siège pivotant :

– Vous avez combien de caméras dans le village ?

– Douze, dont six rotatives, le renseigna le gardien. En plus des caméras fixes, nous avons une rotative au centre du village, où se trouvent les parties communes, une près du portail – celle que vous voyez là, sur son mât –, deux autres à proximité du mur d'enceinte, et les deux dernières ont été placées au coin d'une avenue et d'une allée.

– Elles fonctionnent toutes en permanence ?

– Quand elles sont pas en panne, oui. Elles tournent même la nuit.

– Vous conservez les bandes combien de temps ?

– Deux semaines. Elles sont détruites tous les quinze jours. C'est le règlement du Valaubois.

– Dites-moi, Monsieur.... Monsieur ?

– Leroy, Paul.

– Dites-moi, Monsieur Leroy, ça fait longtemps que vous travaillez ici ?

– Depuis le début. Depuis l'ouverture du village, en mai de l'année dernière. Ça fait un peu plus d'un an.

– Vous êtes combien à assurer le gardiennage ?

– On se relaie à trois.

– C'est vous qui étiez là, hier dimanche ?

– Ça dépend à quelle heure. Dans la nuit de samedi à dimanche, de minuit à 8 heures, c'était mon collègue Mercier. Dimanche, de 8 heures à 16 heures, c'était moi. Et de 16 heures à minuit, c'était Gassot... Mercier est revenu de minuit à 8 heures. Moi, j'ai repris ce matin à 8 heures et je suis là jusqu'à 16 heures.

– Vous ne faites pas la nuit ?

– Ça dépend des périodes. Le gardiennage de nuit, c'est chacun son tour. On change toutes les trois semaines.

– Ça doit être fatigant ce rythme, remarqua le commandant en songeant que les gardiens ne devaient pas toujours être très vigilants. – Donc, hier, puisque vous étiez présent de 8 heures à 16 heures, c'est vous qui avez contrôlé les invités de la réception Serallier ?

– Oui, commandant. Les invités venus de l'extérieur.

– Il y en avait beaucoup ?

– Environ une dizaine. D'après ce qu'on m'avait dit, les autres étaient des résidents du village.

– Vous avez pris leurs noms ?

– Oui, j'ai d'abord vérifié leurs invitations et j'ai noté leurs noms et l'heure de leur arrivée sur un cahier. Tenez, le voilà, dit-il en joignant le geste à la parole.

Le commandant examina la page du dimanche attentivement :

– Et les six qui sont inscrits là, après 16 heures, c'est-à-dire après votre départ, c'est votre collègue Gassot qui les a contrôlés ?

– Oui, commandant.

– Si je lis bien, ceux-là sont arrivés entre 18 heures et 19 heures du soir... Trois femmes à 18 heures 35, et un homme accompagné de deux autres femmes un quart d'heure après. C'est tard pour une garden-party, ce genre de réception a lieu l'après-midi normalement.

– Ah oui, peut-être bien..., convint le gardien. Mais c'est sûr qu'ils allaient chez Serallier, ils avaient leur invitation. Les premières dames, elles sont arrivées en décapotable. – Il précisa, l'œil allumé : Trois belles femmes, vous pouvez me croire.

– Et les suivants ?

– Les suivants, ils étaient en Mercedes, une grosse berline, ce qui s'appelle de la bagnole...

– Les femmes, c'était quel genre ?

– Ah ben, je genre un peu olé, olé... les jupes ultra-courtes, le nombril à l'air, tout ça. Y en avait une, une blonde, elle avait un accent étranger.

– Je vois, dit Leprat en passant le cahier des entrées et sorties à son stagiaire. Votre registre, je vais devoir le garder un peu. On vous le rendra bientôt, ne vous inquiétez pas. En attendant, parlez-moi un peu de vos caméras, Monsieur Leroy. Les caméras fixes sont placées comment ?

– Il y a une fixe sur l'avenue principale, pas loin du portail, en plus de la rotative de l'entrée, et les cinq autres sont réparties sur les avenues et le long du mur d'enceinte, là où il s'enfonce dans la forêt, dans la partie la plus éloignée et où il y a moins de circulation. Toutes les caméras ont été installées le plus discrètement possible, certaines dans les arbres.

– A proximité de la maison de la victime, qu'est-ce que vous avez ?

– Une fixe, la n°8, au coin de l'avenue des Tilleuls et de l'allée des Rainettes, l'allée qui mène à la maison, et une autre, la n°6, fixe aussi, sur le mur d'enceinte, à même pas cinquante mètres de chez lui.

Leprat sourit :

– On a donné des noms aux rues du village ?

– Oui, dit Leroy : des noms d'arbres pour les avenues – par exemple, ici, la grande qui part du portail, c'est l'avenue des Charmes – et des noms d'animaux pour les allées qui conduisent aux maisons : l'allée des Écureuils, l'allée des Fauvettes... Celle de la maison du frère, Edouard Serallier, ils l'ont appelée l'allée du Hibou, parce qu'il paraît que pendant les travaux, un hibou venait se percher tous les soirs à cet endroit avec l'air d'observer ce qui se passait.

– Amusant, dit Leprat. Et près de chez lui, le frère aîné, vous avez quoi ?

– Une rotative au coin de l'avenue des Peupliers et de son allée.

– Une rotative si près d'une maison ?

– Je sais, ça a fait des histoires. Les résidents sont très chatouilleux là-dessus, ils ont peur d'être espionnés, qu'on viole leur vie privée. Mais la maison d'Edouard Serallier se trouve au milieu du village, il y a beaucoup de mouvements, et surtout elle n'est pas loin du parc des enfants. C'est un endroit qui doit être particulièrement surveillé. Normalement, elle balaie seulement 180° du côté opposé à la maison.

– Je suppose qu'elle est contrôlable à distance ?

– Oui, on peut la manœuvrer d'ici. La commande est sur le tableau que vous voyez là.

– Elle a quel numéro, cette rotative ?

– C'est la 3.

– Et bien, Monsieur Leroy, il ne nous reste plus qu'à visionner les bandes de ces trois caméras : la 3, la 6 et la 8. On va commencer par la journée de dimanche.

Le gardien soupira :

– On n'en est pas sortis. Ça va faire du travail...Y en a pour des heures.

– On va vous aider. Nous, on se charge de visionner les bandes de la 3, la rotative proche de la maison d'Edouard, et aussi celles de la caméra fixe du mur d'enceinte, proche de la maison de la victime, la 6, c'est bien ça ? Dépêchez-vous de nous sortir les bandes, on les emporte : on va faire ça au bureau. Vous, pendant ce temps-là, vous visionnerez l'enregistrement de la caméra 8. Partagez-vous le travail avec votre collègue Gassot puisque c'est lui qui a pris le relais jusqu'à minuit.

– Bon, Thomas, allons-y, dit le commandant quand le

gardien lui eut remis les bandes. Sur le point de p artir, il se ravisa : Ah, j'oubliais, les experts vont venir examiner la scène de crime, ils seront là d'un instant à l'autre. Et ensuite les gens de l'institut médico-légal de Melun viendront enlever le corps. Allez, bon courage, Leroy, et à bientôt !

Dix minutes plus tard, Thomas arrêtait leur voiture devant le commissariat de Frémonville.

– Gare-toi et va te balader dans le village, lui ordonna le commandant. Va boire un café au bistrot. Respire un peu l'ambiance. Rendez-vous ici dans une demi-heure, j'en ai pas pour longtemps.

Trois policiers discutaient dans le bureau d'accueil, à première vue pas très occupés. Les autres devaient être sortis. Un petit commissariat comme celui-là n'avait pas plus de cinq ou six communes sous sa responsabilité, estima Leprat. Au jugé, il estima les effectifs à une dizaine. Une dizaine de policiers qui pourraient d'une façon ou d'une autre être utiles à l'enquête. Ne serait-ce qu'en visionnant d'autres bandes, plus anciennes, du Valaubois, s'il s'avérait nécessaire de remonter plusieurs jours avant le crime.

– Content de vous voir, commandant, dit le commissaire Gautier quand ils se furent présentés.

Ils se rencontraient pour la première fois. Le commissaire était un petit homme replet, au milieu de la cinquantaine, avec un visage rond et sympathique. Au physique, tout le contraire du commandant qui mesurait bien son mètre quatre-vingt et possédait un corps sec et musclé. Bien que de douze ou quinze ans plus jeune que l'homme qu'il avait devant de lui, Sylvain Leprat avait des traits assez fortement marqués, comme burinés, de sorte qu'il faisait plus vieux que ses quarante-quatre ans.

Dans ce visage viril, ses beaux yeux gris-bleu et son regard intense lui valaient un certain succès auprès des femmes, succès dont il ne se privait pas de profiter – quand sa profession lui en laissait le temps – puisqu'il était resté célibataire.

Si opposés d'aspect, les deux hommes se plurent. Le commissaire avait une expression bienveillante, et cet air de compréhension, de patience sur la figure d'un policier qui n'était plus très loin de la retraite et avait dû en voir de vertes au cours de sa déjà longue carrière ne pouvait pas laisser indifférent. De son côté, le commissaire était favorablement impressionné par la physionomie ouverte et volontaire du commandant.

Les deux hommes discutèrent un moment de l'affaire. Après lui avoir communiqué quelques détails sur les circonstances du crime, Leprat prévint son collègue qu'il allait avoir besoin, au moins au début, d'un bureau du commissariat pour interroger les premiers témoins.

– Pas de problème, consentit Gautier. On va mettre à votre disposition une pièce où vous pourrez travailler sans être dérangé. – Alors, reprit-il avec malice, vous me dites que le crime a eu lieu un peu avant 8 heures ce matin ? Mais ici, nous n'en avons été informés qu'à 14 heures... ?

– Moi-même, je l'ai su tardivement, répondit le commandant avec une moue perplexe assez bien jouée. Le frère de la victime n'a appelé Versailles qu'en fin de matinée. L'épouse a découvert le crime à dix heures trente. Elle est allée prévenir sa belle-sœur, qui a alerté son mari. Celui-ci a d'abord appelé un médecin puis il s'est rendu sur les lieux pour se rendre compte par lui-même avant de nous contacter. Il a parlé directement au commissaire, qui est une relation à lui. Personnellement, je n'ai appris l'affaire qu'à midi.

– Je vois, je vois..., sourit Gautier. – Ce qu'il voyait, et clairement, c'était que le commandant avait fait exprès de faire prévenir les policiers de Frémonville en dernier, parce qu'il voulait arriver le premier sur la scène de crime et la découvrir vierge de toute intrusion.

– Pour les interrogatoires, dit Leprat revenant à ses moutons, je vais commencer par l'épouse de la victime, Eve Serallier. Elle m'a paru complètement retournée cette femme, mais ça ne veut pas dire qu'elle n'est pour rien dans l'assassinat de son mari. Et ensuite j'interrogerai l'aîné, Edouard Serallier. Si son cadet avait des ennemis, dans le cadre de leurs affaires ou pour des raisons personnelles, il sera sans doute au courant. Vous le connaissez peut-être ? Les deux frères sont des personnalités du département. A ce qu'on m'a dit, ils dirigeaient ensemble une usine de verrerie assez importante près de Fontainebleau.

– Oui, SERAVER. J'en ai entendu parler. Mais ses propriétaires, je n'ai pas encore eu l'occasion de les rencontrer. Je ne suis ici que depuis quelques mois, vous savez ; je ne connais pas tout le monde. – Le commissaire réfléchit un instant : – Il y a quelqu'un qui pourrait peut-être vous aider, un homme qui doit plus ou moins fréquenter la famille Serallier parce qu'il habite lui aussi au Valaubois... C'est un ancien imprimeur, Julien Vigouroux, j'ai dîné une fois avec lui à l'invitation du maire. Il m'a fait l'effet d'un type clairvoyant, et en plus, il a été conseiller municipal, il connaît Frémonville comme sa poche.

Le commandant nota le nom et se leva :

– Je dois y aller, maintenant. On a du pain sur la planche. Et il faut faire vite. Les bandes à visionner, les interrogatoires, et il y a l'arme, qu'on aurait intérêt à trouver rapidement...

– En effet, acquiesça le commissaire. Naturellement, nous sommes à votre disposition pour les recherches.

Dehors, Leprat trouva Thomas qui l'attendait adossé à la voiture. Il s'assit à la place du passager.

– Retour au Valaubois, commanda-t-il. Avant de rentrer, on va faire un saut au domicile de Florence Serallier. – Il sortit de sa poche le papier où Florence avait écrit son adresse : Allée du Hibou, la deuxième à gauche dans l'avenue des Peupliers.

Parvenu à l'angle des deux voies, le commandant leva les yeux sur un chêne imposant :

– Ralentis un peu. Regarde, la voilà, la caméra rotative, la n°3. Elle est fixée par une barre métallique sur le tronc juste au dessus de la deuxième branche. Je me demande bien quel angle elle balaye. En principe, elle ne doit pas filmer côté maison, mais ça serait quand même intéressant de savoir jusqu'où elle peut réellement aller, ce qu'elle peut avoir dans son champ, cette caméra. Il va falloir examiner les bandes de près.

Florence Serallier eut l'air surpris de les revoir si vite. Elle les fit entrer dans le salon, une pièce semblable à celle de sa belle-sœur Eve, occupant toute une extrémité de la maison et ouvrant sur une terrasse à l'arrière. En fait, la maison était exactement la même que celle de la victime – le modèle le plus grand et le plus cher du village pour ce que le commandant avait pu en apercevoir –, mais meublée plus richement : canapés et fauteuils de cuir beige assortis, acajou verni, lustre, pieds de lampe et vases de cristal à profusion. Il est vrai, que le maître des lieux était verrier. Un mobilier tape-à-l'œil, jugea tout de même Leprat, un peu trop "rupin".

– En quoi puis-je vous être utile ? demanda obligeamment Florence en leur désignant deux de ses confortables sièges.

Elle était seule et, le soleil tapant dur comme la veille, elle s'était mise à l'aise : elle portait un t-shirt et un bermuda qui découvrait avec décence de longues jambes musclées et bronzées. Ses cheveux d'un châtain cuivré coupés à l'aiglon encadraient gracieusement un assez beau visage, aux traits parfaitement réguliers bien que très légèrement empâtés, et dont le hâle faisait ressortir des yeux gris, très lumineux. Il émanait de toute sa personne un air de tranquille assurance.

– Nous avons quelques questions à vous poser à propos de votre garden-party d'hier, dit Leprat. D'un signe de tête, il désigna la terrasse et la pelouse qui la prolongeait quelques marches plus bas : C'est là qu'elle s'est tenue ?

– Oui, répondit tristement Florence, nous fêtions l'anniversaire de mon beau-frère. Une jolie réception, très réussie... Mon Dieu, quelle épouvantable tragédie, qui aurait pu imaginer...

– Nous aimerions en savoir un peu plus sur vos invités. Vous aviez fait une liste, je suppose ?

– Oui, commandant, je vais vous la chercher. Elle alla ouvrir le tiroir d'un petit bureau : – Tenez, la voilà... Au total, nous avions convié trente-huit personnes. Quatre se sont excusées.

Leprat s'assura que la liste comportait les adresses et la fit glisser dans sa poche.

– Donc vous avez reçu trente-quatre invités... C'était qui, tous ces gens ?

– En majorité des voisins, des résidents de Valaubois.

– Et les autres, ceux de l'extérieur ?

– Edouard avait convié trois de ses vieux copains, dont deux avec leurs épouses, et pour le reste, c'était des relations professionnelles, des clients et un fournisseur de la verrerie. Il y avait aussi le directeur commercial d'un important laboratoire pharmaceutique que mon mari essaie d'avoir comme client.

– Et ils ont tous passé l'après-midi chez vous ?

Se souvenant que le gardien du Valaubois avait dû noter l'heure des arrivées, Florence évita le piège :

– Non, pas tous, répondit-elle après une hésitation. Certains ne sont venus que le soir.

– Pour quoi faire ? la questionna rudement le commandant.

– Eh bien... c'est-à-dire que nous avons terminé la fête par une soirée en petit comité.

– C'était quoi comme soirée ? Qu'est-ce que vous avez fait une fois la plus grande partie des invités rentrés chez eux ?

– Nous avons pris l'apéritif et nous avons dîné sur la terrasse.

– Vous n'étiez plus que combien à ce moment-là ?

– Voyons, commença Florence en comptant sur ses doigts, il y avait Romain et Edouard, avec Eve et moi. Quatre. Plus un de ses vieux amis et sa femme. Ça fait six. Et trois autres messieurs que je ne connaissais pas, des relations d'affaires. Et aussi trois jeunes femmes qui sont arrivées en fin d'après-midi. Égale douze. Enfin, vers sept heures du soir, nous avons reçu un autre copain d'Edouard accompagné de deux amies. Ça fait quinze en tout. Ma fille Isabelle était remontée dans sa chambre.

– Elle a quel âge, votre fille ?

– Quatorze ans.

– Elle se trouve où en ce moment ?

– Dans son école. Elle est interne à l'Ecole des Roches. Un chauffeur de l'usine l'y reconduit tous les lundis. Ma fille a quitté la maison ce matin à six heures trente. Avant qu'on découvre le crime. Heureusement ! Quand la pauvre petite apprendra ce qui est arrivé à son oncle...

– Vous avez quel âge, Madame Serallier ?

– Trente-huit.

– Vous n'avez pas d'autres enfants ?

– Non. Mon mari n'y tenait pas. Isabelle est fille unique.

Le commandant revint à son affaire :

– Parmi vos invités du soir, il y avait des résidents du village ?

– Euh... non. C'était tous des gens de l'extérieur.

– Les jeunes femmes, là, les cavalières de vos invités tardifs, c'était quel genre ?

– Eh bien..., fit Florence, embarrassée, des copines...

– Quel genre de copines ?

– Eh bien, vous savez, des accompagnatrices, précisa-t-elle à regret. Des escort-girls. Pour que certains de nos invités ne se sentent pas seuls...

– Vous aviez eu recours à une agence ?

– Pas moi ! Mais Edouard, ça lui arrive parfois quand il invite des visiteurs. SERAVER fournit des entreprises dans plusieurs pays d'Europe. Il faut bien distraire un peu les clients quand ils viennent en France.

– Et vous allez jusqu'où pour les distraire un peu, ces clients ?

Florence rougit jusqu'aux oreilles.

– Non mais, qu'est-ce que vous insinuez ? Mon mari ou un des commerciaux de l'usine les sort, rien de plus. Ils les emmènent au restaurant et ensuite, s'ils en ont envie, dans un night-club. Parfois, ils leur procurent une jolie cavalière. Ce que ces personnes font ensuite ne nous regarde pas. Ça se fait couramment dans les affaires, vous savez. Hier, ça se passait chez nous et voilà tout. Mon mari avait profité de la réception d'anniversaire de son frère pour traiter des clients dans la foulée.

– Après dîner, qu'est-ce que vous avez fait ?

– On a bu quelques verres, on a bavardé. J'avais mis de la musique douce, alors il y en a qui ont un peu dansé. C'était une petite "party", quoi, tout ce qu'il y a de plus classique.

– Qu'est-ce que vous avez bu ?

– Whisky et champagne. Les dames préféraient le champagne.

– De l'alcool, c'est tout ? Il n'y a rien eu d'autre ? Pour pimenter un peu l'ambiance ?

– Mais à la fin pour qui nous prenez-vous ? protesta Florence avec colère. Vous pensez à de la drogue ? C'est insultant...

– Ah, Madame, lui rétorqua Leprat, c'est surtout à la victime que je pense, à l'homme qui a été assassiné pas plus tard que le lendemain matin. Donc, parmi les personnes présentes, est-ce que quelqu'un aurait eu des raisons d'en vouloir à votre beau-frère ?

– Mais pas du tout ! La plupart était des relations de travail, comme je vous l'ai dit, ces gens n'avaient pas de rapports personnels avec les membres de notre famille. Et les vieux copains d'Edouard étaient aussi des copains de Romain ; ils se connaissaient depuis des années...

– Elle a duré jusqu'à quelle heure, cette petite soirée ?

– Jusqu'à une heure et demie, deux heures. Romain et Eve, eux, sont partis vers minuit et demi. La soirée s'est un peu prolongée après leur départ puis nos invités ont pris congé à leur tour. Moi, j'étais fatiguée, je suis tout de suite montée me coucher. Mais mon mari avait besoin de se détendre. Il s'est installé sur la terrasse le temps de fumer une cigarette et il m'a rejointe un quart d'heure après ; je ne dormais pas encore.

Leprat regarda ostensiblement autour de lui :

– Je ne vois pas votre belle-sœur. Elle nous avait pourtant laissé entendre qu'elle s'installerait chez vous pendant quelques jours.

– C'est le cas. Mais elle est rentrée chez elle pour recevoir vos experts. Elle va rester là-bas jusqu'à l'enlèvement du corps de son mari, puis elle reviendra dormir ici. Elle a peur toute seule dans sa maison. Je la comprends. Nous allons la garder avec nous quelque temps. Demain j'y retournerai avec elle pour faire les valises des enfants et nous les ferons porter chez sa mère. Tout ça a été si précipité...

– Qu'est-ce que vous avez fait ce matin, Madame Serallier ?

– Je me suis levée de bonne heure et j'ai rangé le désordre de la fête d'hier avec la femme de ménage et Françoise, ma cuisinière.

– Elles sont là ?

– La femme de ménage est rentrée chez elle. Elle ne travaille que le matin. Françoise doit être encore dans le jardin.

Le commandant fit un signe entendu à Thomas qui sortit et partit interroger la cuisinière sur son emploi du temps de la matinée.

– Nous n'étions pas trop de trois, conclut Florence. Qu'est-ce qu'ils m'avaient laissé comme bazar...

Elle quitta son fauteuil, alla arranger la disposition des fleurs dans un vase puis, au lieu de revenir s'asseoir, se mit à faire les cents pas dans la pièce.

Leprat comprit le message :

– Bon, dit-il, ça ira pour aujourd'hui. On va vous laisser vous reposer. Je vous demanderai seulement d'interroger votre mémoire et de nous prévenir si vous vous rappelez quelque chose d'anormal, un détail auquel vous n'auriez pas prêté attention sur le moment. Au revoir, Madame. – Puis se souvenant d'être poli : Euh, je suis désolé du drame qui frappe votre famille.

– Qu'est-ce que t'en penses, demanda-t-il au stagiaire dès qu'ils furent remontés en voiture pour regagner Versailles.

– Si elle nous a baratinés, elle joue bien la comédie, répondit Thomas qui, comme d'habitude, avait assisté sans broncher à l'entretien mais sans en perdre une miette. En tout cas, la cuisinière confirme que Florence était bien à son domicile ce matin et qu'elles ont fait du rangement ensemble jusqu'à l'arrivée de la belle-sœur. Elles ne se sont pas quittées de 7 h 30, heure à laquelle la cuisinière prend son service, jusqu'à 10/11 heures du matin. Elle s'appelle Françoise Mahaut, elle a cinquante-trois ans et elle habite Frémonville où son mari est employé municipal. Elle m'a dit qu'elle n'était chez les Serallier que depuis quelques mois et ne les connaissait pas vraiment. Bien qu'habituellement elle ne travaille pas le dimanche elle est venue à la réception d'hier pour donner un coup de main. Elle est partie à six heures du soir et ne sait pas ce qu'ils ont fait après.

– A en croire Florence, c'était une soirée tout ce qu'il y a de gentillette : whisky, champagne et p'tites pépées... C'est peut-être vrai, après tout. Quand j'ai fait allusion à une autre substance, elle est montée sur ses grands chevaux. Et elle n'a pas prononcé le nom d'un produit en particulier, elle a employé le mot "drogue" comme quelqu'un qui n'y connaît rien, comme si elle n'avait jamais entendu parler de cocaïne...

– Y avait quand même des putes, observa Thomas.

– T'as raison, il faudra que je demande le nom de leur agence à Serallier. Ces filles-là, d'habitude, elles se sentent fragiles, alors elles s'écrasent devant la police. On n'aura pas de mal à leur faire dire ce qu'ils ont fait exactement au cours de la soirée.

– C'est sûr que, coke ou pas, partouze ou pas, c'est pas la maîtresse de maison qui allait nous le dire...

– Il y avait des putes, d'accord, mais d'un autre côté, avec sa fille qui dormait au premier étage, j'ai du mal à les imaginer se livrant à des ébats sexuels dans le salon... Tu imagines, si la petite s'était réveillée et qu'elle soit descendue pour une raison quelconque ? Non, une partie de jambes en l'air collective avec une gosse de quatorze ans dans la maison, ça m'étonnerait beaucoup. Ce ne sont pas des cinglés, ces gens, tout de même...

– Ça vaudrait peut-être le coup d'interroger tous les invités de l'extérieur, pas seulement les filles.

– Et pas seulement les invités des Serallier... Hier, c'était dimanche, il y a sûrement eu d'autres visiteurs au Valaubois, des gens qui allaient voir des amis ou leur famille. Il faudra examiner les arrivées et les départs sur le cahier des gardiens et vérifier si tous ceux qui sont entrés sont repartis. On sait jamais, l'assassin aurait pu se planquer jusqu'au lendemain matin en attendant le départ de sa victime pour l'usine. T'as raison, si nécessaire, on élargira le champ des recherches et on interrogera un par un tous les visiteurs inscrits sur le cahier, et aussi tous les invités de la réception résidant au Valaubois, mais gardons ça en réserve. Pour le moment, on va commencer par se concentrer sur l'entourage. – Donc, résumons : qu'est-ce qu'on a à se mettre sous la dent ? Le cahier des gardiens, les enregistrements des caméras, la liste des invités...

– Et la télécommande, compléta vivement Thomas pas mécontent de rappeler que c'est lui qui l'avait trouvée.

– Oui, la télécommande. Expédie-la le plus vite possible au labo, elle porte peut-être des empreintes, ou un indice quelconque. Enfin tout ça, ça ne fait pas grand-chose. C'est l'arme qu'il nous faudrait. Peut-être que l'assassin s'en est débarrassé en vitesse. Ça brûle les doigts, une arme, après un crime. Ce sont les policiers de Frémonville qui vont se charger des recherches. Avec un peu de chance, ils la trouveront dans le bois, abandonnée ou enterrée quelque part... Nous, on va s'atteler en priorité au visionnage des bandes. On a emporté les enregistrements des caméras 3 et 6. Je vais donner les bandes de la 6 – la caméra fixe qui est installée près du mur d'enceinte pas loin de la maison de la victime – à un gars de l'équipe. Et toi, tu vas visionner la 3, la rotative proche de la maison d'Edouard Serallier. Tu te plains toujours que tu n'as jamais rien d'intéressant à faire, que je ne te donne pas de responsabilités, et bien, là, mon petit, tu vas en avoir des responsabilités.... C'est le moment ou jamais d'ouvrir les yeux !

Chapitre 3

Le lendemain, mardi 12 juin, en fin de matinée, Eve Serallier pénétra d'un pas timide dans le bureau du commissariat de Frémonville mis à la disposition du commandant. Elle s'était habillée sobrement d'un pantalon de lin gris et d'un chemisier beige, sorte de deuil estival : veuve de fraîche date, elle s'interdisait les couleurs vives.

Ses longs cheveux d'un blond presque blanc, son teint pâle (au contraire de sa belle-sœur Florence, elle devait fuir le soleil comme le diable), sa peau diaphane qui laissait voir de fines veines mauves à ses tempes, son regard interrogatif et limpide, tout en elle suggérait la clarté, l'innocence, la transparence. Mais Leprat avait déjà une bonne raison de penser que la femme qu'il s'apprêtait à interroger n'était peut-être pas aussi claire, aussi "transparente" qu'il y paraissait.

La veille, aussitôt rentré au SRPJ, Thomas s'était installé devant la visionneuse et, après plusieurs heures de patience, il avait trouvé des images intéressantes sur la bande enregistrée par la caméra de surveillance n°3 pendant l'après-midi du dimanche, quelque chose de pas très normal, suffisant pour fournir au commandant un départ valable pour son enquête, un fil à tirer.

A peine eut-elle pris place en face de lui, en pleine lumière, une vive lumière d'été qui trahissait les moindres détails de son visage (lui-même, comme c'est l'usage pendant les interrogatoires, tournait le dos à la fenêtre), le commandant remarqua l'ecchymose qu'elle avait au menton : une traînée d'un violet soutenu se devinait sous le fond de teint au moyen duquel elle avait tenté de la dissimuler. Il abrégea les préliminaires :

– Qu'est-ce qui vous est arrivé ?

– C'est un bleu.

– Qui est-ce qui vous a fait ça ?

– Personne. Je suis tombée.

– Quand ?

– Hier matin, dans l'escalier du garage.

– Vous ne l'aviez pas quand je vous ai vue l'après-midi.

– Il n'avait pas encore changé de couleur.

Elle était tombée, air connu, pensa Leprat. La première explication des femmes battues quand elles veulent protéger leur conjoint.

– Ça serait pas plutôt votre mari qui vous aurait frappée ?

– Mais non, s'exclama Eve, Romain n'a jamais levé la main sur moi ! Je suis tombée, je vous dis. Quand je l'ai découvert au garage, ça m'a fait un choc. J'ai couru et j'ai trébuché dans l'escalier. Mon menton a heurté une marche.

Ou alors on lui a mis un jeton, se dit Leprat suivant son idée. A cet endroit-là, ça pourrait bien être un uppercut.

– Vous n'aviez pas eu une discussion, une querelle avec votre époux le matin du crime ?

– Pas du tout ! Nous avions pris notre petit-déjeuner tous ensemble comme d'habitude. On avait parlé de la fête de la veille, des prochaines vacances. Tout allait bien.

– Donc, après avoir découvert votre mari, vous l'avez laissé là et vous vous êtes enfuie... Vous n'avez pas essayé de voir s'il était encore vivant, si vous pouviez faire quelque chose pour lui ?

– J'étais bouleversée. Tout ce que j'avais en tête c'était d'aller téléphoner.

– A qui ? A un médecin ? A police-secours ?

– A un médecin, à ma belle-sœur, je ne sais plus.

– Mais vous ne l'avez pas fait ?

– J'ai paniqué. Brusquement, j'ai pensé que l'assassin était peut-être encore dans la maison... J'ai eu très peur et je me suis sauvée. J'ai couru jusque chez Florence.

– Tout de même, vous enfuir comme ça... en abandonnant votre époux. Vous ne semblez pas vous être inquiétée beaucoup pour lui. Vous vous entendiez bien avec lui, vous en êtes sûre ? Jamais de désaccords, jamais de disputes ?

– Il nous arrivait de nous disputer, mais c'était plutôt rare. Je n'aime pas les conflits.

Leprat la dévisagea un instant, lisse, inexpressive, et jugea le moment venu de mettre la découverte de Thomas sur le tapis.

– Et avec son frère ? Vous vous entendez bien avec son frère Edouard ?

Eve cilla.

– On s'entend normalement. C'est mon beau-frère.

– Vous entretenez des relations normales ? C'est ce que vous me dites ?

– Mais... oui, murmura Eve.

Le commandant frappa du plat de la main sur son bureau :

– Vous mentez, Madame ! A moins que vous ne trouviez normal d'aller vous bagarrer dans le petit bois avec votre beau-frère, à quelques mètres de votre mari pendant sa réception d'anniversaire.

Eva parut ébranlée, mais se reprit :

– Qui a bien pu vous raconter ça... des ragots...

– Ne me faites pas perdre mon temps, s'il vous plaît ! la coupa le policier. Nous en avons la preuve. Vous avez été filmés tous les deux par une caméra de surveillance !

Cette fois, Eve accusa le coup. Le sang afflua brusquement sous sa peau fine ; comme toutes les personnes à peau claire, elle rougissait fortement.

– Qu'est-ce que vous voulez que je vous dise..., souffla-t-elle.

– La vérité... Ce que vous fichiez là, derrière les arbres, avec votre beau-frère.

– C'est Edouard qui m'avait entraînée. Il insistait, il prétendait qu'il avait à me parler. Il m'a forcée. Je l'ai suivi pour en finir, parce que j'avais peur qu'on se fasse remarquer par les invités.

– Une discussion plutôt animée. Sur nos images, il a l'air furieux. On a l'impression qu'il vous invective grossièrement, qu'il vous brutalise même...

– Il avait bu, dit Eve. C'était la fin de l'après-midi.

– Qu'est-ce qu'il vous disait ? Qu'est-ce qu'il voulait ? s'enquit impatiemment Leprat qui avait bien regretté que les bandes ne soient pas sonores quand son stagiaire les lui avait fait voir.

Eve baissa la tête :

– Toujours la même chose... Il voulait que je le retrouve le lendemain.

– Où ça ?

– Dans un hôtel.

– Quel hôtel ?

– Je ne m'en souviens pas.

– Allons, c'était sûrement un hôtel où vous aviez l'habitude d'aller... Vous couchez avec lui, c'est ça ? Vous êtes la maîtresse de votre beau-frère ?

– Sûrement pas ! se récria Eve.

– Alors c'est que vous ne vouliez plus de lui ? Vous étiez en train de le quitter ? C'est pour ça qu'il était en colère ?

– J'ai jamais voulu de lui, je n'ai jamais été la maîtresse d'Edouard, se défendit-t-elle. C'est lui qui insistait pour que je couche avec lui, c'était comme une obsession.

– Ça durait depuis quand ?

– Depuis avant mon mariage, quand Romain m'a présentée à sa famille. Au début, c'était comme un jeu. Comme s'il me faisait la cour pour rire. Vous voyez, une espèce de petite comédie galante.

– Vous êtes mariée depuis combien de temps avec son frère ?

– A peu près dix ans.

– Et son aîné vous sollicite depuis tout ce temps ? s'étonna Leprat.

– Pas sans arrêt. Ça le prend par moments. Surtout quand il est ivre. Et puis nous n'étions pas toujours en famille. Et quand c'était le cas, je m'arrangeais pour me trouver seule avec lui le moins possible.

– Vous l'aviez dit à votre mari que son frère vous faisait des avances ?

– Surtout pas. Ça aurait fait un drame.

– Il avait l'air vraiment furax, votre beau-frère, hors de lui. C'est peut-être bien lui qui vous a frappée au menton ce jour-là.

– Non, répondit Eve d'un air las, ce n'est pas Edouard. Je vous le répète, je me suis cognée dans l'escalier du garage.

– Sur quelle marche vous vous êtes cognée ?

– Je n'en sais rien, moi ! Il me semble que j'étais à peu près au milieu de l'escalier quand je suis tombée.

– C'est ce qu'on verra, dit Leprat en se promettant de faire examiner l'escalier par les experts : si cette femme était vraiment tombée, ils trouveraient au bord d'une marche un peu de sang d'une égratignure, un minuscule fragment de peau... – Mais si vous avez menti, si vous me racontez des bobards, croyez-moi Madame Serallier, ça ne sera pas bon pour vous. – Et puis il y a cette histoire de voiture qui me tracasse, votre véhicule personnel qui, comme par hasard, n'était pas dans le garage justement ce matin-là... Comme si vous saviez ce qui allait se passer et que, pour n'être pas privée de votre voiture, le beau 4x4 avec lequel vous êtes venue ce matin et que je vois là par la fenêtre, vous l'aviez garée ailleurs afin qu'elle ne reste pas immobilisée sur la scène de crime après la mise sous scellés du garage.

Eve soupira :

– Il m'arrivait souvent de la laisser dehors. Surtout l'été. Je vous l'ai déjà dit.

– C'est ce que vous avez dit, oui. Le commandant éleva la voix : –Mais moi, ce que je crois, c'est que vous êtes la maîtresse de votre beau-frère et que vous avez comploté ensemble l'assassinat de votre époux pour vous débarrasser de lui. Si ça se trouve, c'est vous-même qui l'avez assassiné, ce pauvre homme !

Eve ouvrit grand la bouche, stupéfaite, et fondit bruyamment en larmes. Comment pouvez-vous, sanglotait-elle en triturant son mouchoir, mon pauvre Romain est mort, j'ai perdu mon mari, mes deux fils viennent de perdre leur père, et c'est moi que vous soupçonnez, moi que vous torturez !... – Etc. : une authentique crise de nerfs.

Leprat appela un policier du commissariat et fit apporter un verre d'eau à son témoin. Il patienta en l'observant, lui laissant le temps de se reprendre. Puis quand Eve parut un peu calmée :

– Bon, annonça-t-il froidement, ça suffit pour aujourd'hui. Vous pouvez rentrer chez vous... enfin, chez votre belle-sœur. Mais surtout vous n'en bougez pas. Je veux pouvoir vous convoquer à tout moment. Nous nous reverrons, Madame Serallier, nous sommes loin, très loin d'en avoir fini.

Eve se moucha, renifla, remit son mouchoir humide dans son sac et réussit à articuler :

– Il était prévu que je ne resterais chez Florence que deux ou trois semaines, jusqu'à la fin du mois. Puis je devais accompagner mes enfants et ma mère aux Sables-d'Olonne et passer tout l'été avec eux. Je ne me sens pas le courage de retourner dans ma maison, vous comprenez.

Leprat se leva pour mettre un terme à l'entretien :

– Dans ce cas, si on vous permet de quitter le Valaubois, n'oubliez pas de me laisser votre adresse. Et une fois là-bas interdiction de vous absenter.

– Entendu, dit Eve un peu rassérénée, visiblement soulagée d'être autorisée à partir. – Sur le pas de la porte, elle se retourna et déclara d'un ton ferme en fixant le commandant droit dans les yeux : "Je n'ai jamais trahi mon mari."

Deux ou trois semaines, se dit-il quand la porte se fut refermée sur elle. Merde. J'espère bien que l'affaire sera résolue d'ici là.

A midi, déclinant l'invitation de ses collègues frémonvillais de partager leur déjeuner, il se fit apporter un sandwich et une bière, et passa l'heure du repas dans le silence de son bureau. Il avait besoin de réfléchir.

Pendant leur entretien de la matinée, Eve avait soutenu mordicus qu'il ne s'était jamais rien passé entre Edouard et elle, mais en visionnant la séquence enregistrée par la caméra n°3 et en voyant son beau-frère la malmener, le commandant avait bel et bien eu l'impression qu'ils étaient amants. – Soit dit en passant, le gardien de service (celui de 16 h/minuit puisque, selon le minutage des images, la scène avait été enregistrée entre 17 h 11 et 17 h 14), qui devait s'ennuyer ferme devant son écran de contrôle ce dimanche-là, avait dû élargir le champ de la caméra 3, une rotative capable de balayer 360°, un peu plus que la réglementation du village ne le prévoyait, de façon à tourner l'objectif vers la maison et à se distraire un moment en matant la réception Serallier sur la pelouse. Pas très discret. Mais le respect du règlement intérieur d'un village fermé, ce n'était pas le problème de Leprat, il s'en fichait royalement. Au contraire, il n'avait qu'à se féliciter de l'indiscrétion du gardien puisqu'elle lui avait permis d'être témoin d'une scène qu'il aurait ignorée autrement.

Eve avait prétendu que pendant leur discussion sous les arbres Edouard insistait pour qu'elle le rejoigne le lendemain après-midi à l'hôtel. N'était-il pas plutôt question de quelque chose de beaucoup plus grave ? Ne la secouait-il pas pour qu'elle se décide à tirer sur son mari, ce qu'elle ne parvenait peut-être pas à se résoudre à faire ?

D'un autre côté, si Eve avait voulu se débarrasser de Romain, pourquoi ne pas tout simplement divorcer ? A moins qu'il n'y ait eu une question d'intérêt ? Une clause particulière de son contrat de mariage ou une histoire d'assurance-vie ?

Il n'était pas impossible qu'elle ait finalement cédé à l'insistance de son amant et tué son mari de ses propres mains. Mais les experts venus examiner les lieux l'après-midi du crime avaient fait un prélèvement sous les ongles de l'épouse et on n'y avait trouvé aucun résidu de poudre. Elle aurait pu mettre des gants, mais Leprat n'y croyait pas trop, il ne voyait pas cette jeune femme douce, un peu apathique, et mère de deux jeunes enfants, assassiner leur père. Quelque chose ne cadrait pas. A moins qu'elle n'ait fini par obéir aveuglément à son amant et exécuté comme une marionnette ce qu'il lui ordonnait de faire ?

Restait le problème de la télécommande retrouvée dehors. L'aurait-elle, toujours selon les directives de son beau-frère, placée exprès dans le buisson bordant la rampe du garage, pour faire croire à un assassin venu de l'extérieur ? Bien compliqué pour des criminels amateurs.

Un peu plus vraisemblable était l'éventualité selon laquelle Eve n'aurait été que complice, laissant à Edouard le soin d'engager un tueur et de tout organiser. Mais là encore, le commandant était sceptique. Si un bon policier a le devoir de tout envisager, d'imaginer toutes les actions et toutes les motivations possibles pour un criminel dans une situation donnée, il doit aussi savoir se laisser guider par son instinct. C'est justement cet instinct, ce *sixième sens*, qui fait la différence entre un policier méthodique et consciencieux et un policier exceptionnel : l'intuition que peut avoir un vraiment "bon flic" devant un suspect et qui, même en l'absence de preuves, le conduit à ne pas le lâcher, parfois pendant des années, ou au contraire à s'en désintéresser rapidement en dépit de charges apparentes pour suivre une autre piste.

Bien sûr, Leprat l'avait plusieurs fois constaté, il y a des coupables qui ont un talent et un culot inouïs pour emmener les policiers en bateau, mais il ne croyait pas qu'Eve Serallier entrait dans cette catégorie. Il avait l'intuition que cette femme disait vrai, au moins en partie. Elle était ou avait peut-être été la maîtresse d'Edouard mais comploter avec son amant l'assassinat du père de ses deux petits garçons, non, décidément il ne le sentait pas.

Au moment de partir, elle s'était retournée pour lui dire, droit dans les yeux, qu'elle n'avait jamais "trahi" son mari. Commettre un adultère, ce n'est pas forcément "trahir". De guerre lasse, pour qu'il lui fiche la paix, Eve avait pu céder à son beau-frère sans pour autant avoir le sentiment de trahir son mari. Mais une coupable, une femme complice de son assassinat se serait plutôt sauvée sans demander son reste, ou alors il aurait fallu qu'elle ait des nerfs d'acier.

Il prendrait tout de même le temps d'aller interroger sa mère, Madame Gilbert, à l'adresse qu'Eve lui avait indiquée boulevard Exelmans ; il tâcherait de savoir si sa fille avait des problèmes avec son époux, si elle ne lui avait pas fait de confidences à ce sujet. Et même si c'était délicat, s'il le fallait absolument il interrogerait aussi les enfants : Est-ce que papa et maman se disputaient ? Est-ce que papa battait maman ? Et surtout : Est-ce que maman laissait souvent sa voiture dehors ?

Mais le personnage le plus intéressant dans l'histoire, celui que le commandant avait déjà identifié comme le véritable chef de cette famille hors du commun, c'était évidemment le beau-frère d'Eve, Edouard Serallier.

Quand il avait conduit Leprat dans le garage, auprès du cadavre de son frère encore chaud, et ensuite, quand il avait retrouvé les deux femmes dans le salon, à aucun moment il n'avait manifesté son trouble, pas une seconde il n'avait perdu son contrôle de soi. Incontestablement, c'était quelqu'un : le PDG d'une entreprise qui faisait vivre tous les Serallier et très probablement le chef incontesté du "clan". Bien qu'au cours de cette première rencontre, Edouard lui-même ait très peu parlé, à deux ou trois reprises, le commandant avait observé qu'Eve l'interrogeait du regard avant de répondre à ses questions. L'aîné Serallier lui avait fait l'impression d'un personnage à la fois protecteur et dominateur – les deux vont souvent de pair. Un patriarche. Mais ce "patriarche" allait-il jusqu'à s'attribuer un droit de cuissage sur l'épouse de son frère cadet ?

Le commandant était curieux d'entendre cet homme à la personnalité exceptionnelle. Il se réservait de le convoquer à Versailles, dans les bureaux du SRPJ, mieux équipés que le commissariat de Frémonville pour retenir un témoin aussi longtemps qu'il le faudrait. A tout seigneur, tout honneur. Et il s'attendait à trouver dans l'aîné Serallier, s'il avait quelque chose à cacher, un adversaire coriace. Mais rien ne pressait. Pour être en position de force pendant son interrogatoire, il valait mieux d'abord se renseigner sur lui.

Depuis Frémonville, il fallut à peine vingt minutes au commandant pour parcourir les quinze kilomètres qui le séparaient de SERAVER. Précédé par un immense parking presque complet, le site de l'usine s'élevait sur un terrain entouré d'un haut grillage. Il était composé de trois bâtiments : l'usine proprement dite, de proportions imposantes – une bâtisse qui devait bien faire cinquante mètres de long –, où étaient moulés les flacons destinés à la parfumerie et les bouteilles de toutes contenances expédiés à des laboratoires pharmaceutiques dans plusieurs pays d'Europe ; l'entrepôt, aux abords duquel évoluait le ballet incessant des camions de livraison, signe d'une activité florissante ; et, immédiatement après le portail, le bâtiment abritant les bureaux de la société, un petit immeuble de quatre étages ultramoderne, tout montants métalliques et verre fumé.

Le commandant laissa sa voiture au parking et alla présenter sa carte de police à l'entrée principale. Après un rapide coup d'œil sur le document, le vigile lui fit une ébauche de salut militaire valant laissez-passer.

Leprat franchit les quelques mètres qui le séparait des bureaux et pénétra dans un hall spacieux, agrémenté de plantes artificielles et meublé de fauteuils et de tables en plexiglas jonchées de magazines économiques et de revues professionnelles. Une hôtesse trônait derrière un large comptoir semi-circulaire. A son approche, elle lui adressa un sourire accueillant, découvrant deux rangées de dents ravissantes. C'était une très jolie fille dans les vingt-cinq ans, vêtue, malgré la saison, d'un tailleur bleu marine (il est vrai que l'immeuble était climatisé), les cheveux sobrement tirés en arrière et rassemblés en un impeccable chignon.

– Je viens voir la secrétaire de Romain Serallier, lui dit Leprat en montrant de nouveau sa carte.

La sourire de l'hôtesse s'effaça pour faire place à une expression funèbre.

– Vous avez rendez-vous ? demanda-t-elle, s'imaginant peut-être qu'il est dans les habitudes de la police de prévenir de son arrivée.

– Annoncez-moi, lui ordonna-t-il. Commandant Leprat.

L'hôtesse décrocha son téléphone :

– Martine ? Je t'envoie quelqu'un, un monsieur de la Police. Le commandant Leprat. – Elle remit un *pass* plastifié à son visiteur : Troisième étage, le renseigna-t-elle, porte 38.

Leprat introduisit le *pass* dans la fente et se glissa dans le tourniquet, troisième et dernier obstacle avant les ascenseurs. On n'entrait pas chez SERAVER comme dans un moulin.

Après quelques instants d'errance dans les couloirs, il atteignit le bureau 38. Sur la porte entrouverte, une plaque indiquait le nom de son occupante : Martine Besnier. Leprat frappa légèrement et sans attendre la réponse s'introduisit dans la pièce.

La secrétaire était occupée à faire du rangement. Elle allait et venait entre un classeur métallique et une table où s'empilaient d'épais dossiers.

– Commandant Leprat, se présenta-t-il pour la troisième fois. Je suis chargé de l'enquête concernant la mort de votre patron. J'ai quelques questions à vous poser.

– Je ne sais pas si je peux vous répondre, dit-elle sans cesser son travail. Il me faut l'autorisation de Monsieur le Directeur.

– Rassurez-vous, il est au courant, affirma le commandant, certain que, aussitôt qu'il avait eu le dos tourné, l'hôtesse d'accueil s'était empressée de prévenir la Direction de son arrivée. Il prit d'autorité le fauteuil en face d'elle : – Vous permettez ?

La jeune femme interrompit ses allées et venues :

– Qu'est-ce que vous voulez que je vous dise, prononça-t-elle d'un air accablé en se laissant tomber sur le siège de son bureau : – Je ne sais rien, moi...

C'était une petite brune mince au front têtu, avec des yeux noisette assez vifs. Comme sa collègue du rez-de-chaussée, elle portait les cheveux ramenés en arrière, mais elle était habillée d'une façon plus décontractée d'une jupe de toile et d'un cardigan. Elle leva vers le commandant un visage soucieux :

– Tout ce que je vois, c'est que mon chef a été assassiné...

– Je suis désolé, dit Leprat. Je comprends que ça a dû vous bouleverser. Vous travailliez depuis longtemps à ses côtés ?

– Trois ans. C'était mon premier emploi, je veux dire mon premier emploi stable. Mon premier CDI.

– Vous avez quel âge ?

– Vingt-sept.

– Vous vous entendiez bien avec lui ? C'était un bon patron ?

– Très gentil.

– Il ne se montrait pas impatient, il ne vous brusquait pas ?

– Non, non. Toujours poli, toujours d'humeur égale. Même au commencement, quand je débutais, s'il n'était pas satisfait de mon travail, il m'expliquait calmement ce qui n'allait pas.

– Ces derniers temps, vous n'aviez pas remarqué un changement dans son comportement ? Il ne vous avait pas paru plus nerveux que d'habitude, inquiet ?

La jeune femme parut hésiter :

– Non, dit-elle finalement, j'ai rien remarqué.

– Si quelque chose vous a frappée, vous devez me le dire, Mademoiselle. Essayez de vous rappeler.

– Non, il n'y a rien eu d'anormal. J'ai rien vu de particulier.

Leprat eut l'impression qu'elle ne lui disait pas tout ; de peur de la cabrer et de la faire taire définitivement, il changea de sujet, se réservant d'y revenir par un autre chemin.

– Qu'est-ce que vous allez faire, à présent ?

– Je n'en sais rien... Ça dépendra de la Direction. Ils vont sûrement engager un autre directeur du Marketing, quelqu'un de l'extérieur. Normalement, je devrais rester à mon poste au moins le temps de le mettre au courant. Après, je ne sais pas...

– Vous pensez que le nouveau directeur ne voudra pas vous garder ?

– Il engagera sûrement une nouvelle, une fille qu'il formera à son idée. Il ne voudra pas d'une assistante qui connaît trop bien la maison et qui a déjà ses habitudes.

– Avec vos références, vous n'aurez pas de mal à trouver autre chose.

– Ne croyez pas ça. Ma petite sœur avait un bon poste dans l'agroalimentaire – elle a fait des études de commerce, elle a bac + 4 – et bien ils ont réduit les effectifs et elle est au chômage depuis un an... Même, en admettant que je retrouve un emploi, ça sera sûrement moins intéressant qu'ici. Chez SERAVER, on nous demande beaucoup, mais on est très bien payé. Tout ce que je peux espérer c'est qu'Edouard me recasera dans un autre service. Mais il faudrait qu'il y ait un poste vacant. Il fait pas de sentiment, lui, tout ce qu'il voit c'est l'intérêt de l'entreprise.

– Vous appelez votre PDG par son prénom ?

– Euh... non. Quand il est là, je l'appelle Monsieur.

Cette familiarité inattendue suggéra une question au commandant, une question qui découlait logiquement de ce qu'il avait déjà appris sur lui :

– Dites-moi, Mademoiselle Besnier, est-ce que vous avez une relation, disons, d'ordre privé avec Edouard Serallier ?

Le visage de la secrétaire s'assombrit, mais elle ne se troubla pas.

– Oh, répondit-elle en évitant le regard du policier, j'en ai eu une, très brève. Ici, vous savez, c'est une formalité. On n'en fait pas tout un plat. Presque tout le monde y passe, toutes les jeunes femmes.

– Vous voulez dire que c'est la condition pour être engagée chez SERAVER ?

– Pas vraiment. Mais une fois qu'on est là, pendant notre période d'essai, on comprend bien qu'il vaut mieux faire ce qu'il nous demande. – Elle émit un petit rire tristement moqueur : Il a une façon bien à lui de nous présenter ça. Comme si on lui rendait service, pour l'aider à se détendre, à évacuer son stress, vous voyez ? Ça prouve notre dévouement. C'est comme un devoir qu'on aurait vis-à-vis de l'entreprise.

– Et ça se passe où ? Il vous donne rendez-vous dans un hôtel ?

– Non, en général il fait ça dans son bureau. Ou dans sa salle de bains privée attenante. Patricia, c'était dans la salle-de-bain.

– Patricia ?

– L'hôtesse d'accueil.

– Vous en parlez entre vous ?

– Ça nous arrive d'en rigoler, oui. On n'a pas le choix.

– Il a des exigences, votre patron, il vous oblige à faire des choses humiliantes ? insista le commandant dans le but de mieux cerner la personnalité de l'aîné Serallier.

– Oh non, pas du tout. C'est assez rapide, en fait. Une fois ou deux à la sauvette. C'est comme une formalité, je vous dis. Un peu comme s'il voulait nous imprimer sa marque. Après, il nous laisse tranquilles et on est à peu près sûres d'être engagées à la fin de notre période d'essai.

– J'espère que vous n'aviez pas de "devoir" de ce genre avec votre propre patron.

– Ah non, pas lui. Romain, c'était quelqu'un de bien.

– Vous pensez qu'Edouard n'est pas quelqu'un de bien ?

– Il s'agit pas de ça. Qu'est-ce que vous essayez de me faire dire... Elle se renfrogna : – Je ne veux pas perdre mon travail.

– Ça restera entre nous, promit le commandant. Ils s'entendaient bien, son frère et lui ?

– Ils étaient associés... C'est une entreprise familiale. Elle a été fondée par leur père et ils en ont hérité ensemble à sa mort. A eux deux, ils sont largement majoritaires, ils ont le pouvoir de décider de tout.

– Et ils étaient toujours d'accord sur les décisions à prendre ?

– Je ne sais pas. Mais je crois que c'était surtout Edouard qui commandait. Il a beaucoup d'autorité et c'est lui le PDG, c'est lui qui dirige tout ici. Il n'aimc pas qu'on le contredise et il n'aime pas beaucoup déléguer. Il faut reconnaître qu'il sait faire marcher l'entreprise. Le chiffre d'affaire progresse tous les ans et les bénéfices aussi. Chaque Noël, on fêtait les bons résultats de l'année tous ensemble. Il y avait du champagne, des cadeaux. Il y a des bons côtés, ici. C'est comme une grande famille.

"En effet", persifla mentalement Leprat. Voyant que la secrétaire ne portait pas d'alliance, il poursuivit :

– Vous vivez avec quelqu'un ?

– Non, je vis seule. J'ai loué un studio à Fontainebleau. Près du château. Le quartier est très joli. Avant j'avais un fiancé, mais ça n'a pas marché.

– Qu'est-ce que vous allez faire si vous perdez votre travail ?

– En chercher un autre. Je pourrai tenir le coup un moment et après, je ferai comme ma sœur, je serai forcée de rentrer chez mes parents. Ils ont un pavillon dans la banlieue de Melun.

La jeune femme s'était rembrunie. Elle se leva, fit mine de reprendre son rangement. Leprat comprit qu'il n'en tirerait plus grand-chose.

– Vous pourriez voir Madame Germain, suggéra-t-elle pour se débarrasser plus vite de lui. La secrétaire d'Edouard. Elle, ça fait au moins dix ans qu'elle est dans la maison, elle doit en savoir long sur l'entreprise et sur les associés... Enfin, c'est pas sûr qu'elle vous en dise plus que moi. Gisèle Germain, c'est une tombe, et son patron, c'est son dieu. Elle est en admiration devant lui. Tout le monde dit qu'elle en est amoureuse. Ça m'étonnerait pas que...

– C'est le bureau de Romain Serallier ? l'interrompit le commandant en désignant une porte intérieure.

La secrétaire l'ouvrit et laissa passer le policier.

C'était un bureau d'angle, percé de deux grandes baies qui donnaient l'une sur la forêt, l'autre sur un paysage vallonné découvert au creux duquel, au soleil de l'après-midi, sinuait le ruban argenté de la Seine. Il était meublé d'un mobilier de bois précieux, de la loupe d'orme, un bois blond et chaleureux, et d'une épaisse moquette beige étouffant les bruits. Un sous-main de cuir rouge foncé, de beaux stylos, quelques accessoires de laiton doré étaient élégamment disposés sur la table. Dans un cadre de cuir assorti au sous-main, Leprat reconnut une photo d'Eve entourée de ses deux fils. L'ensemble formait un décor "cosy", un peu daté, qui tranchait avec la modernité fonctionnelle du reste de l'immeuble. Celui qui travaillait là semblait avoir arrangé cette pièce comme un refuge, un lieu de confort et de tranquillité. Avec l'ouverture, la possibilité d'évasion qu'offrait à travers les baies la vue sur ce coin reposant d'Ile-de-France. C'était le décor d'un homme mû par la volonté de s'abstraire par moments des affaires, des pressions, de l'agitation ambiante pour se retrouver face à lui-même.

Le commandant fit quelques pas dans le bureau, ébaucha le geste d'ouvrir un tiroir, puis se ravisa :

– Un lieutenant va venir fouiller cette pièce. Voir s'il peut trouver un indice. Il vous faudra l'aider.

– Pas de problème. Je ferai de mon mieux.

Il prit congé de la secrétaire et lui tendit sa carte : "Si quelque chose vous revenait en mémoire, téléphonez-moi. Vous pouvez m'appeler sur mon portable à n'importe quelle heure." – Il plongea ses yeux dans les siens : "Même un détail, Mademoiselle Besnier, ça peut être important."

En atteignant la sortie, il aperçut deux journalistes qui piétinaient derrière le grillage. Ou bien ils avaient été prévenus de son arrivée par le vigile, ou bien ils l'avaient suivi depuis le commissariat. Il franchit le portail en pressant le pas, vite rattrapé par les deux hommes.

– Commandant, juste un mot ! l'interpella le reporter tandis que son photographe mitraillait le policier. C'est pour *Le Courrier*...

– Connaît pas.

– C'est un hebdo local...

– J'ai rien à vous dire, dit Leprat, accélérant de plus belle en direction de sa voiture.

– Vous avez vu le frère de la victime ? Pas commode, hein ? cria derrière lui le reporter.

Le policier s'arrêta net :

– Vous le connaissez ?

– Tout le monde le connaît par ici.

– C'est un élu ?

– Non, mais c'est une personnalité de la région.

– Qu'est-ce que vous savez sur lui ?

– Ce que tout le monde sait...

– Un chaud lapin, dit le photographe en rigolant grassement.

– Un despote, surtout, rectifia le reporter. Alors, vous lui avez parlé ?

– Un "despote" ? interrogea Leprat sans répondre à la question.

– C'est sa réputation. Comme disent les gens, vaut mieux être avec lui que contre lui. J'ai une copine qui le connaît bien, une maquettiste, elle a travaillé chez eux au département Publicité.

Encore une histoire de cul, pensa crûment Leprat.

– Elle sait quelque chose sur l'assassinat, votre copine ? Elle a vu quelque chose ? Parce que si c'est le cas, il faut qu'elle aille en vitesse en parler à la police.

Il était arrivé à sa voiture.

– Et puis vous aussi, si vous cherchez des infos, allez plutôt voir au commissariat de Frémonville. Ils sont sur l'affaire. (Il compléta pour lui-même : "Et ils seront pas fâchés de découvrir leur bobine dans la feuille locale.")

"Drôle de bonhomme", se disait le commandant quelques minutes plus tard en regagnant Versailles par l'autoroute. Il était quatre heures, la circulation était encore relativement fluide, mais il lui faudrait quand même plus d'une heure et demie pour arriver au bureau. Les témoignages, tout au moins les opinions qu'il avait recueillies jusqu'ici sur l'aîné Serallier confirmaient sa première impression d'un personnage autoritaire et dominateur. A en croire le journaliste, il avait la réputation d'un "despote". Mais les gens exagèrent toujours, et il faut aussi compter avec la jalousie des médiocres pour un homme en vue, pour sa réussite. Edouard était le patron d'une entreprise de plusieurs centaines d'employés. D'après la secrétaire du frère cadet, toute la responsabilité reposait sur lui. Et bien, raisonnait le commandant, diriger une affaire de cette importance n'est pas à la portée de tout le monde, il doit y falloir de la poigne, une main de fer...

Le patron de SERAVER passait aussi pour un "chaud lapin", mais il n'était sûrement pas le premier ni le dernier à considérer son entreprise comme une espèce de harem à sa disposition, à commettre ce genre d'abus, et tant que la police ne recevait pas de plainte... D'ailleurs l'expression employée par le photographe ne collait pas avec ce qu'avait décrit Martine Besnier : le côté expéditif et comme "symbolique" de l'acte. "Comme s'il voulait nous imprimer sa marque" avait-elle dit et, avec sa sensibilité de jeune femme, elle avait sans doute touché juste. Décidément non, "chaud lapin" ne convenait pas pour décrire ce genre de comportement. Selon Leprat, il devait s'agir de quelque chose de plus compliqué. Ça faisait plutôt penser à une sorte d'*ivresse du pouvoir*, laquelle se traduit parfois, chez certains hommes parvenus à un niveau élevé de fortune et de réussite, par un sentiment de toute puissance sexuelle, l'idée qu'ils peuvent avoir toutes les femmes... Très certainement, il y avait chez l'aîné un désir de tenir les gens sous sa coupe. A commencer par son frère. Cependant, toujours selon la secrétaire, le cadet semblait se soumettre sans difficulté. Ça l'arrangeait peut-être, au fond, que son aîné tienne les rênes, qu'il porte seul le poids des responsabilités. Il y avait plusieurs années qu'ils travaillaient ensemble et il ne semblait pas y avoir eu de grave problème entre eux sur la question de l'autorité. Et puis tant qu'une entreprise est bénéficiaire, il est bien rare que les associés aient un désaccord sérieux...

Enfin, concluait le commandant pour lui-même, tout ça était bien intéressant mais il ne savait toujours pas pourquoi on avait tué Romain Serallier. Deux jours que le crime avait été commis et son enquête n'avait pas avancé d'un pouce.

Il trouva le bureau en effervescence. On parlait haut, il y avait des exclamations, des rires. C'était le bon côté des stagiaires et des débutants, la jeunesse et la gaîté qu'ils apportaient dans le service. A les voir, on aurait dit qu'ils faisaient le plus beau métier du monde. Il était un peu moins de six heures du soir et le soleil de juin encore chaud entrait à flots par les fenêtres ouvertes.

– On fête quelque chose ? demanda-t-il en passant le seuil avec une mine sévère. – A sa vue, quelques pieds disparurent prestement du dessus des bureaux.

Thomas était déjà devant lui :

– On a l'arme !

– Vous avez l'arme ? répéta le commandant n'osant croire que la police de Frémonville avait déjà mis la main dessus.

– On a reçu le rapport du labo, précisa le stagiaire avec enthousiasme. D'après l'examen des balles, il s'agit d'un pistolet semi-automatique 9 mm, un Beretta 92. Ils ont extrait deux projectiles du corps : un dans la carotide et un autre dans l'épaule. Ils situent l'heure du décès entre 8 heures et 10 heures du matin.

Le commandant Leprat aimait bien Thomas. C'était le fils d'une assistante sociale et d'un policier retraité. Autant dire qu'à sa naissance il faisait déjà un peu partie de la maison. Un garçon bien élevé, avec une bonne mentalité, et qui semblait se passionner pour le métier. Et puis il se montrait obstiné et patient, des qualités plutôt rares chez un stagiaire. Leprat pensait qu'avec un peu de chance il ferait un bon flic.

Il parcourut le rapport du légiste. La balle mortelle avait crevé la carotide externe gauche, l'autre, non létale, s'était logée dans l'épaule droite, dans le deltoïde sous l'extrémité de la clavicule. Une deuxième balle dans l'épaule... C'était n'importe quoi. Affolé, le tueur avait dû tirer une seconde fois au petit bonheur au moment où sa victime déjà touchée à la carotide basculait sur le siège passager. Du travail d'amateur, comme il en avait eu l'impression dès le début. Et bien c'était plutôt bon signe. Ça valait mieux qu'un tueur professionnel qui aurait sauté dans un avion le jour même et se serait définitivement évanoui dans la nature avec son arme.

– Ils ont aussi examiné les douilles ?

– Oui. Ils n'y ont pas trouvé d'empreintes digitales... On pourrait peut-être faire une recherche d'ADN ?

– On verra, dit le commandant. – Pour en faire quoi, songeait-il, tant qu'on n'a pas de suspect ? On peut toujours comparer avec le fichier général mais, s'il n'est pas répertorié, on se retrouvera avec un ADN sans propriétaire connu. Ça nous obligerait à relever celui des résidents du Valaubois, des collaborateurs de SERAVER, et pourquoi pas de tous les habitants de Fontainebleau pendant qu'on y était !... On avait le type d'arme, c'était déjà ça. Le *bémol* était qu'il y avait des centaines de milliers de Beretta 92 en circulation.

– Et c'est pas tout, reprit joyeusement Thomas quand son chef en eut fini avec le rapport du labo, j'ai repéré un nouveau truc sur la bande de la caméra 3. Un truc qui m'avait échappé.

Leprat se laissa entraîner jusqu'à la visionneuse.

– Une minute, dit le stagiaire en remontant en arrière en accéléré. Il arrêta la machine sur une image où l'on distinguait nettement le panneau de l'allée du Hibou, celle qui menait à la maison d'Edouard, puis il repartit à la vitesse normale : – Regardez ça, commandant !

Presque aussitôt surgit gauche écran un motard porteur d'un casque intégral. La bande indiquait 15 h 53. Suivi par la caméra, il franchit l'allée en moins de trois secondes, opéra un court virage à droite et stoppa devant la maison. Une demi-seconde plus tard, avant même qu'il ait eu le temps de descendre de sa moto et de l'installer sur sa béquille, Edouard Serallier apparut sur le seuil. Le motard le rejoignit en ôtant son casque et ils pénétrèrent tous les deux à l'intérieur. La porte se referma. La caméra abandonna la maison pour continuer doucement son panoramique jusqu'à la pelouse où avait lieu la réception. (Depuis son écran de contrôle, au mépris du règlement et de la plus élémentaire discrétion, le gardien s'était accordé une petite distraction, se souvint Leprat.)

– Qu'est-ce que c'est que ça, qu'est-ce qu'il vient foutre ici ce gars-là, murmura-t-il. Recule un peu, Thomas. Reviens au moment où il a enlevé son casque et arrête-toi sur lui.

Ils restèrent un instant à scruter l'image fixe. Le motard était filmé en pied, sur le point de rejoindre Serallier, son casque sous le bras mais de profil, de sorte qu'on distinguait à peine son visage. Au lieu de l'accoutrement habituel des motards, il portait un jean et une chemisette à manches courtes qui laissait voir des bras minces et musclés. Il n'avait pas de bottes mais des baskets sur lesquelles on devinait le logo d'Adidas.

– C'est une Suzuki, dit Thomas qui s'intéressait davantage à la moto qu'à son conducteur. Il zooma pour examiner l'image de plus près : Une *Intruder 800 Full black.*

– T'as l'air de t'y connaître...

– C'est un modèle récent, il a été photographié partout.

– Ça vaut cher, un engin comme ça ? demanda Leprat frappé par le contraste entre la tenue modeste du motard et le luxe apparent de son véhicule.

– Dans les huit ou neuf mille euros. C'est une moto pour la vitesse, une moto pour la route. Mais là, le gars n'est pas équipé, on dirait qu'il n'est pas venu de loin. C'est comme s'il avait seulement fait un saut. Il a juste pris le temps de mettre son casque...

– C'est obligatoire, commenta machinalement le commandant. Il ajouta : En tout cas, ce qui est sûr, c'est que Serallier l'attendait. Il l'a entendu arriver et il est sorti sans même lui laisser le temps de sonner. Tu crois qu'il l'avait invité à la fête ?

– Je sais pas, dit Thomas. Pas forcément. Le gars est pas habillé pour. Et on dirait qu'il y a des taches sur son jean. S'il avait été invité, moi je pense qu'il aurait tout de même pris la peine de mettre un jean propre. Le problème, c'est qu'ensuite il n'apparaît plus sur la bande, alors on peut pas savoir quand il est reparti, combien de temps il a passé chez Serallier exactement.

– S'il n'était pas invité, qu'est-ce qu'il serait venu faire là, un dimanche, en plein milieu de l'après-midi ?

– C'était peut-être pour livrer quelque chose...

– Quoi donc, à ton avis ? continua le commandant qui commençait à avoir sa petite idée et testait la capacité de déduction de son stagiaire.

– De la coke, proposa Thomas.

– Qu'est-ce qui te fait penser ça ?

– Eh bien, c'était une fête... Ils avaient peut-être prévu de mettre un peu d'animation, au moins pour la soirée, quand ils ont continué leur réception en petit comité avec les derniers invités.

– Pas mal, approuva le commandant. Mais ça pourrait être tout autre chose : peut-être que le motard est venu chercher une arme. L'arme avec laquelle Romain Serallier a été assassiné...

– Alors si c'est ça, dommage qu'on le voie pas repartir... Comme il n'a pas de blouson, il serait ressorti avec un sac ou un paquet quelconque.

Leprat se pencha un peu plus sur l'image arrêtée :

– Quand même, dit-il, j'aimerais bien savoir qui c'est, ce type... – Puis, se rappelant que le commissaire de Frémonville lui avait parlé d'un habitant du Valaubois qui connaissait tout le monde et pourrait peut-être l'aider, il alla jusqu'à son bureau, sortit d'un tiroir le papier où il avait noté les coordonnées de l'homme en question et le tendit à Thomas : – Convoque-moi ce monsieur ici, à Versailles, pour demain matin. On va lui faire voir la bande. Espérons qu'il le reconnaîtra, lui, le mystérieux visiteur à moto.

Le lendemain, ponctuel, Julien Vigouroux se présenta au SRPJ à onze heures précises. Le commandant apprécia. C'était le mercredi 13 juin, troisième jour de l'enquête, et le temps pressait. Après une brève poignée de main, il conduisit son nouveau témoin à la visionneuse.

– Je le connais, déclara celui-ci à l'instant précis où le motard apparut à l'écran en chemisette à carreaux et bras nus, c'est Stef, Stephen Garoux. Un jeune chômeur qui vient bricoler de temps en temps au Valaubois. Les résidents, surtout les femmes, font appel à lui pour des petits travaux ou pour se faire aider dans une tâche pénible, comme déplacer un meuble ou ranger la cave.

– Vous connaissez son adresse ?

– Il habite aux Bleuets, une cité de la périphérie de Frémonville. Je n'ai pas son adresse exacte en tête, mais je peux vous la téléphoner. De toute façon, le quartier des Bleuets, ce n'est pas plus de quatre ou cinq immeubles, et Stef habite chez sa mère, Corinne Garoux. Il ne devrait pas être difficile à trouver. Il y a pas mal de locataires de la cité qui travaillent au Valaubois, en particulier des aide-ménagères.

– Il a quel âge ?

– Vingt-trois ans, je crois.

– Il a une belle moto, pour un chômeur...

– C'est vrai.

– Ça va chercher dans les combien une moto comme ça ?

– Je ne sais pas trop. Je ne m'y connais pas vraiment en motos. Je dirais autour de 10.000. Mais il l'a peut-être achetée d'occasion.

– Même d'occase, intervint Thomas, elle vaudrait encore cher. C'est un modèle récent. Et son casque, c'est pas de la camelote non plus : ça m'a tout l'air d'être un *Shark*, du haut de gamme en fibre de carbone.

– Alors, dans votre village, ça n'a intrigué personne qu'un chômeur roule sur un engin de plusieurs milliers d'euros ? Il se l'est quand même pas offert avec son bricolage.

– Personnellement, je ne me suis pas posé la question. Je dois avouer que je n'y avais pas prêté attention.

– Vous étiez à la réception de dimanche dernier ? demanda Leprat.

– J'étais invité, en effet.

– Vous l'avez vu, le dénommé Stef ?

– Non, mais je me souviens qu'à un moment, j'ai cru reconnaître le bruit de sa moto. Supposant qu'il avait été invité par Serallier à passer prendre un verre, je m'attendais à le voir débarquer sur la pelouse, mais presque aussitôt après j'ai entendu la moto repartir. Ça m'avait même surpris.

– Selon le minutage de la bande, il est arrivé un peu avant 16 h, mais on ne sait pas à quel moment il est reparti parce qu'ensuite il n'apparaît plus à l'image, son départ n'a pas été filmé. Logiquement, en effet, on pourrait penser qu'il avait été invité et qu'il était allé boire un coup avec les autres. Mais vous dites que vous ne l'avez pas vu à la réception et que vous avez entendu la moto redémarrer presque aussitôt après ?

– Quelques minutes après, oui.

Leprat se fit apporter le cahier des entrées et des sorties emprunté au gardien du Valaubois. Le nom de Stephen Garoux y figurait bien le dimanche 10 juin :

– Arrivée au contrôle : 15 h.52, sortie : 16 h.01, lut-il tout haut. Ça corrobore. Quand il est reparti, la caméra regardait de l'autre côté, elle filmait les invités de la réception.

– C'est quand même bizarre, remarqua Vigouroux, qu'il soit reparti si vite, un jour de fête, sans prendre le temps de boire une coupe de champagne... Je me suis demandé ce qu'il était venu faire.

– Et bien nous aussi, on se le demande, dit Leprat. On se demande quel lien il pourrait y avoir entre cette visite éclair et le crime commis le lendemain matin. Vous connaissez bien la famille Serallier ?

– Pas plus que ça. Je connais un peu l'aîné, Edouard, parce qu'on se rencontre régulièrement à l'assemblée des copropriétaires.

– Qu'est-ce que c'est comme genre de type ?

– Un homme brillant.

– Vous vous entendez bien avec lui ?

– Assez bien, oui. C'est quelqu'un qui a le sens de l'organisation. Il règle les problèmes sans perdre de temps.

– Et avec les autres propriétaires, il s'entend bien aussi ? Il n'y a pas de conflits ?

– Pas vraiment. Même quand quelqu'un exprime un désaccord, en général la majorité a vite fait de se ranger à l'avis de Serallier. Il faut reconnaître qu'il a souvent raison.

– Vous voulez dire qu'il a de l'ascendant sur les autres ?

Vigouroux ne put réprimer un sourire :

– On peut dire ça, oui. Edouard Serallier sait trouver les arguments pour convaincre. Et puis il a un de ces regards... J'ai quelquefois eu le sentiment qu'il impressionnait les gens, qu'il leur faisait un peu peur.

– Peur ?

– Eh bien, il n'y a jamais de véritables discussions, vous voyez ? En général, ceux qui ne sont pas d'accord avec lui n'insistent pas longtemps. Ils préfèrent ne pas l'affronter. Du moins, c'est ce que j'ai cru comprendre. Il y a peut-être une sorte de peur, oui, une peur irrationnelle.

– J'imagine que son frère, la victime, assistait aux réunions des copropriétaires ?

– De temps en temps. Mais lui, c'était autre chose. Il était là, mais au fond il n'était pas vraiment présent, on le sentait ailleurs. Il écoutait, il votait invariablement comme son aîné, mais en réalité il avait l'air de s'en ficher un peu. On avait l'impression que ce qui concernait le village ne l'intéressait pas beaucoup. C'était même étonnant pour quelqu'un qui venait d'y acheter une maison.

– Et leurs épouses ? Elles assistaient, elles aussi, à ces réunions ?

– Rarement. J'ai dû y voir Florence, la femme d'Edouard, une fois ou deux. Mais, Eve, celle du cadet, je ne m'en souviens pas. Je ne peux pas vous dire grand-chose à leur sujet. C'est plutôt Simone, ma femme, qui pourrait vous en parler, mais elle, elle est aux Etats-Unis en ce moment. Mon fils vit en Californie avec sa jeune épouse et ils viennent d'avoir un bébé alors Simone est partie là-bas quelques semaines pour leur donner un coup de main. Quand même, au sujet d'Eve Serallier, il me semble qu'elle m'avait dit quelque chose. Je crois me rappeler qu'elle la jugeait excessivement réservée, secrète.

– Le commissaire Gautier... – C'est lui qui m'a parlé de vous, vous êtes au courant ?

– Oui, il m'a appelé pour me dire qu'il vous avait donné mon nom en pensant que je pourrais éventuellement être utile à votre enquête. En ce moment, les policiers de Frémonville recherchent l'arme activement, l'arme ou un indice quelconque. Ils fouillent partout à l'intérieur du Valaubois et dans la forêt environnante. Ils ont même parlé d'envoyer des plongeurs dans la Seine, qui passe à moins d'un kilomètre du village en prenant le raccourci par la forêt.

– Ils font ce qu'ils peuvent. Malheureusement, c'est une recherche systématique, à l'aveuglette. Ils ratissent et le champ est vaste... – Leprat revint à son idée : Le commissaire Gautier m'a dit que vous aviez été vous-même chef d'entreprise. Vous dirigiez une imprimerie, je crois ?

– Oui, une PME d'une quarantaine d'employés. Sans commune mesure avec l'usine SERAVER.

– Cette usine est-elle aussi prospère qu'on le dit ?

– C'est l'une des plus belles entreprises de la région.

– Les Serallier n'auraient donc pas de difficultés financières ?

– Pas que je sache. Au contraire. Edouard m'a appris il n'y a pas longtemps que leur chiffre d'affaires avait progressé de 7% au premier trimestre. Et il n'avait pas l'air inquiet, je vous le garantis.

– Qu'est-ce que ça représente une boîte comme ça ? Qu'est-ce que ça peut bien valoir ?

– Je ne sais pas au juste. Plusieurs millions d'euros. Sa valeur dépend pour beaucoup de son chiffre d'affaires.

– En dehors des difficultés financières, continua Leprat, j'imagine qu'il peut se poser toutes sortes de problèmes dans une entreprise...

– Ah ça oui, les problèmes, c'est tous les jours. Les erreurs, les retards, les engueulades... C'est le pain quotidien.

– Je parle de problèmes sérieux. Un sujet de discorde, des divergences de vues sur un point important, un différend grave entre deux dirigeants, deux associés... Vous me comprenez, Monsieur Vigouroux ? Vous voyez ce que je veux dire ?

L'imprimeur en resta sans voix. Interloqué, il fixait un point au loin, mesurant la portée des mots qu'il venait d'entendre. Puis recouvrant l'usage de la parole :

– Mais, commandant, vous n'envisagez pas... vous ne pensez tout de même pas qu'Edouard Serallier aurait pu organiser l'assassinat de son propre frère ?

– Jusqu'à présent, répliqua froidement le policier, nous n'avons pas de raison précise de le penser.

*

"Pas folichon", se dit-il en arrivant, ce même jour et au milieu de l'après-midi, dans le quartier populaire des Bleuets. *Les Bleuets*, au nord de Frémonville, du côté exactement opposé au village résidentiel du Valaubois, c'était cinq bâtiments de quatre étages, de petites "barres" à la façade décrépie, entourant une pelouse râpée, desséchée par plusieurs jours consécutifs de canicule et qui découvrait de larges plaques terreuses. Une balançoire et un toboggan à la peinture écaillée étaient installés à un bout, à côté d'un minuscule bac à sable. Le long des immeubles, entre les places de parking et le terrain central, s'alignaient de petits arbres chétifs et clairsemés.

Flanqué d'un policier en tenue, le lieutenant Perrin, et de son stagiaire, Leprat se dirigea, suivant les indications téléphonées par Vigouroux, vers la porte 4 du bâtiment E, lequel se situait à droite, côté route. Côté campagne, dans l'intervalle entre les immeubles d'en face, au-delà d'une étendue herbeuse large d'une trentaine de mètres, on apercevait la lisière d'un petit bois.

– Il est là, annonça Thomas en attirant l'attention des deux autres sur une moto noire dressée sur sa béquille, il est sûrement chez lui. C'est sa Suzuki, celle qu'on a vue sur la bande.

Tous trois pénétrèrent dans une entrée mal tenue, aux murs presque entièrement recouverts de graffitis. Des papiers sales, des bouts de métal, un ballon crevé traînaient par terre. Dans une rangée de boîtes à lettres déglinguées, certaines rafistolées avec du scotch en attendant mieux, ils repérèrent rapidement l'étiquette qu'ils cherchaient, Corinne et Stephen Garoux - 3e étage, porte gauche, et s'engouffrèrent dans l'escalier.

Arrivé le premier, Leprat appuya sur la sonnette avec énergie. On entendit claquer des talons dans le couloir et la porte s'ouvrit sur une petite femme dans la quarantaine, soigneusement coiffée et maquillée, dont le sourire avenant se mua en une expression méfiante en découvrant ses visiteurs :

– C'est pourquoi ? fit-elle.

– Police, l'informa Leprat. Madame Garoux ? Votre fils Stephen est chez vous ?

– Qu'est-ce que vous lui voulez ? Il a rien fait, mon fils. C'est un bon garçon. Il a jamais eu d'ennui avec la police.

– Vous en faites pas. On veut juste lui parler.

La bousculant un peu, les policiers pénétrèrent d'autorité dans l'entrée. Un casque et des gants de moto attendaient sur un petit meuble. Par la porte du séjour grande ouverte, embrassant le décor d'un coup d'œil, Leprat remarqua un large canapé de cuir, un peu trop cossu pour l'endroit. Une fine odeur d'encaustique monta à ses narines. Les meubles de style rustique brillaient doucement ; un tapis du genre oriental recouvrait en partie un sol en dalles de plastique soigneusement ciré. L'ensemble donnait une impression d'aisance matérielle qui contrastait avec l'aspect général de l'immeuble. Dans l'exercice de son métier, le commandant avait eu l'occasion de découvrir d'innombrables appartements et il savait que la décoration d'un intérieur en dit beaucoup sur ses habitants et sur l'image flatteuse qu'ils veulent donner d'eux-mêmes. Mais elle révèle parfois des choses qu'ils feraient mieux de cacher : un mobilier, des tableaux ou simplement un réfrigérateur trop luxueux, sans proportion avec leurs ressources financières connues et qui font immédiatement soupçonner aux policiers un trafic quelconque, de l'argent d'origine douteuse.

– Il est ici ?

– Dans sa chambre... – Stef, cria-t-elle pour avertir son fils tandis que les policiers avançaient bruyamment dans l'étroit couloir, y a des Messieurs de la police qui demandent à te voir...

Des deux portes qui s'offraient à lui, Thomas ouvrit du premier coup la bonne, celle de la chambre qui donnait sur l'arrière. Deux jeunes hommes, l'air surpris, se tenaient dans la pièce où stagnait encore une odeur caractéristique. L'un était assis sur le lit, l'autre se trouvait debout près de la fenêtre ouverte.

– Lequel de vous deux est Stephen Garoux ? demanda Leprat.

– C'est moi, répondit Stef sans se lever du lit.

– Et lui, c'est qui ? continua Leprat tandis que le lieutenant examinait la carte d'identité du deuxième garçon.

– Un copain.

– Il s'appelle Kevin Méchin, compléta Perrin. Il remarqua en fronçant le nez : ça sent bizarre, ici.

– C'est de l'herbe, confirma Thomas avec un petit rire, tandis que les deux jeunes gens gardaient un silence prudent.

– Bon, on y va, leur annonça le commandant, vous venez avec nous. On a des questions à vous poser.

– Des questions sur quoi ? ronchonna Stef toujours sans bouger.

– Tu verras bien. Allez, lève ton cul, lui ordonna Perrin.

– Et moi, dit Kevin, faut que je vienne aussi ?

– Oui, vous aussi. On vous embarque tous les deux.

Corinne Garoux, son sac à main sur le bras, attendait toujours dans l'entrée. Elle s'inquiéta :

– Où c'est que vous les emmenez ?

– A Versailles, au SRPJ, la renseigna Leprat.

– Vous allez les garder longtemps ?

– Ça dépendra. – Il s'arrêta sur le seuil du séjour : C'est bien arrangé, chez vous, dit-il.

– Merci. C'est pas parce qu'on n'est pas riche qu'on est forcé de vivre comme des cochons.

– Vous avez un beau canapé... Ça doit coûter cher un canapé comme ça.

– Je sais pas. C'est mon fils qui me l'a offert pour Noël...

Une moto coûteuse d'un modèle récent, puis ce grand canapé de cuir beige, style Roche-ct-Bobois plutôt qu'Ikea... Le fiston a des goûts de luxe, pensa Leprat.

– ... Il travaille, Stef. Et il a pas les deux pieds dans le même sabot.

Madame Garoux devait être de ces mères qui commencent par demander d'où vient l'argent que leur fils rapporte à la maison, qui l'acceptent sans lui poser de questions les fins de mois difficiles, et qui finissent par faire semblant de le croire quand il prétend qu'il a gagné aux courses ou au Loto.

– On est au courant. Il bricole. Entre autres, chez les Serallier.

– Ah, c'est pour le crime du Valaubois que vous êtes là ? Mais mon fils a rien à voir là-dedans. C'est un garçon sérieux.

Tout en parlant, elle avait fait sortir le groupe qui encombrait son entrée ; elle passa la dernière et referma la porte derrière elle.

– Vous sortez aussi ? remarqua Leprat.

– Oui. Je suis serveuse au *Pélican*, la brasserie de Frémonville, et je commence à seize heures trente. J'allais juste partir quand vous avez sonné, vous m'avez mise en retard.

Un instant après, au moment de remonter en voiture, Thomas demanda une minute. Il contourna l'immeuble, repéra à peu près la fenêtre de la chambre qu'ils venaient de quitter, et traîna alentour en regardant par terre : le mégot était bien là, le joint que les jeunes gens se repassaient et que le dénommé Kevin s'était dépêché de jeter par la fenêtre quand la mère de Stef leur avait crié que la police arrivait.

– Je l'ai, annonça-t-il en remontant en voiture, j'ai trouvé le joint qu'ils étaient en train de fumer.

Heureuse initiative – Leprat l'approuva d'un signe de tête. Que ces deux petits cons fument du hasch, personnellement il s'en fichait complètement. Il n'appartenait pas à la brigade des Stups et les affaires de drogue n'étaient pas de son ressort. Mais ce mégot, portant à coup sûr l'ADN de ses deux témoins, constituait une preuve d'infraction à la loi sur l'usage du cannabis et faisait un bon prétexte pour les tenir sous la menace d'une sanction pénale et leur délier la langue.

Arrivés au SRPJ, les policiers les séparèrent et, après s'être renseignés sur leur état civil, les laissèrent mijoter chacun de son côté une petite heure pendant qu'ils se mettaient d'accord sur la manière de procéder. Il fut convenu que les interrogatoires seraient conduits séparément mais simultanément. Le commandant, Thomas et le policier qui devait enregistrer la déposition, s'occuperaient de Stephen Garoux, tandis que dans un bureau voisin, assistée du lieutenant Perrin, Elodie Lanneret, une jeune capitaine de police motivée et pugnace, interrogerait Kevin Méchin.
En réalité, les policiers ne savaient pas trop où ils allaient. Tout ce qu'ils avaient pour l'instant, c'était deux fumaillons de cannabis (l'un des deux paraissant vivre au-dessus de ses moyens) et un aller et retour à moto inexpliqué la veille du crime, autant dire pas grand-chose. Faute de mieux, ils se préparaient à creuser ce début de piste à fond.

Le commandant s'assit à son bureau et jeta un coup d'œil sur la fiche préparée pour lui : Stephen Garoux, 23 ans, fils de Corinne Garoux, née Germain, et de Roland Garoux, décédé en 2009. – Inconnu des services de police.
Il s'accorda quelques secondes pour observer son témoin. Le dénommé Stephen, dit Stef, était un garçon musclé, apparemment en bonne forme physique. Son visage au teint légèrement hâlé ne portait pas de traces évidentes d'excès. Ses yeux n'avaient pas de cernes marqués et leur chlorotique n'était pas injectée. La peau semblait saine, sans irrégularités visibles, à part un coup

de soleil sur le nez et sur le front. A première vue, un gars normal.

Celui-ci dut trouver l'examen un peu long, car il commença à s'agiter sur sa chaise.

– Pourquoi je suis là, articula-t-il d'une voix sourde, qu'est-ce que vous me voulez ?

– Eh bien, je suppose que vous êtes au courant, nous enquêtons sur le crime du Valaubois. Comme on a appris que vous étiez un habitué du village, on aimerait savoir si vous avez remarqué quelque chose, si vous n'auriez pas un truc intéressant à nous signaler.

Stef secoua la tête :

– Non, j'ai rien vu de particulier. J'ai rien à vous dire.

– Vous y allez souvent dans ce village, pourtant. Votre nom apparaît plusieurs fois par semaine sur le cahier du gardien. Qu'est-ce que vous allez y faire ?

– J'aide les gens. On m'appelle pour des petits travaux. Rien d'important, répondit Stef de mauvaise grâce.

– C'est du noir, j'imagine ?

– Je suis chômeur, j'ai juste mon RSA. Faut bien que je complète pour aider ma mère.

La réponse amusa Leprat. Ses enquêtes étaient semées de petites découvertes : travail au noir, consommation de substances illicites, contrebande de cigarettes à l'échelle individuelle, recel d'objets divers aux factures mystérieusement égarées, amendes impayées..., tout un échantillonnage de délits mineurs qui, Dieu merci, ne le concernaient pas.

– Vous vous rendez régulièrement chez les Serallier à ce qu'on m'a dit ?

– Je vais chez Edouard. Mais pas si souvent que ça.

– Et dans la maison de son frère ? Il devait bien faire appel à vos services de temps en temps, lui aussi ?

– Chez Romain, j'ai dû y aller deux ou trois fois l'hiver dernier. C'était pour poser des étagères dans une chambre d'enfant. Lui, je le connaissais pas, je lui ai jamais parlé. C'est à sa femme que j'avais affaire.

– Mais, Edouard, vous le connaissez bien. Racontez-moi un peu ce que vous êtes allé faire chez lui dimanche dernier, la veille du crime, en plein après-midi, c'est-à-dire pas plus de quelques heures avant l'assassinat de son frère ? C'était pas pour bricoler, tout de même ?

Stephen Garoux se troubla, rougit :

– Vous voulez dire pendant la fête dans le jardin ? demanda-t-il pour gagner du temps.

– Exactement.

– C'est parce que Monsieur Serallier m'avait proposé de passer boire un coup.

– Et c'est ce que vous avez fait ?

– Oui.

– Qu'est-ce que vous avez bu ? Une coupe de champagne ?

Le témoin resta muet, il avait l'air de gamberger dur. Leprat aurait pu réciter ce qu'il repassait dans sa tête : le contrôle au portail à son arrivée et à son départ du village, les caméras de surveillance...

– Non, dit-il finalement, à la fête, j'y suis pas allé. J'étais seulement passé voir Edouard pour m'excuser.

– Vous excuser de quoi ?

– Ben, je voulais le remercier de son invitation mais c'était surtout pour lui dire que j'avais pas le temps de boire un verre parce qu'il fallait que j'emmène ma mère quelque part.

– C'était la vérité ?

– Euh... non. C'est seulement que ça me disait rien d'aller à son machin, là, sa garden-party avec tout le monde.

– Et bien il vous suffisait de rester chez vous... Vous n'aviez pas besoin de vous déranger.

– C'était par politesse, parce que je lui avais dit OK quand il m'avait proposé de passer faire un tour.

– Et elles ont duré combien de temps, ces soi-disant excuses ?

– Je sais pas exactement. Environ cinq minutes.

– Juste le temps d'apporter ou de prendre quelque chose, constata Leprat.

– Mais non, j'ai rien apporté, j'ai rien pris ! C'était juste un saut pour m'excuser, je vous dis.

Le témoin mentait, c'était flagrant. Sa petite histoire d'excuses polies ne tenait pas debout. Le commandant changea de ton :

– Bon, ça suffit comme ça, mon petit gars, tu vas arrêter de nous balader ! On va pas perdre notre temps à t'écouter dégoiser des conneries. Maintenant on passe aux choses sérieuses, tu vas nous raconter en détail ce que t'es allé foutre dimanche dernier chez Serallier Edouard. On te lâchera pas avant.

A l'instant où, en guise de réponse, Stef exhalait un long soupir de lassitude, un policier ouvrit discrètement la porte et remit sans un mot une feuille imprimée au commandant. Le pedigree du copain venait du tomber du Fichier central. Et quel pedigree ! Kevin Méchin, vingt-deux ans, dix mois à l'âge de treize ans dans un centre éducatif fermé pour vols et revente de pièces de voitures ; et puis un peu plus tard, à quinze ans, dix-huit mois pour trafic de drogue dans une prison pour mineurs, à l'EPM de Meaux. Le commandant fit passer la feuille à ses collègues et poursuivit :

– Je t'écoute, qu'est-ce que tu fabriquais la veille de l'assassinat chez le frère de la victime ?

– Je vous l'ai déjà dit.

– Mais je te crois pas.

– C'était pas pour livrer de la coke, par hasard ? intervint Thomas.

Stef haussa les épaules :

– Mais non, qu'est-ce que vous allez chercher...

– Oh, on n'a pas besoin d'aller chercher loin. Pas plus loin que sous la fenêtre de ta chambre. C'est là que j'ai trouvé le joint que vous étiez en train de fumer tout à l'heure avec ton copain et qu'il s'est dépêché de balancer avant qu'on arrive.

– Il venait pas de chez moi, votre joint. Alors vous ramassez n'importe quoi dans la rue et, ça y est, vous décidez que c'est à moi.

– Ça sera pas bien difficile à prouver que c'était le vôtre, il porte sûrement votre ADN à tous les deux. Arrête de nous raconter des craques, allez, ça vaudra mieux pour toi, ça sentait l'herbe à plein nez dans ta chambre... Si ça se trouve c'est ton copain ton fournisseur, et c'est peut-être bien lui qui te fournit la coke que tu revends à Edouard.

– Je vends de la coke à personne. Tout ce que je fais chez Monsieur Serallier, c'est lui rendre des services et réparer des trucs.

– Et ta moto de luxe, le canapé en cuir et toutes les belles choses qu'on a vues a chez toi, c'est avec l'argent de tes petits boulots que tu les payes ?

– J'habite chez ma mère. On meuble l'appart avec mes économies et les siennes.

– Essaie pas de nous prendre pour des billes, tu veux.

– Je vous prends pas pour des billes mais vous faites des accusations sans preuve. Kevin, c'est un bon copain. On était au collège technique ensemble. Ben là, on était juste tranquilles chez moi en train de discuter, on faisait rien de mal. Alors, on n'a même plus le droit de discuter avec un pote ?

– Te fatigue pas, va, on le connaît depuis un bout de temps, ton pote. On sait qu'il a fait de la taule pour trafic de drogue.

– Les histoires qu'il a eues, répondit Stef du tac au tac, c'était il y a longtemps. Et moi j'ai jamais rien eu à voir avec ça. J'ai pas de casier ni rien.

– Parti comme t'es, tu vas pas tarder à en avoir un, lui promit sévèrement le commandant. Et il s'agira pas de prison pour mineurs. Tu sais combien ça peut coûter le trafic de drogue ? Déjà, tiens, rien que l'usage de cannabis, c'est un an et presque 4000 euros d'amende. Et ça, que t'as fumé, nous on le prouve quand on veut. Tu veux voir ton mégot avant qu'on l'envoie au labo ? Et si par chance – par malchance pour toi – on trouve un petit stock de hasch, ou de cocaïne, ou de je ne sais quelle saloperie dans ta chambre, ça peut monter à dix ans plus quelques millions d'euros d'amende.

– Vous trouverez rien, répliqua le témoin. J'ai rien à me reprocher. Vous vous acharnez sur moi parce que vous avez rien d'autre. C'est comme d'hab, hein, quand vous êtes pas capables vous chargez le premier venu.

Le lieutenant dactylographe interrompit la frappe de la déposition sur son ordi :

– Dis donc, cria-t-il, tu vas la fermer ou je t'en colle une ! Un peu de respect pour le commandant !

Un ange passa.

– Admettons, reprit perfidement Leprat, admettons que c'était pas pour livrer de la coke que t'es allé chez

Serallier. Alors je vois qu'une autre explication : t'as été chercher l'arme qu'a servi pour tuer son frère. C'est Serallier lui-même qui te l'a remise. Tu savais pas comment t'en procurer, alors c'est lui-même qui s'en est occupé.

Sous la violence de l'attaque, Stef fit un bond sur sa chaise :

– Vous êtes fous ! Edouard m'a rien remis du tout. J'ai rien à voir avec le crime, moi ! Qu'est-ce que vous essayez de me mettre sur le dos...

– On a toutes les raisons de penser que c'est toi qu'as tué son frangin, continua de bluffer le policier.

– QUELLES raisons ? hurla Stef. J'ai tué personne, moi... D'ailleurs, à l'heure du crime, j'étais même pas au Valaubois. J'ai un alibi. J'étais à Frémonville, y a plusieurs personnes qui m'ont vu !

– Tu connais l'heure du crime ?

– Comme tout le monde, c'était dans le journal. Il y avait écrit entre huit heures et dix heures du matin.

– Et t'étais déjà dehors ?

– Je suis descendu acheter du pain et des croissants pour maman.

– A quelle heure ?

– A huit heures. J'ai même parlé à une voisine que j'ai rencontrée dans l'escalier. On est descendus ensemble. Et même le boulanger je lui ai parlé, c'est sûr qu'il se rappellera de moi.

– Vous avez parlé de quoi ?

– Du match de foot de dimanche. Lille/Saint-Etienne.

– C'est toi qui vas chercher le pain d'habitude ?

– Euh... non. C'est maman.

– Qu'est-ce qui t'a pris ?

– Je m'étais réveillé de bonne heure.

– C'est dans tes habitudes d'être aussi matinal ?

– Ça m'arrive, oui. Vous avez qu'à vérifier sur le cahier du Valaubois. Y a des jours où je commence tôt.

– Et t'avais du travail, lundi matin ? Tu devais aller bosser chez quelqu'un ?

– Non, pas lundi. Mais des fois je me réveille par habitude.

– Tu t'étais couché de bonne heure la veille dimanche ? T'étais pas sorti ?

– Si. Dimanche, j'ai passé la soirée avec des potes. On est sortis en boîte. Au "Balloon" de Melun, vous pouvez demander au barman, il pourra vous dire que j'étais bien là.

– Ton copain Kevin, il était là aussi ?

– Non.

– Pourquoi ? Il avait autre chose à faire ?

– J'en sais rien. Faudra lui demander. C'est pas parce qu'on est copains qu'on est tout le temps ensemble.

– T'es resté en boîte jusqu'à quelle heure ?

– Jusqu'à quatre, cinq heures. J'avais pas mal picolé et c'est une copine qui m'a ramené.

– T'as abandonné ta moto ?

– Je l'avais pas. J'étais venu en voiture avec mes potes.

– Alors, dimanche, tu te couches bourré à cinq heures du mat et trois heures après tu te réveilles frais et dispos et tu vas acheter des croissants pour ta maman ?

– J'étais énervé. J'avais pas sommeil.

– Et après le boulanger, qu'est-ce que t'as fait ? T'es remonté chez toi ?

– Oui, mais avant j'ai été boire un café au bureau de tabac.

– Il était quelle heure ?

– Huit heures un quart. – Comme s'il avait senti sa réponse trop précise, il se rattrapa : ... à peu près.

– Et bien, conclut le commandant en se levant de sa table, reste plus qu'à vérifier tout ça. – Il s'adressa au lieutenant : – Je sors un moment. En attendant, fais-lui répéter son histoire et signer sa déposition.

– A quoi ça sert ? renauda Stef. J'ai déjà dit tout ce que je savais.

– Ça fait rien, on recommence. Des fois que t'aurais oublié quelque chose.

Leprat alla frapper deux coups légers chez sa collègue Elodie Lanneret et lui fit signe de le rejoindre dans le couloir.

– Comment ça se passe chez toi ?

– Oh là là, y a rien à en tirer, répondit la jeune capitaine, une vraie tête de pioche. T'as lu la fiche que je t'ai fait porter ?

– J'ai vu ça, oui. La prison pour mineurs... Il n'a pas eu affaire à la police depuis ?

– Apparemment non, c'est tout ce qu'on a au fichier. D'après ce qu'il dit, il a un emploi régulier, un temps partiel au garage Teissier, le grand garage Renault à la sortie de Fontainebleau. Le concessionnaire est un ami de sa mère. Elle, c'est Nathalie Méchin, trente-huit ans. Elle a eu son môme à seize ans... seize ans, tu te rends compte ? De père inconnu, bien entendu. Si tu veux mon avis, le papa devait pas être beaucoup plus vieux... Elle est restée avec son bébé chez ses parents pendant quelque temps et elle s'est tirée à sa majorité. Elle aimait mieux être libre, qu'on la surveille pas. Elle aussi, elle habite aux Bleuets, un F3 dans le bâtiment A. C'est là que Kevin a été élevé. Mais il ne vit plus avec elle ; il n'a pas quitté la cité mais il a réussi à obtenir un logement pour lui tout seul : il habite un studio dans le même bâtiment que son copain Stephen. Ce gars m'a l'air d'avoir un caractère très indépendant, très volontaire. Il a été élevé par sa mère, presque une gamine, alors lui, un garçon sans père avec une maman toute jeune, une maman qui aurait pu être sa sœur, à douze ans ça devait déjà être un petit homme. Tu l'entendrais, il en a vingt-deux et il parle comme s'il en avait quarante...

– Qu'est-ce qu'elle fait, la mère ?

– Elle est vendeuse dans une boutique de mode de Fontainebleau.

– T'as pensé à demander à ton témoin s'il avait travaillé lundi dernier ?

– Oui. Il nous a dit qu'il y était allé l'après-midi. Dans son garage, il bosse à mi-temps six jours par semaine. Trois matinées, trois après-midis.

– Il a un véhicule ?

– Une Twingo d'occasion qu'il a retapée lui-même.

– Qu'est-ce qu'il a fait la matinée de lundi ? Il a un alibi ?

– Non. Il dit qu'il était chez lui, qu'il s'est réveillé à huit heures. Il a bu un café au lait, il a pris sa douche et il a joué à *Ghost Recon* sur sa console en attendant l'heure d'aller déjeuner chez sa mère – en général, c'est chez elle qu'il prend son repas de midi –, et qu'après il s'est rendu à son boulot comme d'habitude. Pour le déjeuner et son emploi du temps de l'après-midi, ça sera facile à vérifier. Pour la matinée, ça sera plus difficile. D'un autre côté, c'est un peu normal qu'il se soit trouvé seul chez lui à cette heure-là... Enfin, depuis le début il n'arrête pas de nous répéter qu'il n'a rien fait, qu'il n'a rien à se reprocher, qu'on l'a embarqué juste parce qu'il se trouvait chez son copain, qu'ils se connaissent depuis qu'ils sont tout petits puisque leurs mères habitaient la cité et qu'ils étaient juste en train de discuter. Et qu'il sait pas ce qu'on a après Stef, mais que lui on l'a emmené sans motif et qu'on n'a pas le droit de le retenir... Même le mégot de hasch, il refuse de reconnaître qu'il est à lui : il est malin, il se doute bien qu'on va pas demander une analyse simplement pour trouver son ADN sur un joint.

– Ils m'ont l'air de faire une belle paire, ces deux-là, remarqua le commandant, on dirait qu'ils ont oublié d'être bêtes... – Bon, décida-t-il, on va quand même les garder au frais. Colle-les en garde à vue, pas ensemble naturellement. Pendant ce temps-là, on va perquisitionner leurs domiciles. Je m'occupe de demander les mandats au juge. On tombera peut-être sur quelque chose d'intéressant.

Plus qu'à la drogue, il pensait à l'arme, élément crucial pour l'enquête, ou à un indice s'y rapportant. Les recherches de la brigade de Frémonville n'avaient toujours rien donné mais on la trouverait peut-être par un autre moyen. Malgré leurs dénégations et le peu de charges qu'il avait jusqu'ici contre eux, certaines choses l'encourageaient à creuser dans la direction des deux jeunes gens. A commencer par le luxe d'alibis pour Stef, ces allées et venues qui rompaient avec ses habitudes (les courses à la boulangerie, l'express bu au café avant de remonter comme s'il voulait se faire voir du plus de monde possible), tout un dispositif qui donnait l'impression qu'il savait ce qui était en train de se passer ce matin-là et qu'il se couvrait méthodiquement...

Leprat résuma ses réflexions d'une façon limpide :

– L'un n'a pas d'alibi, et l'autre en aurait plutôt trop.

A regret, il fut obligé de relâcher ses témoins le lendemain soir. Les perquisitions à leurs domiciles avaient été vaines. Quand les policiers avaient commencé leur travail, Corinne Garoux, coquette comme elle était pour son intérieur, s'était mise à pousser les hauts cris. Pendant qu'ils procédaient, dans tous ses états, elle les suivait à la trace, se dépêchant de ranger derrière eux les objets déplacés, refermant les tiroirs, les portes de placard laissées béantes. Les voyant s'approcher de son splendide canapé, elle avait carrément fondu en larmes, imaginant qu'ils se préparaient à l'éventrer, à mettre son bourrage à l'air. Mais ils s'étaient contentés de soulever l'assise et de regarder derrière les dossiers. Leprat leur avait recommandé d'y aller mollo.

Pour le studio de Kevin, en l'absence du locataire des lieux qui se morfondait en garde à vue, les policiers avaient dû enfoncer la porte. Mais l'examen avait été rapide : le studio était meublé du strict nécessaire : une kitchenette séparée du séjour par un comptoir, un lit, une table avec une console de jeux, un ordinateur d'un modèle ancien, deux chaises... Sa maigre garde-robe tenait dans quelques casiers de toile suspendus à un portant : deux jeans, deux chemises, un pull à col roulé et deux sweats à capuche, un anorak, trois paires de baskets usagées.

L'examen de la Twingo n'avait pas donné plus de résultats.

Bilan des investigations : zéro.

Obligé de laisser les garçons partir, le commandant n'en avait pas pour autant fini avec eux. En plus de l'aspect fabriqué de ses alibis, un détail dans le comportement de Stef lui avait fait une très mauvaise impression : au cours de son interrogatoire, au moment où il avait insinué qu'Edouard Serallier aurait pu fournir l'arme qui avait servi à tuer son frère, le témoin n'avait pas eu une réaction normale.

A l'évocation d'une éventualité aussi terrible – l'assassinat de son propre frère, après avoir chaleureusement célébré son anniversaire la veille, commandité par un homme important et respecté de tous –, n'importe qui aurait sursauté, protesté, n'importe qui se serait indigné. Mais le jeune Stef n'avait réagi, très énergiquement, que pour se défendre d'être l'auteur ou le complice du crime. Sur le crime lui-même, aucune réaction d'étonnement, pas de protestation indignée, on aurait dit qu'il était déjà au courant. Et rien que cette attitude suffisait à faire sentir à Leprat qu'il était sur la bonne voie et le dissuadait de lâcher prise.

Chapitre 4

L'enterrement de Romain Serallier eut lieu le mercredi 20 juin, neuf jours exactement après son assassinat, au cimetière du Père-Lachaise, immense et célèbre cimetière du nord de Paris, situé dans la bien nommée rue du Repos et tout auréolé de la gloire de ses résidents. Dans ce vaste parc arboré, parmi les généraux, les artistes, les écrivains illustres, le grand-père Serallier avait fait construire un caveau de famille, signe éclatant de sa réussite dans le commerce des vins et spiritueux. Les Serallier étaient des Parisiens pur jus. Représentants de la dernière génération, les deux frères ne s'étaient récemment installés près de Fontainebleau que par commodité, pour se rapprocher de l'usine fondée par leur père.

Ses investigations achevées, l'institut médico-légal avait restitué le corps l'avant-veille. L'exploration minutieuse du cadavre et des vêtements n'avait fait apparaître aucune trace de coups, aucune piqûre suspecte, pas la moindre éraflure suggérant un éventuel transport. La victime avait bel et bien été tuée par balles, dans sa voiture, à l'endroit même où l'avait trouvée.

Ne dérogeant pas aux habitudes des enquêteurs, qui espèrent toujours découvrir une présence insolite (il est fréquent qu'un assassin, par provocation ou par une curiosité morbide, ne résiste pas à l'envie d'assister aux obsèques de sa victime), ou bien surprendre un incident révélateur, par exemple une algarade inattendue entre les membres d'une même famille, ou simplement une expression de satisfaction déplacée sur un visage, le commandant Leprat assurait une surveillance discrète, à une trentaine de mètres du groupe rassemblé autour du caveau.

L'assistance n'était pas nombreuse. (On était loin des centaines de milliers de Parisiens qui, cinquante ans plus tôt, en ces lieux, avait accompagné Edith Piaf à sa dernière demeure.) La mort violente et crapuleuse, l'écho qu'avait reçu l'affaire dans les medias semblaient avoir découragé le cousinage et les relations mondaines de faire le déplacement.

Depuis son poste d'observation, Leprat compta douze personnes :

Eve, plus pâle que jamais, vêtue d'un tailleur gris foncé trop chaud pour la saison, ses longs cheveux blonds retenus en queue de cheval sous un foulard de mousseline mauve. Leprat remarqua que son bleu au menton avait disparu. (Il savait maintenant qu'elle n'avait pas menti, elle était bien tombée dans l'escalier de son garage : les experts retournés sur place avaient relevé une minuscule trace de sang et un infime lambeau de peau sur l'arête d'une marche.) A côté d'elle, une dame distinguée, chapeautée de feutre noir – probablement sa mère, Marie-Hélène Gilbert. – Les enfants n'étaient pas là, on avait dû les faire garder pendant les obsèques de leur père.

A quelques pas, Edouard, le frère de la victime, en costume noir, les mains croisées sur le ventre et la figure lugubre ; son épouse, Florence, telle que Leprat l'avait vue la première fois, droite, impassible, peu de choses devaient faire perdre son sang-froid à cette belle sportive ; et bien sûr leur fille Isabelle, retirée pour la journée de son internat et qui contemplait ses chaussures avec un air d'ennui, l'air obligé d'être là qu'affichent en général les préados aux enterrements. Deux femmes au maintien modeste se tenaient derrière le trio, vraisemblablement leurs domestiques.

Un peu à l'écart, isolé, Leprat reconnut Julien Vigouroux, seul représentant des habitants du Valaubois, à quelque distance d'un petit groupe, une dame replète en tailleur strict, genre DRH, deux hommes – coupe de cheveux impec, col raide et cravate – qu'il identifia comme des cadres de l'entreprise, ainsi qu'une grande femme d'allure sévère qui jetait des coups d'œil répétés dans la direction d'Edouard, apparemment sa secrétaire – amoureuse de lui, aux dires de l'autre secrétaire, celle que le commandant avait rencontrée à l'usine dans le bureau de Romain Serallier, il ne se souvenait plus de son nom... Martine Barnier ? Martine Bullier ?... enfin Martine quelque chose...

Et tout d'un coup il réalisa que celle-ci était absente. La secrétaire de la victime n'était pas venue aux obsèques de son patron. Pendant leur conversation, il avait pourtant eu l'impression qu'elle l'aimait bien, elle en parlait avec affection... C'était quand même étrange qu'elle n'ait pas pris la peine de se déranger pour lui. Qu'est-ce que ça pouvait bien signifier ?

Le rituel de l'inhumation terminé, les Serallier se rangèrent en ligne pour recevoir les condoléances. Ce fut un court défilé, à la suite duquel la famille et les invités se dirigèrent avec componction vers la sortie.

Julien Vigouroux alla saluer le commandant. Ils firent quelques pas en silence. Vigouroux n'osait poser la question qui lui brûlait les lèvres. Où en étaient les investigations ? Est-ce que l'enquête progressait ? Ce fut le commandant qui parla le premier : "Comment ça va dans votre village ?".

– Comme ci, comme ça. Les gens sont inquiets.

– Ils parlent ?

– Des récriminations. Ils se lamentent.

– Quelqu'un n'aurait pas remarqué quelque chose ? Un visage inconnu, des allées et venues anormales dans les jours précédant le crime ?

– Personne n'a rien vu, rien entendu. Un assassinat au Valaubois, dans leur petit monde abrité et privilégié, c'est la dernière chose à laquelle ils s'attendaient. Ils sont traumatisés. Un crime au paradis... vous vous rendez compte ? Encore, tant que duraient les recherches, qu'ils voyaient la police en action, ils se sentaient accompagnés, soutenus, ils avaient l'impression qu'on s'occupait d'eux. Mais à présent les recherches au village et dans la forêt ont été arrêtées. Et les plongeurs de la Brigade fluviale qui exploraient la Seine à proximité – dernier espoir de retrouver l'arme du crime – ont eux aussi renoncé. Vous êtes certainement au courant.

– J'en ai été informé, oui.

– Du coup, comme plus rien ne se passe, la télévision et la presse se désintéressent de l'affaire ; il n'en est même plus question à la télé régionale ou dans le journal local. Pfft... oublié le crime du Valaubois ! C'est comme s'il n'avait jamais existé. Les habitants se sentent abandonnés.

– Ils ne le sont pas, dit le commandant. Vous pouvez les rassurer. Nous, nous n'avons rien oublié et nous poursuivons activement notre enquête. Nous ne lâchons rien.

Les deux hommes étaient arrivés à leurs voitures. Ils se séparèrent en se promettant de rester en contact. "Allez rassurer vos voisins, répéta le policier, nous en verrons bientôt le bout, de cette histoire." En espérant très fort qu'il disait vrai, qu'il ne se leurrait pas lui-même, il s'installa au volant et regagna son bureau du SRPJ.

***

Le soir, au lieu de rentrer chez lui, dans le studio qu'il habitait à Versailles, le commandant Sylvain Leprat reprit la route de Paris pour se rendre chez son amie. L'amie, la "bonne amie" du commandant comme on disait autrefois dans les campagnes, se nommait Véronique Desseigne et elle était infirmière-chef dans le service de chirurgie thoracique de l'hôpital Cochin. Elle habitait un charmant appartement de trois pièces dans une rue paisible du 14ème, non loin de son travail. Leprat l'avait rencontrée deux ans plus tôt en allant interroger un voyou qui avait été gravement blessé au cours d'un règlement de comptes dans une cité de la banlieue sud et qui se remettait lentement d'une lourde opération.

Il serait exagéré de parler d'un coup de foudre, mais il y avait eu entre eux un fort courant de sympathie. Ils s'étaient plu au premier regard. L'infirmière-chef n'avait rien du dragon qu'on s'attend à trouver dans un service de chirurgie d'un grand hôpital. C'était une personne pondérée qui exerçait son autorité avec douceur et fermeté. Agée de quarante-deux ans à l'époque (quarante-quatre aujourd'hui, Leprat et elle avaient exactement le même âge), elle avait un agréable visage et son austère blouse blanche dessinait des rondeurs bien placées. A sa deuxième visite à son témoin, le commandant avait invité l'infirmière-chef à dîner.

Commencée comme une aventure légère, sans projet particulier, leur relation avait duré, sans qu'il soit pour autant question de mariage, ni même de vie commune. Les nombreux exemples qu'il avait sous les yeux de collègues divorcés, malheureux, réduits à voir leurs enfants un week-end sur deux, et encore, à condition de pouvoir se libérer le jour prévu par la loi, avaient depuis longtemps dissuadé Leprat de tenter l'expérience de la vie à deux. Trouver une compagne qui s'accommode durablement des rentrées tardives, des nuits dehors, des sorties annulées à la dernière minute qui tissent le quotidien d'une femme de policier était mission impossible. Madame Maigret, cette épouse de flic compréhensive et patiente, à laquelle, son couvert mis boulevard Richard-Lenoir et le bourguignon achevant de mijoter sur le feu, le commissaire pouvait téléphoner sans problème qu'il s'absentait trois ou quatre jours et ne rentrerait pas dîner était de l'ordre du fantasme. Tous les flics vous le diraient : ce genre de femme n'existait pas dans la vraie vie.

De toute façon, Véronique n'avait aucune intention de se marier. Elle avait passé l'âge d'avoir des enfants et était elle aussi très occupée, soumise à des horaires imprévisibles, avec un temps de présence démentiel à l'hôpital. Mais, quoi qu'il arrive, ils s'arrangeaient pour se voir deux fois par semaine. Une femme a besoin d'une présence masculine. Et lui-même, souvent fatigué, parfois découragé, était heureux de venir se reposer et se détendre dans l'appartement chaleureux de son amie.

Cette sorte de conjugalité à temps partiel leur convenait à tous deux.

Charme supplémentaire, Véronique faisait bien la cuisine. Ça le changeait des déjeuners pris sur le pouce au hasard de ses pérégrinations, ou du boui-boui proche de chez lui, où, quand il avait la chance de rentrer de bonne heure, il avalait un repas rapide avant d'aller s'écrouler sur son lit. Ils sortaient rarement, le plus souvent d'accord pour passer une soirée en tête à tête. Leprat, réservé par tempérament et nécessairement discret sur ses affaires, n'était guère bavard. Tandis que Véronique, qui avait un caractère extraverti, lui racontait d'une manière vivante les événements de son service. Sa conversation ne variait pas beaucoup, c'est vrai. Immergée soixante heures par semaine dans un service hospitalier, de quoi aurait-elle pu parler d'autre...

Ce soir-là, le soir de l'enterrement donc, ils venaient de finir de dîner – blanquette à l'ancienne et crème renversée – et s'apprêtaient à s'installer sur le canapé comme un vieux ménage pour regarder un film de François Ozon à la télé, le portable de Leprat – qu'il n'éteignait jamais – grésilla dans sa poche.

– Oui ? fit-il.

– Monsieur le commandant ? interrogea une voix rauque et plaintive, la voix de quelqu'un qui a pleuré. Martine Besnier à l'appareil. – C'est ça, pensa-t-il aussitôt, "Besnier", c'est le nom que je cherchais. La secrétaire de Romain Serallier.

– Bonsoir Mademoiselle. Comment allez-vous ?

Sa correspondante inspira bruyamment et annonça en ravalant ses larmes :

– Je suis virée.

– Je suis désolé, répliqua poliment le commandant.

– ... Et le patron n'a même pas eu le courage de me le dire lui-même, continuait sa correspondante, c'est la DRH qui m'a convoquée ce matin. La raison qu'on m'a donnée c'est que le nouveau directeur du marketing, celui qu'ils ont engagé pour remplacer Romain, arrive avec son assistante. Et ils prétendent qu'il n'y a pas en ce moment de poste vacant qui me corresponde dans l'entreprise. C'est tout ce qu'ils ont trouvé comme excuse. Mais moi, je pense que c'est Edouard qui ne voulait pas que je reste parce que j'avais été trop proche de son frère...

– Qu'est-ce que vous voulez dire ?

– Rien de spécial. C'est seulement que je travaillais toute la journée avec Romain, alors je le connaissais bien.

Leprat réfléchissait à toute vitesse :

– Vous avez besoin de me parler ? Vous vous êtes souvenue de quelque chose ?

Mademoiselle Besnier renifla et s'éclaircit la gorge :

– Oui, répondit-elle d'une voix redevenue à peu près normale.

– A quel sujet ? s'enquit vivement Leprat.

– Je ne veux pas en parler au téléphone.

– Nous allons nous voir. Dites-moi au moins de quoi il s'agit, insista-t-il de peur qu'elle ne change d'avis.

– Je ne peux pas... c'est trop dur... c'est tellement...
– Sa voix se brisa de nouveau. Elle allait se remettre à pleurer.

Coupant court, Leprat lui donna rendez-vous pour le lendemain au SRPJ et remit sans rien dire son portable dans sa poche. Mais son visage s'était éclairé, une lueur optimiste faisait briller ses yeux.

– Une bonne nouvelle ? lui demanda son amie.

– Oui... euh, enfin, une bonne nouvelle pour mon enquête.

***

Dès son entrée dans le bureau, il put constater que la secrétaire s'était reprise. Elle était habillée d'un tailleur en jean bien coupé et portait à l'épaule un petit sac à dos qui lui donnait un air crâne et énergique. L'heure n'était plus aux larmes. Elles avaient fait place à une détermination froide. C'était maintenant l'heure de la vengeance.

Le commandant alla au devant d'elle pour l'accueillir et lui désigna un fauteuil :

– Asseyez-vous, je vous en prie. C'est vraiment regrettable ce qui vous arrive. J'en suis navré pour vous.

Sa visiteuse obtempéra en posant son sac à dos à ses pieds.

– Hein ?... et vous savez pas tout. Edouard voulait que je fasse mon préavis pour mettre ma remplaçante au courant... Vous vous rendez compte du manque de respect ? Aucune considération pour ma peine, pour ce que je ressentais. Non seulement il me fout à la porte alors que je n'ai rien à me reprocher, mais en plus il s'apprêtait à me placer dans une situation humiliante, à me ridiculiser... Ça l'amusait, si ça se trouve. Quel salaud !

– Ce n'était pas très délicat, en effet.

– Même la DRH était choquée. En me transmettant cette décision, elle avait l'air mal à l'aise. Mais moi je les ai envoyés se faire voir. J'ai dit qu'il n'était pas question que je remette les pieds dans leur boîte et qu'ils pouvaient se le mettre où je pense, leur préavis. Finalement, ils me l'ont payé quand même, plus mes indemnités. C'est la DRH qu'avait dû insister. Deux mois de préavis plus un mois par année de présence, ça me fait cinq mois en tout. Je vais pas aller loin avec ça.

– Vous avez l'air d'une personne dynamique et compétente. Vous retrouverez vite une situation.

– Espérons.

Elle se tut, contemplant pensivement ses ongles.

– Vous aviez à me parler ? l'encouragea le commandant.

– Oui... c'est au sujet de Romain... il y a quelque chose que je ne vous ai pas dit l'autre fois.

– Je vous écoute.

– Et bien, depuis quelque temps, il y avait un différend entre son frère et lui.

– Depuis combien de temps ?

– Cinq ou six mois.

– Il portait sur quoi, ce différend ?

– Je crois que Romain avait l'intention de partir. Il voulait quitter la société.

– Il vous l'avait dit ?

– Pas directement, mais il y a environ un an, j'ai vu qu'il commençait à consulter des dépliants, des brochures sur des châteaux bordelais. Comme il s'était aperçu que je l'avais remarqué, il en avait plaisanté, en disant qu'il finirait peut-être par reprendre le flambeau de son grand-père, lequel avait été négociant en vin, d'après ce que j'ai compris. Mais, lui, c'était à la vigne, qu'il aurait aimé se consacrer. Il avait constitué tout un dossier de sa documentation, et souvent, en fin de journée, il le feuilletait, il rêvait dessus. Et puis il y a environ six mois, ce qui ressemblait jusque-là à une simple distraction a commencé à se préciser. Plusieurs fois, je lui ai passé des appels provenant d'une agence immobilière bordelaise. Et il y a eu des billets d'avion, pris pour le samedi, qui arrivaient sur son imprimante, des allers et retours à Bordeaux dans la journée, je me rappelle avoir pensé qu'il allait visiter des propriétés viticoles.

– Qu'il quitte la société, ça contrariait tant que ça son frère aîné ? Pour quelle raison selon vous ?

– Eh bien, pour acheter sa propriété, son "château", comme ils les appellent, Romain avait besoin de vendre ses parts de la société. Et son frère ne voulait pas ou ne pouvait pas les acheter (ça représente quand même énormément d'argent) et il refusait de le laisser vendre à quelqu'un d'autre. Même majoritaire, même si Edouard s'était arrangé pour en racheter au moins une partie, juste ce qui lui manquait pour détenir la majorité au conseil d'administration, il n'aurait plus été tout à fait maître chez lui. Forcément, il y aurait eu des conflits. Tandis qu'avec son frère comme principal associé, il dirigeait son entreprise comme il l'entendait. Romain était toujours d'accord. En pratique, Edouard faisait ce qu'il voulait sans en référer à personne, ou seulement pour la forme. Donc, ils ont commencé à se disputer, il y a eu des engueulades. Moi, j'en ai surpris une, un soir que j'étais partie en oubliant mon portable. Je m'en étais aperçue en voiture. J'avais donc fait demi-tour et j'étais remontée le chercher dans mon bureau. Et là je les ai entendus, ils étaient tous les deux dans le bureau de Romain à s'engueuler comme du poisson pourri. Ils avaient laissé la porte communicante entrouverte. Edouard reprochait à Romain de mettre l'entreprise en danger, de se foutre de l'héritage transmis par leur père. Et Romain répondait que s'il avait laissé les actions dont il avait hérité dans l'entreprise à la mort de leur père, c'était justement pour la protéger et lui permettre de se développer, et surtout parce qu'Edouard avait insisté, mais que lui le Marketing ne l'avait jamais intéressé et qu'il ne pensait pas qu'il passerait toute son existence dans la verrerie.

– Vous pouvez me répéter ce que vous venez de dire ?

– Quoi donc ?

– Ce que Romain disait à son frère.

– C'était ça : qu'il avait laissé sa part d'héritage dans SERAVER contre son gré, à la demande d'Edouard, pour qu'il puisse développer l'entreprise, mais qu'à présent il voulait vendre ses parts et s'en aller.

– Cette dispute que vous avez surprise, c'était quand exactement ?

– Je ne me souviens pas du jour exact. Je dirais que c'était il y a trois mois. Environ. En tout cas, je peux vous assurer que c'était très violent. Edouard avait l'air dans une colère noire.

– Vous l'avez entendu menacer son frère ?

– Des menaces, non, j'en ai pas entendu. Mais je ne suis pas restée longtemps. Ils croyaient que tout le monde était parti et j'étais un peu effrayée d'être témoin de ça. En fait, j'aurais pas dû être là. J'ai ramassé mon portable en vitesse et je suis repartie avant qu'ils s'aperçoivent de ma présence.

– Le dossier où Romain rassemblait ses brochures sur les châteaux à vendre, vous savez où il est ?

– Non. Pour accueillir le nouveau directeur ils ont complètement vidé le bureau de Romain. Si Edouard ne l'a pas jeté, ce dossier doit se trouver aux archives. Mais si vous voulez vérifier ce que je vous dis, vous pouvez toujours contacter l'agence... Son nom c'était *Immo-Gironde* ou *Immo-Aquitaine*, un nom pas compliqué. Eux, ils s'en souviendront sûrement, il y a peut-être eu des courriers, des mails échangés. Et à Air-France, ils auront forcément des traces des voyages de Romain à Bordeaux.

– D'autres personnes avaient eu vent de ce projet de départ ?

– La secrétaire d'Edouard a bien dû les entendre en discuter. Elle lui est entièrement dévouée, mais elle sera bien obligée de dire ce qu'elle sait si la police l'interroge. Et quelqu'un d'autre avait dû surprendre quelque chose car il y a eu une rumeur...

– Une rumeur ?

– Une fois, à l'heure du déjeuner, les commerciaux du service Marketing sont venus s'asseoir à côté de moi au resto de l'entreprise. D'habitude, ils ne s'asseyaient pas à ma table : j'étais la secrétaire de leur directeur, alors vous comprenez, "*les grandes oreilles*"... Ils auraient eu trop peur que je répète ce qu'ils disaient à leur patron. Ils préféraient discuter entre eux. Mais ce jour-là, ils étaient venus s'asseoir à la table où j'étais et, l'air de rien, ils se sont mis à parler d'un départ possible de Romain. Ils n'osaient pas me poser la question directement, mais tout en parlant, ils regardaient de mon côté. Ils devaient penser que je savais forcément quelque chose. Ils attendaient que je réagisse... Evidemment, moi, je faisais semblant de pas entendre, je m'occupais de mon assiette.

– Qu'est-ce qu'ils avaient entendu dire au juste ?

– Rien de précis. C'était juste un bruit qui courait, mais ils étaient inquiets, c'est normal. On se demande toujours ce qui va se passer quand un directeur quitte une entreprise, on ne sait pas ce que fera son successeur, comment il va réorganiser le service. On sait même pas si on gardera son emploi.

– Et vous, vous étiez inquiète ?

– Oui, moi aussi, un peu. Mais je me disais que j'avais du temps devant moi, que même si Romain finissait par partir, ça ne se ferait pas du jour au lendemain. Personne n'imaginait que les choses arriveraient si vite et d'une façon si... dramatique.

– Qu'est-ce que vous en déduisez ? Vous pensez qu'Edouard a pu faire en sorte de se débarrasser de son frère ?

Mademoiselle Besnier prit une expression à la fois dubitative et sournoise qui ombra son visage d'une laideur fugitive.

– J'ai pas dit ça, j'en sais rien. Tout ce que je vois, c'est que la disparition de Romain règle bien son problème. – Adroitement, elle rappela au commandant : C'est vous qui m'avez demandé de vous téléphoner si je me souvenais de quelque chose.

– Et vous avez bien fait, dit-il. Quels sont vos projets, à présent ? Vous partez en vacances ?

– J'avais l'intention de partir deux semaines aux Baléares, fin juillet. Mais maintenant je ne sais plus... – Elle prit une mine soucieuse : Partir en vacances en sachant qu'on ne retrouvera pas son travail en rentrant, ça donne plus tellement envie.

– Allez-y quand même, lui conseilla Leprat. Amusez-vous, détendez-vous. Vous repartirez du bon pied à la rentrée.

Il se leva, signe que l'entretien était terminé, et la reconduisit jusqu'au seuil :

– Laissez-moi seulement votre adresse et votre numéro de portable. Nous pourrions avoir besoin de votre témoignage. Vous êtes d'accord pour répéter ce que vous m'avez dit devant le juge d'instruction ?

– Ça oui, répondit-elle avec ressentiment. Vous pouvez compter sur moi.

La porte refermée, sans aller jusqu'à l'entrechat, le commandant esquissa sur place un petit pas de danse. Un léger flux d'adrénaline. Enfin, il tenait quelque chose, il avait un mobile ! Pas une preuve, mais au moins un *mobile*. Et il en avait appris assez sur la personnalité d'Edouard Serallier (décidément un drôle de type) pour pouvoir l'interroger utilement. Chaque fois qu'une enquête atteignait un tournant, qu'il voyait ses recherches avancer, il éprouvait cette brève exultation, cette espèce de cabriole mentale. C'était aussi cela le métier de policier. Pas seulement le maintien de l'ordre, la quête patiente de la vérité. Par moments, heureusement, il y avait aussi le jeu, l'excitation du limier.

Il retourna s'asseoir et forma le numéro d'Eve Serallier. Il ne doutait pas que l'épouse de Romain connaissait les projets de son mari et confirmerait les déclarations de sa secrétaire.

***

Avec les hommes comme Edouard Serallier, on était tout de suite dans le rapport de force. D'abord, au lieu de se présenter à l'heure et au jour indiqués sur sa convocation – le lundi 25 juin à onze heures –, un peu plus d'un quart d'heure après l'heure du rendez-vous, alors que les policiers commençaient à s'impatienter et à se demander si leur témoin allait leur poser un lapin, il avait fait téléphoner par sa secrétaire (la grande perche que le commandant avait aperçue à l'enterrement) qu'il recevait des clients venus de l'étranger et ne pouvait pas les quitter de la journée. Rendez-vous avait donc été pris pour le lendemain, et non plus le matin mais en fin d'après-midi à dix-sept heures. Leprat avait eu la certitude qu'il le faisait exprès, qu'il s'employait à déstabiliser, *énerver* les policiers, comme s'il retournait leurs méthodes à son profit.

Le commandant Leprat n'appartenait pas à la BRDFi, la brigade spécialisée dans la criminalité financière, la criminalité dite "en col blanc", de sorte qu'il avait rarement affaire à des gens "importants", hommes politiques, acteurs célèbres ou patrons de grandes entreprises en délicatesse avec le fisc ou soupçonnés de détournements de fonds. Mais pour le petit nombre qu'il en avait vu, et d'après ce que racontaient ses collègues, dès l'instant où, pendant un interrogatoire, l'un de ces hauts personnages se trouvait en difficulté, c'était tout de suite, implicitement mais clairement, "*Moi grand chef, toi petit flic*" ("*toi petite bite*", disaient plutôt les gars de la brigade), et un climat menaçant s'installait.

Le mardi, Edouard Serallier se présenta enfin, le teint frais, le visage détendu, à dix-sept heures précises. Dès son entrée, il tendit une main cordiale quoique imperceptiblement condescendante au commandant, un peu comme si c'était lui qui avait provoqué l'entrevue et qu'il venait, en sa qualité de frère de la victime, se faire rendre des comptes sur l'avancement de l'enquête. Invité à s'asseoir, il se cala dans le fauteuil étroit attribué aux témoins comme dans un imposant siège directorial et, la tête rejetée en arrière (il semblait ainsi considérer son vis-à-vis "de haut"), attendit que le policier prenne la parole.

Leprat laissa passer une longue minute, feignant de consulter ses papiers, puis leva les yeux :

– Merci d'avoir répondu à notre convocation, Monsieur Serallier. Nous vous avons fait venir parce que nous avons besoin d'informations complémentaires sur votre frère.

– Mon pauvre Romain, murmura Edouard. C'est vraiment horrible, ce qui est arrivé. Un drame épouvantable pour notre famille.

– Je vous renouvelle mes condoléances.

– Merci, commandant. Mais je ne vois pas ce que je pourrais ajouter. Sur les circonstances de sa mort, je n'ai rien à dire que vous ne sachiez déjà.

– Nous aimerions en apprendre un peu plus sur sa personnalité, ses habitudes, les gens qu'il voyait. Vous m'avez dit quand nous nous sommes vus que votre frère et vous étiez très proches ?

– Très. Et depuis toujours. Je n'avais que cinq ans de plus que lui, ce qui fait que nous avons grandi ensemble. Comme j'avais ces quelques années d'avance, il m'imitait, m'admirait... J'étais comme un modèle pour lui, vous comprenez ? Et pour moi, c'était mon petit frère, dès sa naissance je me suis senti le devoir de le protéger.

– Vous dirigiez SERAVER ensemble depuis combien de temps ?

– Romain m'a rejoint à la mort de notre père. C'était en 1997, il y a seize ans. Moi, j'étais là déjà depuis quelques années. En fait, je n'ai jamais travaillé ailleurs. Dès la fin de mes études (je suis diplômé de l'Ecole Centrale, sorti dans les premiers), je suis entré dans l'entreprise fondée par mon père. C'est une entreprise familiale.

– Votre père était veuf, je crois ?

– Oui, malheureusement. Maman est morte deux ans avant lui. Elle était un peu plus âgée.

– C'est une belle entreprise que vous a léguée votre père.

– En effet, convint Edouard. – Il ajouta avec une fierté somme toute légitime : Et depuis j'en ai..., euh, nous en avons doublé le chiffre d'affaires.

– Elle vaut combien, aujourd'hui ?

– Autour de 11 à 12 millions.

– D'euros ?

– Oui. Ce qui fait environ quatre-vingt millions de francs.

– C'est une société anonyme, je suppose.

– Oui, mais mon frère et moi détenions une large majorité des parts. C'est une affaire à majorité familiale.

– Combien de parts précisément ?

– 80% à nous deux. 40% chacun. Et le reste est réparti entre les cinq autres actionnaires. Pour constituer une Société Anonyme, il faut sept actionnaires minimum.

– Et maintenant qu'il n'est plus là, qui va hériter de ses parts ?

– Ses deux fils, bien entendu.

– Ils sont très jeunes, six et huit ans, c'est bien ça ?

– En effet. Il va leur falloir un tuteur.

– Vous ?

– Je suis celui que Romain a désigné dans son testament. Leur mère était entièrement d'accord.

– Vous le saviez que Romain vous avait choisi comme tuteur de ses fils ?

– Evidemment. Je l'avais moi-même choisi comme tuteur de ma fille Isabelle au cas où je serai tué dans un accident, est-ce qu'on sait ? Je me déplace énormément, en avion ou en voiture. Alors statistiquement...

– Donc les parts de Romain vont rester dans l'entreprise ?

– C'est le plus sage. Je verserai une partie des dividendes sur un compte au nom des enfants, de manière à constituer un capital qu'ils toucheront à leur majorité, et je verserai l'autre partie à leur mère pour lui permettre de vivre et d'élever correctement ses fils.

– Votre frère et son épouse étaient mariés sous quel régime ?

– La séparation des biens, naturellement.

– Et vous êtes sous le même régime avec votre femme ?

– Bien entendu.

– Vous êtes mariés depuis quand ?

– Depuis quinze ans. J'ai épousé Florence en 1998.

– J'imagine que la femme de Romain figurait sur son testament ?

– Généreusement. Il lui lègue le contenu de ses comptes bancaires et un petit chalet à l'Alpe-d'Huez. Elle aura l'usufruit de leur maison du Valaubois – qu'elle continue à l'habiter, ce qui m'étonnerait après ce qui s'est passé, ou qu'elle la loue –, et en plus elle va toucher son assurance-vie.

– Qui se monte à combien ?

– Un million d'euros.

– De quoi voir venir, apprécia Leprat.

– Ça ne lui rendra pas son mari, fit remarquer Edouard. Et Eve a deux garçons à élever.

– Vous figuriez vous aussi sur le testament de votre frère ?

Edouard battit des paupières, l'air ému...

– Oui, soupira-t-il, mon cher Romain avait pensé à moi. Il m'a légué un de ses tableaux que j'aimais beaucoup, un beau paysage d'Utrillo, une rue de Montmartre sous la neige.

– C'est un peintre connu, ce tableau doit avoir de la valeur ?

– Sa valeur marchande m'indiffère. Pour moi, ce sera avant tout un souvenir de mon petit frère, un souvenir très précieux, je ne le mettrai jamais en vente. Romain me laisse également sa collection de stylos, et aussi le bureau qu'il avait à son domicile, un magnifique bureau Empire, Premier Empire, un meuble d'époque...

Leprat opina avec une expression compréhensive et revint à son affaire :

– Votre belle-sœur s'entendait bien avec son mari ?

– Pour autant que je sache, oui. Romain et Eve formaient un ménage uni. – Edouard marqua un temps, les sourcils froncés : Vous ne supposez tout de même pas... ?

– Non, Monsieur. Rassurez-vous, Madame Eve Serallier n'est pas suspecte. Qu'est-ce qu'il faisait, votre frère, avant de rejoindre l'entreprise familiale ?

– Il travaillait dans un groupe de promotion immobilière. Au service Marketing d'une de leurs filiales. Romain n'était pas ingénieur ; il avait fait des études commerciales, c'était un ancien de Sup de Co. Mais il s'ennuyait chez son promoteur, on ne lui donnait pas assez de responsabilités et son travail ne l'intéressait pas vraiment. En fait, il avait le sentiment de végéter, de faire du surplace. Alors je n'ai pas eu à le lui proposer deux fois, il était vraiment content de venir à l'usine. Avec le titre de Directeur du Marketing et des responsabilités importantes.

Premier mensonge, nota Leprat. En contradiction avec ce que Martine Besnier lui avait rapporté, à savoir que Romain, lors de la dispute qu'elle avait surprise, avait dit à son frère qu'il était entré à l'usine contre son gré et parce qu'Edouard avait exercé une forte pression sur lui.

– Il avait quel âge à cette époque ?

– Vingt-neuf ans.

– Il était déjà marié ?

– Non. Il a rencontré Eve deux ans plus tard aux sports d'hiver et il l'a épousée en 2003.

– En dehors de sa famille et de son travail, Romain avait-il des activités personnelles, pratiquait-il un sport ? Etait-il en contact d'une manière ou d'une autre avec des gens qui auraient pu lui en vouloir ?

– Pas à ma connaissance. Comme sport, il faisait du tennis toute l'année et du ski l'hiver. Il jouait avec ma femme au Sporting-club de Samois. Personnellement, je ne joue pas au tennis, ça m'ennuie. Mais en dehors de ça mon frère et moi étions la plupart du temps ensemble. Les obligations familiales (visites à nos belles-familles comprises), le travail qui nous accaparait, et, depuis un an, nous habitions le même village. Avant notre installation au Valaubois (décision que nous avions prise d'un commun accord pour nous rapprocher de l'usine et dans l'intérêt des enfants), nous vivions tous les deux dans le même quartier de Paris, avenue Victor-Hugo. Nos amis en plaisantaient, ils nous appelaient "le clan Serallier". Et nous sortions très souvent en famille. Sauf quand nous invitions nos épouses en amoureux...

– Même les vacances, vous les preniez en famille ?

– Ah non, les vacances, nous avions décidé de les prendre séparément. – Il commenta, mi-triste, mi-plaisant : les couples les plus soudés ont parfois besoin d'un peu d'air.

– Vous paraissiez très soudés, en effet. Vous vous entendiez bien tous les deux ? Jamais de désaccords ? Jamais de disputes ? demanda Leprat.

Une lueur calculatrice passa dans les yeux de son interlocuteur. Serallier n'ignorait pas que le commandant était passé à l'usine pour interroger Martine Besnier et, comme il venait de la mettre à la porte, il imaginait sans peine qu'elle était allée déballer tout ce qu'elle savait sur eux...

– Des désaccords normaux quand on dirige une entreprise, répondit-il. Des discussions.

– Parce que la secrétaire de Romain – son *ex*-secrétaire – prétend qu'elle a été le témoin d'une dispute.

– Vous m'étonnez, répondit Serallier. Quand ça ? Qu'est-ce que cette personne a bien pu vous raconter ?

– Qu'elle vous a entendus sans le vouloir, un soir qu'elle avait oublié son portable et qu'elle était remontée après la fermeture le chercher dans son bureau. D'après elle, vous et votre frère vous disputiez violemment...

– Et pour quelle raison ? le coupa Edouard.

– Romain voulait quitter SERAVER, vendre ses parts, et vous n'étiez pas d'accord. En gros, c'est ce qu'elle nous a dit.

– Ça n'a aucun sens. Elle aura mal compris. Si elle a surpris une discussion, elle l'exagère volontairement pour nous nuire et elle invente n'importe quoi. Elle se venge parce que nous avons dû nous séparer d'elle.

– Vous vous êtes séparés d'elle pour quel motif ?

– Oh, tout simplement parce que le successeur de mon frère – vous comprenez qu'on ne pouvait pas laisser longtemps le service Marketing sans direction – prenait ses fonctions avec sa propre assistante.

– Vous ne pouviez pas trouver un autre poste pour la secrétaire de Romain ?

– Ce n'est pas si facile. Mademoiselle Besnier était secrétaire de direction et nous n'avons pas en ce moment de poste vacant à ce niveau. Et il n'était pas question de la rétrograder, même en maintenant son salaire. Cela aurait été humiliant pour elle et ça aurait créé un mauvais climat dans l'entreprise, les autres employés en auraient été troublés. Il valait mieux qu'elle parte. Dans les affaires, on ne peut pas se permettre de faire du sentiment.

L'explication était plausible. Et Leprat voulait bien croire qu'Edouard Serallier n'était pas homme à faire du sentiment. Pour quelqu'un qui avait perdu son frère chéri, son *alter ego* quinze jours plus tôt, il avait une excellente mine, pas du tout la figure d'un homme qui souffre et dort mal. – Il poursuivit :

– Martine Besnier nous a appris, et ça nous a été confirmé par son épouse, que Romain s'intéressait aux propriétés viticoles bordelaises. Qu'il envisageait même d'en acheter une...

– Ah, Eve vous a dit ça ? Il ne faut pas faire attention à ce que les femmes racontent ! s'exclama Edouard avec un rire forcé. En réalité, ce n'était qu'une idée en l'air, un vieux rêve de mon frère. C'est parce que notre grand-père paternel avait été négociant en vin, alors Romain se voyait bien finir à la tête d'un château bordelais. Dans son esprit, devenir producteur de vin aurait été une sorte de retour aux sources, une manière de renouer avec l'histoire familiale. Mais c'était pour sa retraite qu'il pensait à ça. Il y avait un moment qu'il en parlait, et tout le monde s'en amusait, on n'y attachait pas d'importance. La retraite de Romain n'était pas pour demain, et d'ici là, il avait tout le temps de changer d'avis et de devenir plus raisonnable.

– Il a tout de même fait trois voyages en Gironde pour visiter des propriétés.

– Du tourisme. Il s'amusait. Il n'y a jamais rien eu de sérieux là-dedans. On ne s'improvise pas viticulteur, vous savez.

– J'imagine, admit Leprat.

Feignant de se désintéresser totalement de la question, il changea de sujet :

– Vous étiez où au moment de l'assassinat de votre frère, le lundi 11 juin, vers huit heures ? Je vous demande ça, c'est juste la procédure.

– J'étais à l'usine, dans l'atelier "Parfumerie", avec le chef d'atelier. Nous fabriquons des millions de pots et de flacons pour l'industrie cosmétique.

– C'est votre habitude de travailler si tôt le matin ?

– Non, normalement j'arrive à neuf heures au bureau. Mais ce jour-là nous devions réceptionner une nouvelle machine, une italienne, une merveille entièrement automatisée. – Il proposa aimablement : A l'occasion, il faudra venir faire un tour à l'usine, commandant. Je me ferai une joie de vous la faire visiter.

– Avec plaisir, ce doit être très intéressant, répondit Leprat, tout en notant qu'Edouard, exactement comme le jeune Stef, disposait d'un alibi en béton, inattaquable, mais qui marquait une rupture avec ses habitudes, circonstance suspecte par définition pour la police.

Il feuilleta un instant les papiers qu'il avait devant lui, puis redressa brusquement la tête :

– Vous connaissez Stephen Garoux ? demanda-t-il à brûle-pourpoint à son témoin, guettant sa réaction.

Habitué à dissimuler ses émotions, Serallier lui offrit un visage de bois. Mais c'était quand même une réaction, ce durcissement soudain de tous ses traits, accompagné d'une vibration du coin de l'œil incontrôlable.

– Stef ? dit-il. C'est un garçon qui vient faire des petits travaux chez nous. Je l'aperçois de temps à autre. C'est surtout ma femme Florence qui le connaît, il lui donne des petits coups de main dans la maison.

– Vous l'avez vu récemment ?

– Récemment, non... Je ne crois pas.

Deuxième mensonge, comptabilisa Leprat.

– Il s'est pourtant rendu chez vous le jour de la réception d'anniversaire de votre frère.

– Ah ? c'est possible.

– Il a été filmé par la caméra de surveillance qui se trouve au coin de votre allée. Il était à moto.

– Il est peut-être venu, je ne m'en souviens pas.

– C'est bien vous qui l'avez accueilli, pourtant. La caméra vous a enregistrés tous les deux pendant que vous parliez.

– Ah oui, maintenant que vous me le dites, ça me revient. Il me semble bien qu'il est passé, en effet.

– Qu'est-ce qu'il était venu faire chez vous un dimanche ?

– Rien de spécial. J'avais dû l'inviter à boire un verre.

– Et il l'a bu, ce verre ?

Edouard hésita (Leprat eut alors la certitude que Stef n'avait pas eu de contact avec lui depuis sa sortie de garde à vue) et éluda habilement :

– Sans doute. Je suppose qu'il est allé dans le jardin boire un coup avec les autres. Franchement, je ne me rappelle pas. Je ne faisais plus du tout attention à lui. Je devais m'occuper de mes invités.

Leprat fut tenté de lui rafraîchir la mémoire en lui parlant d'Eve, des images enregistrées par la caméra indiscrètement détournée de sa trajectoire autorisée par le gardien où, négligeant ses invités justement, et l'ayant entraînée sous les arbres, il secouait sa belle-sœur comme un prunier. Mais à quoi bon... Edouard aurait nié, minimisé. "Moi, brusquer ma belle-sœur, avoir des vues sur elle, sur la propre femme de mon frère, vous n'imaginez tout de même pas..." – (N'empêche que Leprat imaginait très bien : la femme de son frère, la femme du frère de sa femme, plus tard la femme de son fils s'il en avait eu un, la meilleure copine de sa fille, oui, ça lui ressemblait tout à fait, ça ressemblait à Edouard Serallier, le patriarche, le seigneur du château, avec droit de cuissage sur son entourage, *et peut-être droit de vie et de mort ?*). Mais il aurait prétendu que ce n'était qu'un jeu entre Eve et lui, une comédie sans signification, sans conséquence, que d'ailleurs c'était la fin de l'après-midi et qu'il avait déjà pas mal bu. Au total, ça n'aurait servi qu'à le cabrer, à le mettre sur ses gardes. Et tant que la police n'avait rien de solide contre lui, aucune raison valable de le retenir et de le soumettre à un interrogatoire approfondi, il valait mieux qu'il ignore qu'il était suspect.

– Vous soupçonnez Stef Garoux ? demanda-t-il. Vous croyez qu'il est pour quelque chose dans l'assassinat de mon frère ?

– Pas plus lui qu'un autre, reconnut Leprat.

– Alors, ça signifie que votre enquête piétine. – A présent, les rôles étaient renversés, c'était Edouard qui fixait le policier, avec des yeux inquisiteurs et durs où brillait une joie ironique. Un mauvais regard.

Leprat décida de faire profil bas.

– Nos investigations n'ont encore rien donné. Nous avons fouillé les bureaux de Romain, son bureau à l'usine et celui de son domicile, examiné son ordinateur, son agenda, son Smartphone sans recueillir le moindre indice. Et l'arme du crime est toujours introuvable. Resterait l'hypothèse d'un crime crapuleux, mais il se trouve que rien n'a été volé : son portable était dans la boîte à gants et son attaché-case sur la banquette arrière ; le portefeuille qui se trouvait dans la veste accrochée à un cintre et qui contenait une somme relativement importante en liquide était intact ; et il avait toujours au poignet sa magnifique montre. La montre en or que vous lui aviez offerte la veille en cadeau d'anniversaire, si je me souviens bien ?

– C'est exact. Le voleur aura pris peur, il a peut-être entendu du bruit et s'est enfui sans achever son travail. C'était sûrement un amateur, un tueur occasionnel. Une espèce de fou.

– Possible. Nous avons également pensé à la vengeance d'un employé de SERAVER renvoyé...

– Dans mon entreprise, nous faisons les choses dans les règles, le contra sèchement Edouard. Sauf faute professionnelle grave, les employés licenciés sont convenablement indemnisés. Et personne n'aurait de raison de nous en vouloir au point de revenir assassiner l'un d'entre nous.

– Imaginons, répliqua Leprat sans abandonner son idée, imaginons un homme qui ne retrouve pas d'emploi depuis des mois, peut-être des années, qui ne touche plus ses allocations chômage, que sa femme a quitté en emmenant ses enfants, un pauvre type sans travail, sans perspective, au bout du rouleau, ça pourrait commencer à chauffer dans sa tête, il pourrait en venir à penser que le directeur qui l'a renvoyé est le seul responsable de son malheur, se mettre à nourrir des idées de vengeance...

– Peu probable, estima Edouard.

– C'est déjà arrivé. Et c'est principalement pour cette raison que nous vous avons demandé de venir, Monsieur Serallier, parce que, pour chercher de ce côté-là, nous ne pouvons rien faire sans vous, nous allons avoir besoin de votre collaboration.

La figure d'Edouard s'éclaira :

– Si je peux vous aider à faire la lumière sur la mort de mon frère, je ne demande pas mieux...

– Il faudrait sortir de vos archives les noms des gens licenciés, disons depuis un ou deux ans, les femmes comme les hommes, même si pour les femmes ça me paraît moins évident, et essayer de vous rappeler leur personnalité, leur profil, les motifs de leur licenciement. Vous avez une DRH chez vous, elle pourra sûrement vous assister dans ce travail.

– D'accord, acquiesça Edouard, je vais voir ce que je peux faire. – Il consulta sa montre et souleva légèrement son derrière de son siège.

– Tenez-moi au courant aussitôt que vous aurez quelque chose, dit Leprat. Et il vaudrait mieux commencer tout de suite. Le temps joue contre nous.

– Je m'en occupe.

– Bien. Je vous remercie, on s'en tient là pour aujourd'hui. Vous pouvez y aller, Monsieur. N'oubliez pas notre affaire.

– Vous pouvez compter sur moi.

Il y eut quelques mots d'encouragement, une poignée de main échangée, et l'aîné Serallier partit sans soupçonner qu'on le soupçonnait. – C'est du moins ce que Leprat espérait.

***

Quand son chef n'avait pas besoin de lui et qu'il en avait assez de l'avoir dans ses jambes, Thomas Cassin s'occupait comme il pouvait. Il traînaillait dans le bureau, s'approchait des groupes en conciliabule pour attraper des bribes de leur conversation, ou tentait de s'intégrer à une équipe qui se préparait à sortir, quoique, dans ce dernier cas, il se fît la plupart du temps rembarrer. Pas de place pour lui dans la voiture, ou bien on n'avait pas de tâche à lui donner et sa présence ne ferait que gêner, ou encore la mission était trop dangereuse pour un stagiaire. Ils trouvaient toujours une bonne raison. Une fois, quelqu'un l'avait même appelé *mouche du coche* : "Tiens, revoilà la mouche du coche !". Bien qu'un officier proche de la retraite l'eût consolé en lui disant que c'était juste une blague, un mot pour rire, et que tous les stagiaires qui passaient dans le service y avaient droit à un moment ou à un autre, ça ne lui avait pas plu. Thomas estimait que la façon dont on le traitait était injuste et peu productive : il était persuadé, lui, qu'il était tout à fait capable de se rendre utile, qu'il était du bois dont on fait les bons flics. Vraiment, il méritait mieux que ça.

Donc, à la fin de l'après-midi de ce même mardi, tandis que le commandant interrogeait le frère de la victime du Valaubois (qu'il avait préféré recevoir en tête à tête pour ne pas donner un caractère trop alarmant à l'entrevue), et alors que presque tout le monde dans le service était sorti, le pauvre Thomas, resté seul et désœuvré dans le bureau désert, avait eu l'idée de reprendre le visionnage des bandes de la caméra 6, la caméra fixe qui se trouvait près du mur d'enceinte, non loin de la maison de Romain Serallier.

Les jours précédents, il avait eu l'impression que les membres de l'équipe affectés à ce travail (tandis que lui-même examinait les bandes de la caméra 3 proche de la demeure du frère aîné), travail Ô combien fastidieux – des heures et des heures sans bouger à contempler le même coin de forêt où personne ne passait jamais –, et qui s'étaient relayés à l'ordinateur en traînant les pieds et en bâillant d'avance, n'avaient peut-être pas accordé à leur tâche toute l'attention souhaitable. En tout cas, avait pensé Thomas, c'était un bon moyen de s'occuper.

Avec sa persévérance et son entêtement habituels, et stimulé par le secret espoir de découvrir quelque chose qui aurait échappé aux autres et de leur administrer la preuve qu'il n'était pas aussi "mouche du coche" qu'ils voulaient bien le dire, Thomas, oubliant le temps, s'était plongé en immersion totale dans son visionnage, scrutant l'écran à s'en brûler les yeux, et à onze heures quarante-six précises, heure de son bracelet-montre (l'horloge de l'enregistrement indiquait 03:34:17, à la date du 11 juin, c'est-à dire la nuit précédant le crime), sa ténacité avait porté ses fruits.

Le lendemain matin, bouillant d'impatience, sans avoir soufflé mot à quiconque de sa découverte – et quelle découverte ! la séquence qui allait tout changer, d'où sortirait peut-être la solution du problème !... et c'était lui, le petit stagiaire, "la mouche du coche" (sobriquet qu'il ne parvenait décidément pas à digérer) qui l'avait trouvée !... lui qui, grâce à sa perspicacité et à sa patience, allait peut-être permettre de boucler l'enquête !... il n'en avait pas dormi de la nuit... –, très impatient donc, excité comme une puce, Thomas faisait les cent pas dans le couloir du service en attendant l'arrivée de son chef.

Dès qu'il aperçut le commandant, il se précipita sur lui et l'entraîna avec une mine de conspirateur jusqu'à l'ordinateur réservé au visionnage.

L'image à l'écran était arrêtée à 03:33:00. Une minute avant l'apparition des images que Thomas avait repérées, et vérifiées ensuite en les repassant au ralenti. Il voulait voir si son chef les repérerait lui aussi spontanément. C'est long, une minute, quand on attend quelque chose qui ne vient pas, et, tout en contemplant le coin de forêt filmé de nuit en plan fixe, animé seulement d'un frémissement de feuilles sous la brise, le commandant commençait à se demander si son stagiaire n'était pas en train de lui faire perdre son temps... Et tout d'un coup, venue d'en haut, comme tombée du ciel, une silhouette furtive. Un visage blanc se détachant un bref instant sur la masse sombre du mur d'enceinte : quelqu'un venait de sauter, il s'enfonçait dans le sous-bois en direction des habitations. Ça n'avait pas duré deux secondes.

– Qu'est-ce que c'est que ça..., murmura le commandant. Remonte un peu.

Thomas revint en arrière et repartit au ralenti.

– Arrête-toi là... Zoome sur lui.

Thomas obtempéra et tous deux se penchèrent avidement sur l'image grossie. Le visiteur nocturne (à première vue, c'était une silhouette masculine) venait de se réceptionner après son saut depuis la crête du mur. Encore ramassé sur lui-même, genoux fléchis, il allait s'élancer à l'abri des arbres vers les maisons du village (celle de Romain Serallier n'était qu'à cinquante mètres). Pas particulièrement grand, l'homme était très mince. Cette minceur, et quelque chose de souple, de félin dans son attitude suggérait un homme jeune. De type européen, à en juger par la tache blanche de son visage en partie dissimulé par une capuche. – Et c'était tout.

– Qu'est-ce qu'on va pouvoir faire de ça, dit Leprat, pessimiste, ça pourrait être n'importe qui.

– C'est peut-être le pote de Stephen, dit Thomas qui n'avait pas cessé d'y penser pendant la nuit. Celui qui fumait du hasch avec lui quand on les a chopés dans sa chambre aux Bleuets.

– Qu'est-ce qui te fait dire ça ?

– J'en sais rien. Y a Edouard Serallier qui connaît Stephen qui connaît son pote...

– Pas suffisant. Il faudrait être sûr que c'est lui. Et sur la 8, celle de l'allée qui conduit à la maison de la victime, les gardiens du Valaubois n'ont rien trouvé ?

– Je les ai appelés. Ils disent que non. Mais eux, c'est normal. Il y avait pas beaucoup de chances que l'assassin se fasse voir près de la maison la veille du crime.

Leprat se pencha de nouveau sur l'écran :

– Va chercher les autres, on va leur demander leur avis.

Plusieurs membres de l'équipe étaient sortis. Les quatre qui restaient pénétrèrent dans la pièce en file indienne et se rassemblèrent devant l'ordinateur. Méthodiquement, Thomas leur repassa la séquence à différentes vitesses : vitesse normale - ralenti - image par image - images fixes et zoomées.

Les policiers restèrent un instant silencieux, écarquillant les yeux, puis on entendit un bruit de pet, soufflé avec les lèvres, en signe de grande perplexité.

– Ça ne vous dit rien ? demanda Leprat. Vous n'avez pas aperçu quelqu'un qui pourrait lui ressembler. Par exemple ici, dans le bureau ?

Avec un bel ensemble, les policiers secouèrent négativement la tête.

– J'avais demandé trois gars pour se relayer à la vidéo de la caméra 6. Est-ce qu'il y en parmi vous ?

Un officier, une nouvelle recrue, s'avança d'un pas :

– J'en ai visionné une partie.

– Où sont les deux autres ?

– Ils sont sortis.

– Et c'est quelle partie que t'as visionnée ?

– Je m'en rappelle pas exactement. Je crois pas que c'est celle-là, se défendit le jeune homme à tout hasard.

– Alors aucun de vous n'a été foutu de repérer ces images ? C'est incroyable, ça, tout de même. Des images prises pendant la nuit du crime... – (L'air faussement modeste, en apparence absorbé par les commandes de son ordinateur, Thomas buvait du petit lait.)

– Elles sont vite passées... C'était pas facile à voir.

– Surtout quand on regarde ailleurs, ou qu'on pense à autre chose. Je suppose que vous avez noté vos heures de visionnage ?

– Moi, je les ai notées, chef.

– Il faudra venir dans mon bureau. Tous les trois. Avec votre timing. Je veux tirer ça au clair. Trouver le crétin capable de laisser passer une information pareille...

Abrégeant le supplice de la jeune recrue, la porte du bureau s'ouvrit sur le capitaine Lanneret.

– C'est Kevin Méchin, dit-elle au commandant après un rapide coup d'œil à l'écran. C'est le gars que j'ai interrogé l'autre jour pendant que tu t'occupais de son copain. Une vraie tête de lard.

– Tu en es sûre ? On voit pas sa figure.

– A 90%. Il avait une façon de se tenir particulière, la tête rentrée dans les épaules, le haut du dos voûté. Ça lui donnait un air sournois. Le bonhomme de l'image se tient pareil.

– T'as peut-être raison. Mais devant un tribunal, ça vaudra pas un clou.

– Alors reste plus qu'à trouver une preuve. Mais c'est Kevin, maintint le capitaine, je suis sûre que c'est lui. Et souviens-toi, il n'a pas d'alibi. Il a dit que ce matin-là, à l'heure du crime donnée par le légiste, il était seul chez lui. C'est peut-être vrai, ou c'est peut-être pas vrai.

L'absence d'alibi, cette vague ressemblance avec la silhouette filmée par une caméra proche de la maison de la victime, la connexion avec Stef (et donc, indirectement, avec Edouard Serallier), tout ça était bien intéressant, pensait objectivement Leprat, mais il ne s'agissait hélas que de présomptions.

– On va tout de même aller le cueillir, ce petit gars, conclut-il à voix haute. Il sera peut-être plus bavard que la dernière fois.

***

Kevin Méchin fut arrêté au début de l'après-midi et directement déféré devant le juge d'instruction. Les policiers s'étaient souvenus qu'il déjeunait tous les jours chez sa mère et ils l'avaient serré devant son immeuble, à l'instant où il en sortait. Après avoir protesté qu'il se rendait au garage, qu'on l'empêchait de travailler, il les avait suivis sans faire d'histoires.

Il fut conduit au Tribunal de Melun où le juge Christophe Lepage l'attendait. Trente-cinq ans, petites lunettes, déjà légèrement dégarni au sommet de la tête, le juge, surchargé de travail – il instruisait une demi-douzaine d'affaires en même temps –, donnait au premier abord l'impression d'un magistrat méthodique et froid, plutôt intimidant. Le commandant Leprat était présent, ainsi qu'une greffière.

Dès l'entrée du jeune homme dans le bureau, le commandant chercha une ressemblance avec la silhouette de la vidéo. Franchement, ça ne sautait pas aux yeux. Pour commencer, Kevin portait ce jour-là un jean et un blouson de toile, sa tenue de travail habituelle, tandis que le visiteur du Valaubois était encapuchonné dans un sweat de coton ou de laine polaire. Elodie Lanneret avait parlé d'épaules voûtées et d'un air sournois. Leprat n'y avait pas prêté attention quand il avait vu Kevin la première fois, mais il y avait de ça. La policière avait un bon sens de l'observation.

Les formalités d'usage accomplies – nom et prénom, adresse, date et lieu de naissance –, sans gaspiller son temps en préliminaires, le juge, en tapotant le dossier ouvert devant lui et qu'il n'avait eu que le temps de parcourir, commença :

– Vous savez pourquoi vous êtes là ?

– Ça doit être pour l'affaire du Valaubois, répondit son témoin. Mais pourquoi *moi* je suis là, aucune idée.

– J'aimerais savoir où vous vous trouviez le lundi 11 juin entre huit heures moins le quart et dix heures.

– Chez moi, aux Bleuets.

– Est-ce que quelqu'un peut le confirmer ? Quelqu'un qui serait venu vous voir ? Ou qui vous aurait téléphoné sur votre ligne fixe ?

– Non. Personne est venu et j'ai pas de téléphone fixe. Mon portable, ça suffit.

– Vous avez écouté la radio ?

– Non.

– Vous l'allumez quand même, d'habitude ?

– Pas souvent.

– Ou la télé ? Beaucoup de gens allument leur poste de radio ou de télévision en se réveillant pour écouter les infos.

– Pas moi. Je m'intéresse pas à la politique.

– Dommage. Parce que vous auriez pu vous souvenir d'un détail, quelque chose que vous auriez vu ou entendu pendant la tranche horaire qui nous intéresse. On l'aurait vérifié facilement et ça aurait pu vous mettre hors de cause.

– J'y suis déjà, hors de cause. J'ai rien à voir avec cette histoire.

– Ce qui est ennuyeux, voyez-vous, c'est que vous n'êtes pas en mesure de nous fournir d'alibi. Racontez-moi un peu ce que vous avez fait ce matin-là.

– Mon réveil a sonné à huit heures. Je me suis levé, j'ai pris ma douche et mon petit-déjeuner. Comme je bossais l'après-midi, j'ai joué à ma console en attendant d'aller déjeuner chez maman. Je l'ai déjà dit à la police.

– Vous avez joué à quoi ?

– A *Ghost Recon*.

– C'est un jeu très violent, à ce qu'on m'a dit. Des combats sans pitié avec des armes lourdes, des fusils d'assaut, des lance-grenades, des lance-roquettes, tout un arsenal... Vous aimez les armes ?

– C'est qu'un jeu. C'est pour passer le temps.

– Il y a même des Beretta 92, dans ce drôle de jeu. Vous avez déjà vu un Beretta 92 en vrai ?

– Non. J'en ai jamais eu un entre les mains, si c'est ce que vous voulez dire.

– C'est avec ce type d'arme qu'on a tué Romain Serallier.

– Je sais, je l'ai lu dans le journal. Vous essayez pas de me mettre ça sur le dos ?

– Hmm..., fit le juge avec un raclement de gorge soupçonneux, j'ai vu sur votre fiche que vous aviez déjà fait de la prison... C'était pour quoi ?

– Dans une prison pour mineurs, souligna Kevin. J'étais qu'un môme. J'avais piqué une voiture.

– Plusieurs, et vous les revendiez en pièces détachées. Vous aviez quel âge ?

– Treize.

– Un vrai petit dur, commenta ironiquement Leprat.

– Et puis, deux ans plus tard, poursuivit le magistrat, vous avez fait un an et demi pour trafic de drogue. C'est grave, ça, le trafic de drogue...

– Cette fois-là aussi j'ai été placé dans un établissement pour mineurs, dit Kevin. Bon, j'avais quinze ans, c'est du passé tout ça. Je touche plus à rien, j'ai un travail régulier. Je bosse au garage Renault.

– C'est un point en votre faveur. Donc, vous habitez la Cité des Bleuets, la cité même où vous avez été élevé puisque votre mère y avait obtenu un logement social au titre de parent isolé. Vous n'avez pas connu votre père ?

Kevin eut une ébauche sourire, un demi-sourire pas très gai qui retroussa l'une de ses commissures :

– D'après ce que maman m'a dit, à ma naissance, il avait le même âge qu'elle, seize ans et demi... Je l'ai jamais vu mais je peux pas lui en vouloir.

– Donc, elle vous a élevé toute seule. Ça a dû être dur pour elle, si jeune.

– Je crois, oui.

– Mais à présent, vous pouvez l'aider financièrement, votre maman ? suggéra le juge, mine de rien. – Il espérait que son témoin allait se couper, répondre, comme un bon fils, qu'il aidait sa mère autant qu'il le pouvait, ce qui laisserait supposer qu'il avait d'autres sources de revenus qu'un modeste salaire de mécanicien débutant.

Kevin déjoua le piège :

– Je voudrais bien mais j'ai pas les moyens. C'est plutôt maman qui...

– Vous avez un emploi, pourtant.

– C'est un boulot à mi-temps, je gagne pas beaucoup.

– Pourquoi ne cherchez vous pas une place à temps complet ? Il n'y a pas trop de chômage dans la mécanique.

– Le patron du garage m'a promis de me prendre à plein temps dès qu'il pourrait. C'est un ami de maman. Je lui fais confiance.

– Je crois qu'elle travaille, votre mère ?

– Elle est vendeuse dans une boutique de fringues de Fontainebleau, *Little Manhattan* ; c'est dans la rue Grande, pas loin de la poste.

– Quand même, ça doit pas être facile pour elle d'avoir un grand fils de vingt-deux ans sur les bras, d'être encore obligée de vous nourrir...

Vexé, Kevin s'empourpra :

– C'est provisoire. Et puis elle m'a pas sur les bras, je paye le loyer de mon studio.

– Comment ça "provisoire" ? Vous avez d'autres perspectives ?

– On m'a promis de m'engager à plein temps au garage, je viens de vous dire.

– En attendant, remarqua le juge, la pauvre femme doit rudement pédaler. Un salaire de vendeuse dans une petite boutique de mode, ça va pas chercher loin.

– C'est une bonne vendeuse, ma mère, elle est bien payée. Et en plus elle touche une commission sur ses ventes. Elle arrive à s'en tirer.

– Ainsi, résuma le juge, vous prétendez que votre demi-salaire est votre unique source de revenus ?

– Pour l'instant, répondit Kevin. Puis il se ravisa, pensant que ça pouvait tout de même sembler un peu juste comme moyen d'existence : – Des fois, je dépanne la voiture d'un copain.

– Au noir ?

Kevin acquiesça d'un hochement de tête évasif, ajoutant en guise de circonstance atténuante : – Mais c'est seulement pour les copains.

– Donc, reprit le magistrat, vous avez toujours vécu dans la Cité des Bleuets ?

– C'est ça.

– Vous devez bien connaître la campagne alentour, alors. Vous jouiez dans la forêt de Fontainebleau quand vous étiez enfant ? Elle a une lisière tout près de chez vous, à trente mètres à peine derrière l'immeuble de votre mère.

Pour la première fois, le témoin parut désarçonné. Une fugace expression d'inquiétude parcourut son visage, laquelle n'échappa pas au commandant.

– J'allais y jouer, oui, avec mes copains de la cité. – Il précisa avec son drôle de sourire en coin : On jouait aux gendarmes et aux voleurs.

– Ouais, marre-toi, dit Leprat.

– De sorte qu'elle ne doit plus avoir de secrets pour vous, cette forêt, fit remarquer le magistrat.

– Je la connaissais pas mal, admit Kevin après une infime hésitation. Comme tous les gosses de la cité. Mais il y a longtemps que j'y joue plus.

– Je vous demande ça parce que cette forêt offre un bon raccourci vers le Valaubois, lui balança soudain le juge en plongeant un regard pénétrant dans le sien.

– Ah bon ? fit Kevin sans détourner les yeux. Je savais pas.

– Allons, dit Leprat, nous raconte pas de salades.

– Mais c'est la vérité, ça fait des années que j'y ai pas mis les pieds dans la forêt. Je suis plus un gamin.

– Arrête tes bobards : on t'a vu, lui asséna le commandant, comptant sur l'effet de surprise.

– Ça m'étonnerait, j'y vais jamais.

– T'as été filmé.

Encore une fois, Kevin parut troublé mais répondit tout de même :

– C'est pas possible.

– T'as été filmé au Valaubois la nuit du crime par une caméra de surveillance. Tout près de la maison de la victime.

– C'était pas moi.

– Bien sûr que c'était toi. Tu portais un sweat à capuche. On en a trouvé deux à ton domicile.

– Un sweat à capuche ! N'importe quoi ! s'esclaffa Kevin. Tout le monde en a des sweats à capuche !

– On t'a reconnu ! lui cria Leprat (tout en se félicitant intérieurement que son témoin n'ait pas vu la vidéo : cette silhouette à peu près impossible à identifier l'aurait fait s'esclaffer encore plus fort).

– Ça pouvait pas être moi, persévéra Kevin, cette nuit-là je dormais. J'étais dans mon lit.

– Pour qu'on te croie, il faudrait que tu nous donnes un alibi. Et justement t'en as pas.

– La nuit, d'habitude, les gens dorment. Rien que dans la cité, doit y avoir au moins cent personnes qu'ont pas d'alibi pour cette-nuit-là. Ni même pour le matin.

– Peut-être, mais ces personnes n'ont pas de lien avec la victime.

– Mais moi non plus j'ai pas de lien avec la victime ! Je le connaissais pas, ce type-là !

– Tu vas pas nous dire que tu connaissais pas les frères Serallier. Tout le monde les connaît. C'est pas n'importe qui.

– Je les ai jamais vus. Je les connaissais juste de nom parce que Stef m'en avait parlé une fois ou deux.

– Qu'est-ce qu'il disait ?

– Rien de spécial. Qu'il travaillait chez eux.

– Allons, faites un petit effort, essayez de vous rappeler, dit le juge.

– C'est la vérité, je m'en souviens pas. Stef en avait plusieurs des clients au Valaubois.

Leprat attrapa la balle au bond :

– Des clients ? Il leur vendait pas de la coke, à ces "clients" ? La coke que tu lui fournissais.

– Je lui fournissais rien du tout. Vous faites des accusations sans preuve.

– On vous a quand même chopés en train du fumer tous les deux. Ça puait le cannabis dans cette chambre. Vous vous repassiez un joint. On a même votre mégot...

– Un mégot que vous avez ramassé dans la rue. Il était pas à nous, répliqua Kevin qui avait dû se mettre d'accord avec Stef après leur sortie de garde à vue.

– Et alors, qu'est-ce que vous foutiez enfermés là-dedans en plein après-midi si c'était pas pour fumer ?

– On discutait.

– Vous discutiez de quoi ?

– Rien de spécial. On discutait, c'est tout.

– De toute façon, il va être analysé, ce mégot. Je parierais ma main droite qu'on y trouvera votre ADN à tous les deux.

Kevin préféra quitter ce terrain glissant :

– Je deale pas, affirma-t-il. Vous avez rien trouvé quand vous avez perquisitionné mon studio. Et chez mon copain non plus vous avez rien trouvé. On vend pas de drogue à personne.

– On trouvera, t'en fais pas. On n'en a pas terminé avec vous deux. Parce que moi, je crois que vous n'y êtes pas pour rien dans le crime du Valaubois. Vous avez une bonne cache pour votre stock de drogue, c'est tout. Et c'est même peut-être là que vous avez planqué l'arme...

– L'arme ? Quelle arme ? protesta furieusement Kevin. Je sais même pas de quoi vous me parlez !

– L'arme du crime, mon petit gars. Le Beretta 92 avec lequel t'as tué Romain Serallier.

– Un assassinat maintenant ! Et puis quoi encore ! D'abord c'est la coke, et maintenant c'est moi qu'a buté Serallier ! Tout ça c'est des inventions. Vous arrivez pas à trouver le coupable alors vous accusez le premier gus qui vous tombe sous la main.

– Un ton plus bas, s'il te plaît, lui intima le commandant. Tu feras moins le malin quand...

– Bon, ça ira, ça suffit pour aujourd'hui, les interrompit le juge qui pensait déjà à son affaire suivante. On en reste là pour cette fois.

Kevin était déjà debout :

– Alors je peux partir ?

– Rasseyez-vous, Monsieur. Vous allez signer votre déposition.

Kevin se plongea dans la lecture des feuillets que lui apportait greffière. Concentré et méfiant comme un vieux truand habitué des prétoires, sans se soucier des trois personnes qui attendaient, il épluchait la transcription de ses paroles ligne par ligne, revenait en arrière, s'attardait sur un mot, les yeux au plafond, supputant ses interprétations possibles... Enfin, il apposa un paraphe rageur sur la dernière page et tendit sa déposition à la greffière :

– Y a plein de fautes d'orthographe, lui dit-il devant le commandant et le magistrat médusés.

L'intéressée s'empara des feuillets qu'elle venait de taper en expédiant au signataire un regard furibond.

– Je peux y aller, maintenant, dit Kevin, de nouveau sur ses pieds. – Ce n'était même plus une question. Il en trépignait presque, tout ragaillardi à la perspective d'être bientôt dehors.

– Pas si vite. Vous allez devoir patienter un moment. Nous n'avons pas encore statué sur votre sort. – Le juge appela un garde : Veuillez accompagner le témoin dans la salle d'attente.

– Non mais vous avez vu le culot ? Il manque pas d'air ce jeune homme, dit-il au commandant quand la greffière fut à son tour sortie.

– Elle fait tant de fautes que ça ? plaisanta Leprat.

– Pas plus que les autres. Il devait être fort en français à l'école. Qu'est-ce qu'il a fait comme études ?

– Un lycée technique.

– Dommage. Il aurait peut-être pu faire mieux. Il a l'air intelligent.

– Et bien, ça fait un criminel intelligent de plus, dit Leprat refusant de se laisser attendrir. Ce sont les plus dangereux.

– Vous le croyez coupable ?

– C'est mon impression.

– Basée sur quoi précisément ?

– Sur plusieurs choses. A commencer par sa présence sur la vidéo.

– On y voit presque rien, lui rappela le magistrat qui avait visionné les images avant l'arrivée du témoin.

– Le capitaine Lanneret l'a tout de même reconnu au premier coup d'œil.

– Ah, oui, l'intuition des femmes... Mais ça ne constitue pas une preuve.

– Il n'a pas d'alibi.

– Et pas non plus de mobile.

– Oh, le mobile, ça doit être tout simplement l'argent. L'assassinat de Romain Serallier a dû être commandité.

– Il n'a pourtant pas l'air de rouler sur l'or, ce garçon.

– C'est ce qu'il dit. Il m'a même paru insister exagérément là-dessus. Quand on lui a demandé s'il aidait sa mère, il a prétendu qu'il n'avait pas les moyens, et en même temps de devoir reconnaître qu'il vivait à ses crochets, ça avait l'air de l'humilier. Moi, je pense qu'il l'aide au contraire, au moins pour les courses, pour sa nourriture. Et pour quelle raison s'en cacherait-il si ce n'était pas pour dissimuler une source illégale de revenus ? Je suis sûr qu'il a menti et qu'il planque son argent quelque part. Il est malin, il fait semblant d'être pauvre pour détourner les soupçons.

– C'est vrai que ce garçon a quelque chose de spécial. Il ne ressemble pas aux jeunes que j'ai l'habitude de voir, ici, dans ce bureau. Il paraît tout maigre, presque malingre, et en même temps on sent une force en lui. C'est un jeune homme qui donne l'impression d'avoir un but dans la vie, un objectif.

– C'est une forte tête.

– En admettant même qu'il traficote encore dans la drogue, ça n'en fait pas pour autant un assassin.

– Il n'a pas d'alibi pour la nuit du crime, il s'est troublé pendant son interrogatoire, et par dessus le marché il a un passé de délinquant.

– De très jeune délinquant. Et tout ça ne constitue que des présomptions. Nous n'avons aucune preuve matérielle.

– Un *faisceau* de présomptions. Vraiment, Monsieur le juge, je crois plus prudent de placer le témoin en détention provisoire. Si, comme je continue à le croire, c'est lui le coupable, se sachant suspecté, il risquerait de détruire des preuves et d'entraver gravement la suite de l'enquête.

– Si vous insistez... Mais nous allons devoir convaincre le juge des libertés. Et les maisons d'arrêt sont en sureffectif.

Une heure plus tard, l'accord de ce dernier obtenu, on rappela le témoin pour lui notifier sa mise en détention. Kevin était loin de s'y attendre et entra dans une fureur noire. Hein ? Quoi ? D'abord on le collait en garde à vue et maintenant on l'envoyait en taule sans preuve !... Juste pour avoir quelque chose à raconter aux journaux, pour faire croire aux gens qu'on avait arrêté le coupable... On coffrait n'importe qui, le premier qui se trouvait là, et tout le monde s'en foutait !... – etc. Il allait et venait dans le bureau comme un diable, avec de grands gestes désordonnés, bousculant les chaises au passage. Une explosion où le juge Lepage discerna un mélange de colère impuissante et de peur. Kevin avait déjà fait de la prison. Même un établissement pour mineurs, il savait d'expérience que ce n'est pas une villégiature. Il n'était pas comme ces jeunes, incarcérés pour la première fois, qui s'imaginent rejoindre un monde de camaraderie virile tel qu'ils ont pu le voir au cinéma. La prison pour adultes le terrorisait. "Vous avez droit à un avocat", lui signifia le magistrat en lui avançant le téléphone. (Compréhensif, il n'en était pas moins curieux d'observer si son témoin en avait un et de quoi le payer...) – Kevin repoussa brutalement l'appareil : "Je connais pas d'avocat et j'ai pas de thune !" – "Allons, calmez-vous. On va vous en commettre un d'office. Vous aurez tout loisir de préparer votre défense. Vous allez être placé au centre pénitentiaire de Meaux, ce n'est pas loin de chez vous, votre mère pourra venir vous voir facilement. Et rassurez-vous : si vous êtes innocent, vous n'y resterez pas longtemps."

Finalement, sa colère retombée, le jeune homme se laissa passer les menottes et fut immédiatement emmené à la maison d'arrêt. On était le mercredi 27 juin, seize jours exactement après l'assassinat du Valaubois.

* * *

155

Le commandant s'attendait à voir une personne avenante, mais il fut quand même surpris quand Nathalie Méchin pénétra dans son bureau. La mère de Kevin était vraiment une très jolie femme. Brune aux yeux bleus, ultra-féminine, elle irradiait la sensualité et la douceur. Pendant qu'elle marchait jusqu'à lui, Leprat ne put s'empêcher de la détailler des pieds à la tête : chevilles fines, taille mince, poitrine ronde et haute, ses cheveux mi-longs ondulés dégageant un cou ravissant, elle faisait plus jeune que ses trente-huit ans. Elle portait des talons aiguille d'une hauteur raisonnable et une robe rouge à pois blancs qui l'enserrait jusqu'à la taille et s'évasait sur ses jambes galbées. Vendeuse dans un magasin de mode, elle devait être très soucieuse de son apparence, de son "look" comme on disait aujourd'hui.

Malgré son élégance et son maquillage soigné, Nathalie Méchin paraissait bouleversée. On pouvait la comprendre. Son fils avait été incarcéré la veille, sans qu'elle ait encore eu la possibilité de le visiter, et le matin même, à huit heures tapantes, alors qu'elle se préparait tranquillement pour se rendre dans la boutique où elle travaillait et qui n'ouvrait qu'à dix heures, *boum boum boum*, on avait lourdement cogné à sa porte et quatre policiers avaient fait irruption pour perquisitionner son appartement. Une expérience toujours traumatisante pour une femme.

Avant d'être amenée au commandant, elle avait été interrogée par le capitaine Lanneret et Leprat avait lu attentivement sa déposition, laquelle, globalement, confirmait les déclarations de son fils.

Nathalie Méchin vivait seule dans son logement des Bleuets. En un sens, c'était étonnant. Bien que beaucoup d'hommes répugnent à s'engager et à construire leur vie avec une personne trop séduisante, on était enclin à penser qu'une aussi jolie femme aurait pu se marier, trouver facilement un compagnon pour veiller sur elle. Mais, comme elle l'avait dit au capitaine, elle se trouvait bien comme ça. Des souvenirs d'enfance douloureux, l'exemple d'un père tyrannique, d'une mère trop soumise, les coups de gueule fréquents à la maison, parfois même les coups tout court, l'avaient refroidie vis-à-vis du mariage. Elle tenait à sa liberté et à son indépendance.

A la lecture de la déposition recueillie par le capitaine Lanneret, Leprat, une fois de plus, rendit hommage à la perspicacité de la policière : outre son indéniable sens de l'observation, Elodie avait un don pour faire parler les gens, les mettre en confiance et finir par leur faire exprimer leurs motivations profondes, un talent qui s'était parfois révélé très utile pour la résolution d'une affaire.

Bon, avait reconnu la maman de Kevin, elle préférait vivre en célibataire, mais ça n'empêchait pas qu'elle avait un "ami", Monsieur Teissier, le concessionnaire Renault de Fontainebleau, un homme marié, père de deux filles adultes, qui menait une vie paisible avec son épouse. Elle recevait son amant chez elle, aux Bleuets, et parfois, quand il trouvait un prétexte pour se libérer, ils partaient ensemble en week-end en Bretagne ou sur la Côte normande.

Arrivée là, Elodie Lanneret lui avait adroitement demandé si son existence de femme seule n'était quand même pas trop difficile et si son fils lui donnait un coup de main. Elle avait répondu que son fils ne touchait pour l'instant qu'un demi-salaire et qu'elle arrivait à se débrouiller sans ça. De temps en temps, Kevin se chargeait des courses et il bricolait un peu chez elle. Est-ce qu'il venait déjeuner tous les midis ? Oui, et elle y tenait parce que c'était son seul repas équilibré de la journée ; au moins elle était sûre qu'il se nourrissait correctement. Avait-il déjeuné chez elle le lundi 11 juin ? Comme d'habitude. Est-ce qu'il était dans son état normal, il ne lui avait pas paru nerveux, troublé ? Pas spécialement, en tout cas elle n'avait rien remarqué... mais pourquoi l'avait-on arrêté ? De quoi au juste son fils était-il accusé ?

Se gardant de l'éclairer là-dessus, la policière l'avait remerciée et l'avait envoyée patienter dans le couloir.

Une demi-heure plus tard, on avait conduit Nathalie Méchin chez le commandant.

Leprat, qui avait pris connaissance de sa déposition et n'avait pas de question précise à lui poser, se contenta de l'interroger brièvement pour la forme. Ce qu'il voulait avant tout, c'était l'observer, recueillir cette première impression dont on dit souvent qu'elle est la bonne. Et sa première impression lui disait que la mère de Kevin n'était au courant de rien. Elle levait sur lui un regard interrogatif, effrayé. Le regard d'une mère inquiète qui se demande ce que son fils a bien pu faire comme bêtise, d'autant plus que le sien avait déjà fait de la prison deux fois. A l'évidence, cette femme était sincère. Ou alors il aurait fallu qu'elle ait le talent de comédienne d'Isabelle Adjani. D'autre part, le commandant ne voyait pas Kevin faire d'elle sa complice, ni même cacher quoi que ce soit dans son appartement à son insu, au risque de la compromettre. Comme on pouvait s'y attendre, la perquisition au domicile de celle-ci n'avait rien donné. Le garçon devait être assez intelligent pour comprendre que si les policiers se mettaient à le suspecter et recherchaient de la drogue ou un objet quelconque chez lui, un jour ou l'autre ils iraient perquisitionner chez sa mère.

Le commandant fit signe au capitaine Lanneret au passage et l'entraîna avec Nathalie Méchin dans la pièce où se trouvait l'ordinateur. C'était la raison numéro un pour laquelle il l'avait convoquée : lui montrer la vidéo. Thomas lança la machine et les trois policiers se postèrent de chaque côté de l'écran afin d'observer les réactions de leur témoin.

Leprat n'espérait pas que la mère de Kevin allait s'écrier : "C'est lui, j'en suis sûre, c'est mon fils qui vient de franchir le mur d'enceinte et court se cacher sous les arbres comme un malfaiteur...". Mais si elle le reconnaissait, ou si simplement elle avait un doute, si la silhouette furtive qui apparaissait à l'image lui rappelait Kevin, il se passerait forcément quelque chose : un brusque changement dans son attitude, une lueur inquiète dans ses yeux si expressifs, un affaissement de sa personne... – En proie à une vive émotion, aucun être humain ne peut rester totalement impassible ; les personnes les plus rouées, les plus maîtresses d'elles-mêmes se trahissent par un tressaillement impossible à contrôler, une lueur brève dans leur pupille, un sursaut ne serait-ce que d'un doigt de la main...

– Qu'est-ce que c'est, demanda Nathalie Méchin après avoir regardé sans s'émouvoir les images qu'on lui présentait, on n'y voit rien. Qu'est-ce que vous voulez que je vous dise...

Thomas revint à l'ordi, lui repassa la séquence, puis arrêta le défilement.

– Regardez bien, dit Leprat. C'est un jeune homme. Vous êtes sûre qu'il ne vous rappelle rien ?

– Je ne vois pas, non.

– Nous pensons, lui suggéra doucement Elodie Lanneret, que c'est votre fils qui est là, sur l'image. Vous le reconnaissez, n'est-ce pas ? Vous reconnaissez son sweat à capuche ?

Aussitôt la maman de Kevin s'alarma :

– Alors, c'est pour ça que vous l'avez arrêté ? C'est juste à cause de ça que vous avez mis mon fils en prison ?... Mais comment on peut savoir que c'est lui, c'est absolument impossible !... Plein de jeunes portent des sweats à capuche ou ont la même dégaine... Vous le savez bien, les jeunes ont leur mode, ils se copient entre eux. Il m'est arrivé plusieurs fois d'appeler Kevin dans la rue, et ce n'était pas lui. Juste un autre gamin qui lui ressemblait de dos...

Très appliquée, fixant l'écran, elle continuait de secouer négativement la tête :

– ... Mais ça veut dire quoi, ce film, qu'est-ce qu'il a fait ce garçon ?

– Madame, la renseigna gravement la policière, nous avons des raisons de penser qu'il s'agit de l'assassin de Romain Serallier. Ces images ont été prises au Valaubois la nuit du crime.

Paradoxalement, l'énormité de l'accusation parut rassurer la jeune femme. Ses traits se détendirent, la ride qui s'était creusée entre ses deux yeux s'effaça ; sur un ton presque joyeux, elle s'exclama :

– Alors, si c'est ça, si c'est l'assassin du Valaubois que vous cherchez, ça ne peut pas être Kevin !... Vous ne le connaissez pas, mon fils... C'est la gentillesse même... et il déteste la violence... il ne se bat jamais avec personne... Même petit, il ne rentrait pratiquement jamais à la maison avec une blessure, même pas avec une écorchure... Et puis vous avez bien dû le voir, physiquement, il n'est pas taillé pour la bagarre... Il est mince, il ne fait pas de sport, toujours vissé devant sa console... Non, quand quelque chose ne va pas, Kevin, il aime mieux discuter.

– La silhouette de l'image est mince, elle aussi.

– Vous vous trompez, persista Nathalie Méchin en se levant de son siège, ça ne peut pas être mon fils... Kevin, un assassin ! Alors là, vous faites complètement fausse route, c'est une erreur, une grosse, grosse erreur... Ses bêtises de jeunesse, il y a longtemps que c'est fini... Ça fait des années qu'il n'a plus rien à se reprocher, qu'il mène une vie régulière... Croyez-moi, mon garçon n'est pas à sa place en prison, il faut le faire sortir de là tout de suite... Je vous en prie, s'il vous plaît, ne le laissez pas moisir là-dedans... La prison ce n'est pas bon pour les jeunes, ça les pourrit, ils y font de mauvaises rencontres... – A bout d'arguments, soudain préoccupée, pressée, elle jeta un coup d'œil à l'horloge du bureau : Vous n'avez plus besoin de moi ? Parce que maintenant faudrait que je rentre à Fontainebleau si je veux être à la boutique au début de l'après-midi. Je ne peux pas laisser ma patronne seule trop longtemps.

– D'accord, allez-y, consentit le commandant. Et après une hésitation : – Thomas va vous ramener.

– Alors, qu'est-ce que t'en penses ? demanda-t-il à Lanneret quand ils furent seuls.

– Je pense qu'elle nous a dit la vérité. Elle croit son fils innocent. Son Kevin, elle le voit comme un ange...

– C'est sa mère, tout de même, elle doit le connaître, dit Leprat en songeant à la relation confiante qu'il avait toujours eue, qu'il avait encore avec la sienne.

– Moi, je te l'ai dit, quand je l'ai interrogé, ce petit gars, je l'ai trouvé faux-cul. Buté et faux-cul.

– En tout cas, je suis à peu près certain qu'elle l'a pas reconnu.

– Là, je suis d'accord. On s'en serait aperçus. Mais tu remarqueras qu'elle n'a pas dit non plus que c'était pas lui. Elle a dit : On peut pas savoir.

– Tu le crois coupable ?

– Je ne sais pas. Mais quoi qu'il ait fait, quoi qu'il fasse, tu penses bien qu'il va pas aller le raconter à sa mère. J'ai l'impression que, d'une certaine façon, il la protège. C'est une femme qui paraît avoir un caractère indépendant et volontaire, et en même temps on la sent vulnérable. Elle doit même être un peu naïve.

– Mais son fils n'a pas l'air idiot. Et finalement leur situation à tous les deux n'est pas si mauvaise. Ils ont un métier, un boulot. Il y a ce garagiste, là, l'ami de sa mère, qui semble s'occuper d'eux... En admettant que le fiston deale un peu de coke en douce, ou une saleté quelconque, je ne vois pas pourquoi il irait se mouiller dans une histoire d'assassinat.

– Tu le défends maintenant ? le taquina Lanneret. C'est vrai que sa maman est une très jolie femme...

Leprat haussa les épaules.

– Depuis combien de temps, elle le fréquente, son garagiste ?

– Trois ans, d'après ce qu'elle m'a dit. C'est une liaison sérieuse.

– Alors il doit la laisser manquer de rien. Elle conduit quoi, comme voiture ?

– Une Renault, pardi ! s'exclama la policière. Je l'ai vue. On a jeté un coup d'œil dedans. C'est un joli cabriolet Mégane bleu roi. – Elle persifla en rigolant : C'est sûr qu'il a pas dû lui coûter cher...

***

Kevin Méchin était depuis quinze jours sous les verrous et l'enquête n'avait toujours pas avancé d'un pouce. A défaut de preuve, le commandant Leprat et le juge Lepage ne pouvaient qu'espérer des aveux. Depuis son incarcération, Kevin avait donc été transféré deux fois au tribunal, mais il n'avait fait que réitérer ses dénégations. C'était non, obstinément non. Il n'était pour rien dans tout ça. Il ne comprenait pas ce qu'on avait après lui, pour quel motif on s'acharnait sur lui... Il semblait très remonté contre la police, contre la justice, sans qu'on puisse décider si c'était parce qu'on l'avait accusé à tort ou si c'était le seul fait d'être incarcéré qui le rendait furieux. Le magistrat et le commandant l'avaient trouvé amaigri ; lui qui n'était déjà pas épais, en deux semaines il avait bien perdu trois kilos. Au point que les deux hommes se demandaient s'il ne se préparait pas à leur infliger une grève de la faim. Visiblement, le jeune Kevin supportait mal la détention. Il avait l'air d'un loup affamé pris au piège.

L'avocat commis d'office ne savait pas lui-même si son client disait la vérité. Arguant de l'absence de preuve matérielle, il avait demandé sa mise en liberté, sans beaucoup de conviction. Il n'avait pas encore tout compris de l'affaire mais il n'ignorait pas que, surtout dans une enquête criminelle, des présomptions suffisent pour mettre un témoin en examen et le maintenir en détention provisoire.

En attendant que quelque chose se produise, un fait nouveau, une découverte inattendue (par exemple, l'arme du crime trouvée par hasard par un promeneur, peut-être dans un sac à dos traînant sur un banc, ou dans la sacoche d'un vieux vélo abandonné contre un arbre – ça s'était déjà vu), bref, un hasard heureux qui ouvrirait une nouvelle piste, le commandant avait suivi la procédure.

Sans grand espoir, il avait reçu trois personnes, les trois licenciés de SERAVER dont les noms lui avaient été fournis par la DRH. C'était avec cette dame, Henriette Maupin, qu'il était en relation désormais. Edouard Serallier, très occupé et souvent en voyage, semblait s'être désintéressé de l'affaire, comme si lui-même n'y croyait pas, à la vengeance d'un de ses employés licenciés...

Le premier était un ouvrier de l'usine, un mouleur renvoyé deux ans plus tôt par Romain pour faute grave, une "faute" qu'il avait contestée jusque devant les Prud'hommes sans avoir obtenu gain de cause, ni par conséquent d'indemnité. Agé de quarante-huit ans, au moment de son renvoi, il n'avait pas retrouvé d'emploi, était arrivé à la fin de ses allocations chômage et avait de bonnes raisons d'en vouloir au directeur qui l'avait ainsi clochardisé. Mais l'homme avait un alibi solide : il avait passé le week-end du 10 juin à Dijon, chez sa sœur, à 200 kilomètres de là, et deux voisins lui avaient parlé le matin du crime. Un crime qu'il n'aurait jamais eu les moyens, ni même l'idée de commanditer.

Leprat avait vu ensuite un commercial du Service Marketing dont les résultats n'étaient pas bons, qui s'était depuis reconverti dans la papeterie, mais qui, quand Romain lui avait signifié son licenciement, lui avait carrément mis son poing dans la gueule. Heureusement pour lui, à l'heure où son ex-directeur avait été assassiné, cet homme irascible venait de conduire sa fille à l'école, laquelle se trouvait à Melun, à environ 40 kilomètres du Valaubois, et discutait des résultats scolaires de la petite avec son institutrice. Et puis cette histoire datait de trois ans. On sait que la vengeance est un plat qui se mange froid, mais tout de même.

Il y avait eu aussi une contrôleuse de l'usine dont Madame Maupin avait toujours pensé qu'elle avait "un petit grain", une personne au mauvais caractère qui ne s'entendait pas avec ses collègues et qui n'avait pas été plus loin que sa période d'essai – un mauvais caractère dont Leprat avait d'ailleurs fait l'expérience pendant leur entretien. Par chance, celle-ci avait retrouvé un emploi, lequel lui fournissait un alibi inattaquable : au moment du crime, elle était à son poste dans l'atelier Embouteillage d'une fabrique de parfums d'Orléans. En outre, elle était sur le point de se marier. Leprat l'avait renvoyée chez elle en souhaitant, à part lui, bien du plaisir au futur époux.

Après quoi, il avait bien fallu s'occuper des dénonciations téléphoniques. Classiques et la plupart du temps dénuées de fondement, par acquit de conscience, la police donnait suite à celles qui lui semblaient les moins farfelues. Leprat avait ainsi reçu deux pauvres types dénoncés pour rien, sans doute en raison d'un règlement de compte personnel.

"Du temps perdu !" venait de jeter le commissaire divisionnaire au commandant, qui se tenait devant lui, penaud comme un lycéen fautif envoyé se faire réprimander dans le bureau du directeur. A la vérité, convoqué par son supérieur pour faire le point sur ses investigations, Leprat n'avait pas lieu d'être fier. Mais c'était toujours la même rengaine, dès qu'une affaire mettait en cause des gens importants, d'un côté on lui enjoignait d'être prudent, de ne fâcher personne, on lui faisait mille recommandations : *Allez-y sur la pointe des pieds, vous m'avez compris, du tact, de la délicatesse, surtout pas de vagues...* Et de l'autre côté on exigeait une élucidation rapide : *C'est très ennuyeux cette affaire, il*

ne faudrait pas que ça traîne, vous allez nous régler ça
en vitesse, hein, mon vieux, on compte sur vous.

D'assez mauvaise humeur en sortant de chez le commissaire, le commandant avait préféré éviter le restaurant bondé et bruyant où lui et ses collègues déjeunaient d'habitude. Il avait acheté un sandwich à la boulangerie et était allé s'asseoir dans un coin retiré du parc voisin, seul sur son banc, dans la fraîcheur relative dispensée par un épais feuillage. Après une interminable période de canicule, le temps virait à l'orage. L'air était chaud, le soleil se cachait derrière un ciel jaunâtre qui pesait sur la ville, prêt à se déchirer. Tout en mâchonnant son sandwich sans appétit, Leprat rassemblait ses idées. On était le vendredi 13 juillet, à la veille du long week-end du 14-Juillet qui, comme chaque année, allait s'écouler au bureau dans une douce torpeur. Autant dire encore deux ou trois jours de perdus. Il n'était plus temps de tergiverser. Il fallait agir, et vite.

Le commandant repensa à Edouard Serallier. En réalité, il n'avait jamais cessé d'y penser, le frère aîné de la victime était toujours resté dans un coin de sa tête. Mais le président-directeur général de la verrerie SERAVER n'était pas quelqu'un qu'on pouvait se permettre d'arrêter sur de simples soupçons, comme n'importe quel gamin des cités pris en train de tirer sur un joint. La mise hors circuit du dirigeant d'une entreprise de cette envergure aurait forcément de graves conséquences : des erreurs de gestion, des clients perdus, ses quatre cents emplois menacés... Une catastrophe potentielle pour la région. Et le commandant voyait d'ici les sanctions qui lui tomberaient dessus s'il s'était trompé et s'il s'avérait qu'il avait bouclé sans raison valable un aussi important personnage : au mieux une mutation dans une province reculée ; au pire, une suspension sans solde. De quoi faire hésiter le policier le plus téméraire.

Pourtant, plus il y pensait, plus il sentait qu'il était sur la bonne voie. Il se rappelait l'enthousiasme d'Edouard Serallier, son élan soudain de bonne volonté quand il lui avait demandé son aide pour désigner des suspects possibles, des employés de son entreprise qui auraient eu des raisons de se venger de son frère. S'il était coupable, s'il était bien l'instigateur de l'assassinat, n'était-ce pas là un excellent moyen de balader la police et de lui faire perdre son temps ? Tandis que, pour lui, c'était autant de jours de gagnés : plus les choses traînaient en longueur, plus les chances de parvenir à résoudre l'affaire s'amenuisaient.

C'était entendu, il n'existait contre l'aîné Serallier que des présomptions, mais le moins qu'on puisse dire est que c'était des présomptions sérieuses :

Premièrement, il avait commencé par mentir sur le motif de sa dispute avec son frère (celle-là même dont Martine Besnier, la secrétaire personnelle de Romain, avait été le témoin involontaire le soir où elle était remontée chercher son portable oublié dans son bureau). Puis il avait prétendu que le projet de Romain de se débarrasser de ses parts de la société n'était qu'une idée en l'air, une vague intention pour plus tard, quand il aurait pris sa retraite. Alors que la police avait pu vérifier que – comme l'avait déclaré sa secrétaire – il était déjà en relation avec une agence bordelaise et qu'il s'était même déplacé trois fois pour visiter des propriétés viticoles.

Ensuite, il y avait eu son revirement quand avait été abordée la question de la visite de Stef à son domicile la veille du crime. Il avait feint d'abord de ne pas s'en souvenir puis, quand Leprat lui avait appris que la caméra les avaient filmés tous les deux en train de parler, la mémoire lui était revenue subitement. Et si, après cela, il avait prétendu que Stef était venu boire un verre, qu'il avait dû aller se mêler aux autres invités et qu'il n'avait plus du tout fait attention à lui, n'était-ce pas parce que la raison de cette visite éclair, quelle qu'elle fût (livraison de coke, remise de l'arme, simple confirmation, feu vert pour l'exécution de son frère qui ne pouvait être donné au téléphone ou par SMS sans laisser de trace), était inavouable ?

A quoi s'ajoutait qu'un lien était désormais établi entre les trois hommes : Edouard connaissait Stef qui connaissait Kevin, ce dernier fournissant probablement la coke que Stef revendait à Edouard, de même que le cannabis que les deux "potes" fumaient ensemble. Et pour couronner le tout, Kevin ressemblait un peu à l'image enregistrée par une caméra voisine de la maison de la victime et n'avait pas d'alibi pour l'heure du crime.

Tout au contraire d'Edouard qui – de même que Stef – faisait état d'un alibi trop bien ficelé : sa présence exceptionnelle à l'usine à une heure très matinale. Quand, au cours de l'instruction, on demanderait au chef de l'atelier Parfumerie si le PDG de l'entreprise avait l'habitude de se déranger pour réceptionner le matériel, il était à peu près certain qu'il répondrait non. Et quand on lui demanderait qui avait fixé le jour et l'heure de la livraison de la nouvelle machine, il y avait fort à parier qu'il répondrait : le patron.

Enfin, et c'était le plus important, l'aîné Serallier avait un mobile (que Mademoiselle Besnier, qui n'avait pas encore digéré la façon brutale dont elle avait été congédiée après la mort de son patron, se ferait un plaisir de confirmer devant le juge d'instruction et au procès) : son frère cadet était sur le point de vendre ses parts de SERAVER. Ne disposant pas lui-même des liquidités nécessaires pour les racheter et ne pouvant se résoudre à les laisser vendre à des étrangers, ce qui lui aurait fait perdre une grande partie de son autorité dans sa propre entreprise, il devait l'en empêcher par n'importe quel moyen.

Tout cela, concluait Leprat, était plus que suffisant pour rappeler Serallier et le soumettre à un interrogatoire approfondi, en s'y mettant à trois ou quatre flics s'il le fallait, avec garde à vue maximum et détention provisoire si nécessaire, car il était prévisible qu'ils auraient affaire à un témoin récalcitrant. Il pensait déjà à l'un de ses collègues, le lieutenant Guépin, un costaud patibulaire qui n'aurait pas fait de mal à une mouche mais dont la voix et le physique terrifiants étaient d'un grand secours dans les moments difficiles. Car cette fois l'interrogatoire du frère de la victime n'aurait plus rien, mais alors plus rien d'une conversation mondaine.

Sa hiérarchie en penserait ce qu'elle voudrait, la décision du commandant était prise : tout PDG qu'il était, Edouard Serallier serait convoqué pour le mardi suivant. On était le vendredi 13 juillet. La convocation partirait le soir même et lui parviendrait au plus tard le lundi matin.

Au moment où Leprat quittait son banc pour s'éloigner du parc, les premières gouttes se mirent à tomber, des gouttes lourdes et tièdes qui s'écrasaient sur son front et sur ses mains, en même temps qu'un petit vent brusque agitait la cime des arbres et faisait frissonner les branches. Il n'eut que le temps de courir jusqu'à son bureau. A peine le porche refermé derrière lui, une pluie torrentielle s'abattit sur les toits et sur les trottoirs, bientôt suivie d'une mitraille soutenue de grêlons.

Ce lundi 16 juillet, au volant de sa petite camionnette jaune, le facteur de Frémonville était souriant. Après un week-end où il avait plu sans discontinuer (pour un 14-Juillet humide, ç'avait été un 14-Juillet humide), le soleil brillait de nouveau, la route forestière qui conduisait au Valaubois était sèche, et il n'aurait pas à se précipiter sous son grand capuchon ciré pour distribuer ses lettres en s'efforçant de ne pas les tremper. C'était un bon facteur, dans la cinquantaine, aimable et consciencieux ; un facteur à l'ancienne qui s'attardait volontiers à tailler une bavette et ne refusait pas une petite goutte à l'occasion. D'après les postières du chef-lieu de canton d'où partait le courrier à destination de Frémonville et de plusieurs communes environnantes, c'était celui qui mettait le plus de temps à faire sa tournée. Mais à la différence de ses collègues plus jeunes et plus rapides, il se flattait de ne se tromper jamais de boîte aux lettres.

A son arrivée, il trouva le portail ouvert : la voiture de la poste était apparue sur un écran de contrôle. Le facteur salua le gardien d'un signe de la main au passage et entreprit la distribution du Valaubois.

Quand il glissa la convocation du SRPJ dans la boîte de son destinataire, Edouard Serallier était mort depuis deux heures.

Chapitre 5

Le cadavre n'avait pas encore été découvert et une grande paix régnait sur le village dont la moitié des résidents étaient partis. Pas de cris perçants ou de cavalcades, nulles bicyclettes ou planches à roulettes zigzagant autour des piétons en faisant crisser le gravier des allées. Les courts de tennis et le parc de jeux étaient déserts. En vacances depuis le 7 juillet, les enfants s'étaient envolés tous ensemble comme une nuée de moineaux en laissant derrière eux un singulier silence. La fraîcheur apportée par les pluies diluviennes du week-end s'évanouissait, tandis que la chaleur estivale remontait lentement, présageant un retour de la canicule.

Le facteur acheva sa distribution au Valaubois (qui fut vite faite : la plupart des habitants absents avaient fait garder leur courrier par la poste jusqu'à leur retour de vacances) et repartit tranquillement vers les autres communes de sa tournée.

Comme elle devait le raconter un peu plus tard à la police de Frémonville, Florence Serallier avait passé toute la matinée chez elle, dans la seule compagnie de Teresa, sa femme de ménage. Françoise, sa cuisinièregouvernante, était en congé à Arcachon, et sa fille Isabelle se trouvait jusqu'à la fin du mois à Caldicott, une petite ville du sud de l'Angleterre, dans le Buckinghamshire, où elle effectuait un séjour linguistique.

Elle-même se préparait à partir pour Quiberon faire une cure de thalasso de quelques jours. Il avait été convenu qu'elle irait chercher sa fille à Orly fin juillet, à son retour d'Angleterre, et qu'elles se rendraient directement dans la propriété familiale, un mas de la campagne varoise, proche de Draguignan, où elles passeraient tout le mois d'août. Edouard devait les y rejoindre dès qu'il le pourrait et resterait près d'elles une semaine si ses affaires le lui permettaient. Obligé, en attendant que son nouveau directeur du Marketing soit opérationnel, de suivre en plus des siennes les affaires dont Romain avait la charge, il avait eu ces derniers temps énormément de travail.

Son mari s'était réveillé avant elle. Après un petit déjeuner rapide, il était passé dans son bureau pour étudier ses dossiers avant de se rendre à l'usine, ce qu'il faisait en général entre huit heures trente et neuf heures. Levée à son tour, elle était descendue dans la cuisine avaler un café, puis elle était allée entrouvrir la porte d'Edouard pour lui faire un petit signe bonjour et lui demander si tout allait bien. Elle ne savait pas à quelle heure exactement il avait quitté son bureau parce que, tout de suite après, elle était remontée dans sa salle de gym faire ses exercices. Elle y était restée trente minutes.

A la fin de la matinée, à douze heures quinze précises (elle se rappelait avoir regardé l'heure pour s'assurer qu'elle avait des chances d'arriver avant la fermeture), elle était descendue chercher sa voiture pour aller retirer des vêtements chez un teinturier de Fontainebleau.

En entrant dans le garage, elle avait tout de suite constaté que les deux voitures de son mari étaient là et elle l'avait découvert, non dans sa BMW, la berline "sérieuse" qu'il prenait d'habitude pour se rendre à l'usine ou à ses rendez-vous professionnels, mais dans sa voiture de sport, une Porsche Boxter GTS décapotable qu'il réservait plutôt aux week-ends et aux vacances d'été. La capote était relevée, il était affalé sur le volant. Elle s'était approchée : une fine rigole de sang dégoulinant dans son cou, la tête tournée de côté, son mari la fixait de ses yeux grands ouverts, déjà vitreux. Comprenant qu'il n'y avait plus rien à faire, elle avait appelé le commissariat.

Informé de ce nouvel assassinat au tout début de l'après-midi, abasourdi, n'en croyant pas ses oreilles, le commandant Leprat se transporta toutes affaires cessantes sur le lieu du crime. Pour arriver jusqu'à la maison, il dut se frayer un chemin à travers un barrage de badauds, des habitants du Valaubois, nombreux mais calmes, comme frappés eux aussi de sidération. Toute la brigade de Frémonville avait été mobilisée. On fit passer le commandant sous la banderole de sécurité et le commissaire le conduisit par l'intérieur jusqu'au garage.

Parvenu en bas de l'escalier, il le retint : "Les experts ont été prévenus, ils seront là dans une petite heure. Il vaut mieux que les choses restent en l'état." – Puis il laissa le commandant, muet d'étonnement, s'imprégner de la scène.

C'était hallucinant. A un peu plus d'un mois d'intervalle, deux frères assassinés de la même façon, à la même heure, dans le garage de deux maisons parfaitement identiques...

– Le Dr Pulvey a déjà fait le constat de décès, indiqua le commissaire. L'homme a été tué d'une balle dans la nuque. Une véritable exécution. – Il fit un demi-tour sur lui-même : Allons-y, maintenant, allons écouter ce que la dame raconte.

Sous la conduite du commissaire, le commandant remonta l'escalier du garage, déboucha dans la cuisine et traversa la maison sur toute sa longueur pour arriver au salon où l'attendait l'épouse de la victime, Florence Serallier. Tous deux se connaissaient déjà puisque Leprat l'avait rencontrée et qu'il était même venu l'interroger chez elle le jour où Romain avait été tué, dans ce grand salon tout pareil à celui de son beau-frère, à la richesse du mobilier près. Par la porte-fenêtre grande ouverte, Leprat apercevait la terrasse et la pelouse, exactes répliques de celles de Romain et où, à peine cinq semaines plus tôt, s'était tenu une réception d'anniversaire en son honneur, précisément la veille de son assassinat. – Surréaliste.

"Bonjour commandant", murmura Florence Serallier en se levant pour l'accueillir. Puis elle se tut, se contentant de le regarder avec insistance de ses yeux effarés, pleins de questions, comme pour lui faire comprendre que ce qu'elle ressentait était au-delà des mots et qu'elle s'en remettait à lui pour lui expliquer ces crimes successifs, ces faits dépassant l'entendement, la tragédie qui s'abattait soudain sur sa famille... – Une nouvelle fois, Leprat présenta ses condoléances.

Florence répéta pour lui ce qu'elle avait déjà dit au commissaire, lequel la réécouta néanmoins avec attention au cas où elle se contredirait.

Donc, la nuit précédente, son mari avait dormi chez elle. Depuis quelques années, ils dormaient dans des chambres séparées parce qu'Edouard remuait dans son sommeil et ronflait bruyamment par instants, ce qui ne les empêchait pas de faire lit commun de temps en temps. Elle n'avait pas entendu le réveil sonner parce qu'elle avait ses boules Quiès, mais Edouard avait mis l'alarme sur six heures avant de se coucher ; elle supposait que c'était l'heure à laquelle il s'était levé.

Elle-même s'était réveillée spontanément un peu plus d'une heure et demie plus tard, aux environs de huit heures moins vingt. Elle avait pris une douche, enfilé un maillot et un short, et elle était allée boire un *espresso* dans la cuisine.

Avant de regagner le premier étage où se trouvait la salle de gym, elle avait ouvert la porte du bureau d'Edouard pour lui dire un petit bonjour matinal. Il était penché sur un dossier, son stylo à la main. Il portait l'un de ses costumes d'été, un costume gris clair dont il avait abandonné la veste sur l'un des deux fauteuils disposés devant sa table. Les manches de sa chemise étaient retroussées, son col était ouvert, Florence se rappelait avoir pensé qu'il avait dû ranger sa cravate dans sa poche. Le plus souvent il ne la mettait qu'en arrivant à l'usine, surtout l'été. Sans prononcer un mot, son mari lui avait répondu par un salut évasif de sa main libre ; il paraissait très absorbé, soucieux.

Elle avait refermé doucement sa porte et elle était montée au premier. En entrant dans la salle de gym, elle avait mis un disque sur le lecteur et commencé ses échauffements... "Quel disque ?" l'interrompit Leprat. Un disque de *zumba fitness*. Une musique d'inspiration latino-américaine très entraînante et très sonore. Avec cette musique, et concentrée sur ses exercices, il était impossible qu'elle entende ce qui se passait dans le garage, elle n'entendait même pas ce qui se passait dans la chambre à côté.

Leprat pensa que c'était possible, surtout si le tueur avait utilisé un silencieux.

Après sa gym, elle avait pris un petit-déjeuner léger, puis elle était remontée dans sa chambre pour prendre sa douche, s'était habillée et avait préparé ses bagages en vue d'un séjour qu'elle comptait faire à Quiberon, dans le Morbihan.

Le commissaire Gautier intervint : "Vous m'avez dit tout à l'heure que vous aviez pris votre douche *avant* votre gymnastique..."

Avec un haussement d'épaules, Florence évacua l'objection :

– J'en ai pris deux. La première, c'était juste une douche rapide pour me réveiller et me rafraîchir, puis après ma gym j'ai fait ma toilette complète. – Elle continua : A midi un quart, le plus gros de mes bagages terminé, je suis descendue chercher ma voiture dans l'intention d'aller retirer des vêtements que je voulais emporter en Bretagne et que j'avais mis au pressing... Elle s'interrompit, apparemment très émue, puis termina d'une voix brisée : – Et c'est là que j'ai découvert mon pauvre Edouard.

Tout en l'écoutant, les deux policiers l'observaient avec toute l'acuité dont ils étaient capables, cherchant une faille, quelque chose qui aurait sonné faux dans son récit ou dans son comportement. Mais Florence était égale à elle-même. Assise sur une chaise de son élégant salon, elle tenait ses mains jointes devant elle, doigts croisés, dans une attitude que Leprat lui avait déjà vue, sauf que cette fois elle serrait ses doigts à en faire blanchir ses phalanges. On la sentait tendue, mais cette femme n'avait pas un tempérament démonstratif ; pas le genre à se donner en spectacle, à sangloter devant les policiers. Peut-être avait-elle pleuré en secret au moment de sa terrible découverte, mais elle semblait avoir pris sur elle et recouvré son contrôle de soi.

– Qu'est-ce que vous avez fait à ce moment-là ?

– J'ai immédiatement téléphoné au commissariat de Frémonville sur mon portable.

– Vous n'avez pas pris le pouls de votre mari ? Vous n'avez pas essayé de voir si vous pouviez l'aider ?

– Non, commandant, répondit-elle fermement. J'ai tout de suite vu qu'il était mort, il avait les yeux ouverts, mais fixes, il n'avait plus de regard. Il était midi passé, normalement Edouard partait pour l'usine avant neuf heures. S'il avait été tué trois heures plus tôt...

– Vous ne manquez pas de sang-froid, observa le commissaire.

– Je fais du sport depuis mes onze ans. Et j'ai mon brevet de secouriste, répliqua sèchement Florence.

– Est-ce que la porte du garage était fermée ?

– Sur le coup, je n'y ai pas prêté attention, mais maintenant que vous me posez la question, je crois bien que oui, la porte était fermée. J'en suis même sûre.

Encore une similitude avec le premier crime. Le commandant songea qu'il faudrait demander très vite aux experts si la télécommande se trouvait dans la voiture ; et la faire chercher à l'extérieur dans le cas contraire.

– Donc, résuma le commissaire Gautier, vous vous êtes réveillée un peu après sept heures trente, vous vous êtes douchée puis vous êtes descendue dans la cuisine. Vous avez bu un café et dit un petit bonjour en passant à votre époux. Vous avez commencé votre gymnastique à quelle heure ?

– Je dirais autour de huit heures un quart.

– Vous n'avez pas regardé l'heure avant de commencer ?

– Je ne m'en souviens pas... non, je ne crois pas que j'ai regardé l'heure : d'habitude, je mesure mon temps avec un minuteur.

– Vous l'avez mis sur quelle durée ?

– Soixante minutes.

– C'est soixante minutes ou trente minutes ? Tout à l'heure, c'était trente. Vous m'avez dit que votre séance de gym avait duré trente minutes.

– Et bien je me suis trompée, s'impatienta Florence. Des fois, je fais trente minutes d'exercices, mon programme court, et d'autres fois soixante. Ce matin, j'ai fait soixante minutes.

Les policiers la considéraient d'un air froid, mais ils savaient que ces petites différences dans le récit de sa matinée, c'était plutôt bon signe : ça signifiait qu'elle n'avait pas appris sa petite histoire par cœur.

– Donc vous quittez la salle de gym et vous rentrez dans votre chambre pour faire votre toilette...

– Avant cela, je suis descendue prendre mon petit-déjeuner.

– Même si vous avez fait une heure de gymnastique, ce matin, insista le commissaire, il ne devait pas être beaucoup plus de neuf heures un quart quand vous êtes revenue dans la cuisine. Pendant que vous déjeuniez, juste au-dessus de votre garage, vous n'avez rien entendu ?

– J'ai entendu l'aspirateur de ma femme de ménage qui avait fini les chambres et qui commençait à nettoyer le hall. C'est tout.

– Elle vient travailler à quelle heure, votre femme de ménage ?

– Huit heures. Elle venait d'arriver quand je suis descendue la première fois boire mon café.

– Elle est encore chez vous en ce moment ? demanda Leprat.

– On lui a demandé d'attendre, répondit le commissaire à la place de Florence. Elle ne doit pas être loin. Je la fais appeler.

La personne qui les rejoignit une minute plus tard était l'image même du mécontentement. Plutôt belle fille dans le genre rustique, estima Leprat, la trentaine, l'ossature et les traits du visage assez lourds. Elle prit le siège qu'on lui indiquait et se tint là, l'échine raide, les paupières baissées comme deux rideaux tirés sur ses pensées coléreuses.

– Pardonnez-nous de vous avoir fait attendre, s'excusa le commissaire dans un esprit de conciliation.

– C'est à cause de la crèche. Il a fallu que je leur téléphone. Normalement je vais chercher ma fille à une heure et demie. Et il est déjà presque quatre heures.

– Vous travaillez ici de quelle heure à quelle heure ?

– De huit heures à une heure.

– Et c'est bien l'heure à laquelle vous êtes arrivée ce matin, huit heures ?

– Oui, Monsieur.

– Vous n'avez rien remarqué d'anormal ?

– Non, j'ai rien vu et j'ai rien entendu. Moi j'ai rien à dire, ça me regarde pas cette histoire, dit-elle en expédiant un regard dégoûté à sa patronne.

– Vous commencez votre travail par quelles pièces dans la maison ?

– Je commence par le premier. Je nettoie d'abord les salles de bain, et après je dépoussière et je passe l'aspirateur partout. D'habitude, je fais la chambre de Madame Serallier pendant qu'elle fait sa gymnastique.

– Vous vous appelez comment ? intervint Leprat.

– Teresa Carmo.

– Vous êtes portugaise ? Vous parlez bien le français, sans accent...

– J'ai été à l'école ici. Mes parents sont arrivés quand j'avais trois ans. Ils sont d'Estoril, mes parents.

– Vous habitez où ?

– Frémonville. A la Cité des Bleuets.

– Vous venez comment ?

– En voiture, tiens ! J'ai mon permis.

– Vous êtes mariée ?

– Evidemment.

– Qu'est-ce qu'il fait votre mari ?

– Conducteur d'engins, répondit la femme de ménage avec une certaine fierté.

– Il travaille en ce moment ?

– En ce moment, il est en déplacement. Ils sont en train de construire un immeuble à Argelès-sur-mer.

En voilà un hors de cause, se dit le commandant.

– Dites-moi, Teresa, ce matin, pendant que vous étiez au premier, vous avez entendu de la musique provenant de la salle de gymnastique ?

– Ça oui, et ça faisait du boucan.

– Qu'est-ce que vous voulez dire ? Madame Serallier ne met pas de musique d'habitude pour faire ses exercices ?

– Mais bien sûr que si ! intervint Florence.

– Elle en met, oui. Mais pas aussi fort.

– Ça dépend des jours. Je la change souvent ma musique parce qu'au bout d'un moment on s'en lasse. Ce n'est plus assez stimulant. On a besoin d'autre chose.

– Mais là, c'était vraiment fort, persévéra la femme de ménage sans la regarder.

– Vous ne l'aviez jamais entendu aussi fort, la musique de la salle de gym ? dit Leprat.

– Non, je crois pas.

– Mais qu'est-ce que vous racontez ? s'écria Florence. Vous êtes folle ? Je le mets de temps en temps, ce CD ! Comme tous les autres !

– Moi je l'avais pas encore entendu, insista lourdement Teresa.

Le commandant, qui pourtant en avait vu d'autres, était surpris de l'acrimonie de la domestique envers sa patronne ; on aurait dit qu'elle se vengeait. Avait-elle une raison précise de lui en vouloir ? Ou était-ce parce qu'être employée dans cette famille, la famille des assassinats, lui faisait honte et qu'elle pensait que l'opprobre qui ne manquerait pas de frapper les Serallier rejaillirait en partie sur elle, qui était à leur service ? Ou bien c'était peut-être simplement parce que tout d'un coup elle était en position d'embêter sa patronne, qu'elle était devenue celle qui avait du pouvoir sur l'autre... En tous cas, elle paraissait très contrariée ; elle devait être de ces femmes qui sont toujours surprises, vaguement scandalisées quand un événement extérieur, une difficulté imprévue vient déranger le cours de leur paisible existence.

– C'est ridicule, trancha Florence. Je l'ai souvent utilisé, ce CD. Il doit être usé, vous n'aurez pas de mal à le vérifier.

– Faudrait que j'aille chercher ma fille maintenant, dit Teresa en se désintéressant de la question.

– Vous pouvez y aller, lui permit le commandant.

Ce qu'il ignorait, c'est qu'en plus de sa colère d'être retenue et interrogée par la police, Teresa s'inquiétait pour son salaire. Comme, en principe, Madame Serallier partait le lendemain pour Quiberon et qu'ensuite elle irait passer le mois d'août en Provence, il avait été convenu que Teresa reprendrait son travail en septembre (ce qu'elle ne ferait pas, bien entendu, jamais elle ne remettrait les pieds dans cette baraque...). Tout ce qu'elle attendait maintenant, c'était son chèque : son mois de juillet plus son mois de vacances, son plus gros chèque de l'année. Pour la première fois depuis qu'elle était entrée dans la pièce, elle porta un regard hostile sur sa patronne et prononça sur un ton revendicateur :

– Et puis, Madame, vous devez me payer mon salaire.

– Votre chèque est prêt, la renseigna Florence d'un air écœuré, il vous attend dans la cuisine à l'endroit habituel. – J'espère que vous n'allez pas croire ce qu'elle raconte ? dit-elle quand la femme de ménage fut sortie.

– J'aimerais jeter un coup d'œil en haut, se contenta de répondre le commandant.

Les pièces du premier étage étaient séparées par un couloir éclairé par un large vitrail percé dans le mur du fond. Décoré dans le style Art Nouveau d'arabesques de feuillage et de fleurs, il dispensait une lumière délicatement colorée.

– C'est Edouard qui l'avait fait faire pour la salle de bains de notre appartement parisien, indiqua Florence, remarquant l'intérêt des deux policiers. Nous l'avons emporté quand nous sommes venus nous installer ici et nous l'avons fait remonter. Il a été exécuté par un artisan contemporain d'après un modèle d'Emile André.

Le ton de Florence n'avait rien de larmoyant mais on la sentait remuée par cet objet qui la renvoyait au tout début de son mariage, à de bons souvenirs. Elle désigna la première porte :

– La salle de gym est là...

Le commissaire et le commandant pénétrèrent derrière elle dans une grande pièce lumineuse, dont un mur entier était recouvert d'un miroir. Elle était meublée de plusieurs appareils, rameur, haltères, tapis de course, vélo d'appartement, ainsi que d'un énorme meuble à baldaquin tout hérissé de barres de fer, de cordes, de courroies et d'élastiques où pendouillaient des poignées, une espèce de lit de torture qu'on se serait plus attendu à voir dressé au Moyen-âge en Place de Grève que dans une salle de gym du XXIe siècle et qui éveilla la curiosité du commissaire Gautier. C'est une machine Pilates, lui expliqua Florence. Le Pilates est une discipline très complète.

– Ça m'en a tout l'air, commenta-t-il en retenant un sourire.

Leprat s'intéressait au lecteur posé sur une étagère. Le disque dont Florence lui avait parlé était en place : Zumba fitness. Son enveloppe était à côté, ni usée, ni parfaitement neuve. Il alluma l'appareil, laissant éclater une musique assourdissante.

– Le son était à cette hauteur, ce matin, quand vous faisiez vos exercices ?

– Exactement. En partant, j'ai juste tourné l'interrupteur du lecteur.

– Montrez-moi les autres pièces de l'étage.

La musique hurlant toujours, Leprat repassa dans le couloir puis pénétra à la suite de Florence dans la pièce voisine.

– Voici ma chambre. La porte que vous voyez près de la fenêtre donne dans ma salle de bains. La chambre d'après est celle de mon mari.

Ayant constaté que la musique y était aussi forte, le commandant se fit conduire dans la pièce la plus éloignée, à l'autre bout et de l'autre côté du couloir ("La chambre de ma fille Isabelle...", précisa Florence). Le son y parvenait légèrement atténué mais, même en maintenant la porte ouverte, il était impossible d'entendre si quelqu'un entrait ou sortait de la salle de gym.

– Ce bruit ne dérangeait pas votre époux quand il travaillait dans son bureau avant de partir pour l'usine ?

– Le bureau d'Edouard est insonorisé. Et puis il se trouve du côté opposé de la maison, côté façade, à droite en entrant dans le hall, tandis que la salle de gymnastique donne sur l'arrière, côté pelouse, comme vous avez pu le voir. En fait, Edouard n'entendait rien, ça ne le gênait pas du tout. Mais je ne comprends pas où vous voulez en venir, commandant, qu'est-ce que ma musique peut bien avoir à faire avec votre enquête ?

– Maintenant nous aimerions voir le bureau de votre mari, dit le commandant, négligeant la question.

La maîtresse de maison conduisit les policiers au rez-de-chaussée, jusqu'à une pièce aux dimensions modestes meublée d'un mobilier contemporain de verre et d'acier. Le seul meuble en bois, un bois ciré de teinte claire, était une armoire vitrée au style épuré, genre scandinave, abritant un râtelier où étaient alignés quatre beaux fusils :

– Votre époux était chasseur ? demanda le commissaire.

– Oui, pendant quelques années au commencement de notre mariage. Mais il a fini par laisser tomber, ça ne l'amusait plus et il était trop pris par l'entreprise.

– Vous chassiez avec lui ?

– Oh, chasser, c'est un grand mot. Disons que je l'accompagnais. Il m'avait inscrite à son club, le Club de la Chênaie, je ne sais pas si vous connaissez. Je tirais un peu mais cette activité ne m'a jamais passionnée, je considérais plutôt ces parties de chasse comme une grande promenade à la campagne. Ça me plaisait assez, ces longues marches matinales en forêt.

Dans l'ensemble, le bureau d'Edouard donnait l'impression d'une pièce fonctionnelle, élégante dans sa sobriété, mais froide. A l'opposé des bureaux chaleureux que Romain avait aménagés pour lui-même aussi bien à l'usine qu'à son domicile. Si proches qu'ils aient pu être (et jusque dans la mort qui les avait frappés presque en même temps et de la même façon tragique), on devinait que les deux frères avaient eu des caractères très différents.

Florence avait dit vrai. L'endroit était parfaitement insonorisé, aucun son ne parvenait de l'extérieur.

– C'est donc ici que vous avez vu votre mari vivant pour la dernière fois...

– Oui, commandant. Malheureusement.

Leprat savait déjà que Florence Serallier était capable de se dominer mais il ne put s'empêcher de la trouver étonnamment calme pour une femme dont le conjoint avait été assassiné le matin même.

Il remonta à l'étage, arrêta la musique, s'empara du CD de zumba et de sa pochette et redescendit.

– Nous allons vous laisser, à présent. Vous devez avoir besoin de vous reposer.

– Oh, me reposer, répondit Florence avec une résignation triste, je n'en aurai pas le temps. Il va falloir que je prévienne ma fille, ça ne va pas être facile. Elle n'a que quatorze ans, c'est encore une enfant et elle était déjà très choquée par la mort de son oncle. Son séjour en Angleterre va être interrompu, il faut que j'organise son retour. Et je dois aussi appeler ma belle-sœur aux Sables-d'Olonne. Eve est une personne fragile, hypersensible, je n'ose imaginer sa réaction. – De nouveau, Florence leva un regard angoissé sur le commandant : Mais qu'est-ce qui se passe, à la fin... Pourquoi s'acharne-t-on à détruire notre famille ?... Qui peut nous en vouloir à ce point ?

Pendant que Leprat et le commissaire Gautier commençaient leurs investigations dans la maison et interrogeaient "à chaud" ses occupantes, les experts, qui étaient arrivés peu après eux, passaient la scène de crime au peigne fin. Voyant les policiers apparaître sur le seuil du garage, l'expert principal alla à leur rencontre.

– Bonjour, Messieurs, dit-il en ôtant ses gants de plastique pour leur serrer la main. Le corps vient de partir, il est en route pour l'Institut médico-légal de Melun. Je peux déjà vous dire que l'homme a été tué d'une balle dans la nuque. Une seule. On a trouvé la douille sous la voiture. C'est du 9mm, comme la dernière fois. Incroyable ! s'exclama-t-il. Deux frères tués de la même façon. Même scénario. En vingt-cinq ans de métier j'avais jamais vu ça !

Leprat le reconnut : il avait oublié son nom mais c'était l'homme qui s'était occupé du précédent assassinat.

– Rien n'a été volé ? lui demanda-t-il.

– A première vue, rien du tout. Le contenu de son portefeuille est intact ; ses papiers, son argent, un peu plus de deux mille euros principalement en billets de cent, sa montre, son portable, son briquet en or, rien n'a été touché.

– Il avait une serviette ou un attaché-case, je suppose ?

– Une serviette en cuir. Elle était sur le siège passager.

L'idée effleura le commandant que l'assassin avait pu s'emparer d'un document qui se trouvait à l'intérieur, un document d'une importance cruciale, que ç'aurait pu être l'explication de toute l'affaire...

– Et nous n'avons pas décelé d'autres impacts de projectile dans la voiture ou dans le garage, poursuivait l'expert. On est encore en train de relever les empreintes, mais ça m'étonnerait que ça donne quelque chose.

– Vous avez trouvé la télécommande de la porte ?

– Non, pas trace de télécommande. Elle a peut-être été balancée à l'extérieur du garage, comme la première fois. Tant de similitudes pourraient laisser penser qu'il s'agit du même tueur.

– Rien n'est encore sûr, le modéra le commandant. Le 9 mm est un calibre très répandu, rien ne nous dit que la balle provient de la même arme. Il faudra l'analyser aussitôt que le médecin-légiste l'aura extraite du corps. Tâchez de presser le mouvement. Et n'attendez pas pour nous transmettre vos conclusions.

– Ce sera fait, commandant. On travaillera cette nuit si nécessaire et je vous téléphonerai les résultats dès qu'ils tomberont.

– Je compte sur vous. Alors, à bientôt. Nous vous laissons finir votre travail.

En sortant de la maison, le commandant vit que les badauds étaient toujours là, aux abords du périmètre de sécurité, moins nombreux qu'à son arrivée, ils n'étaient plus qu'une quinzaine, mais d'une certaine façon plus "présents", dans une attitude plus agressive. D'ailleurs, ce n'était pas ce qu'on appelle ordinairement des "badauds", ces gens n'étaient pas là par simple curiosité, c'était des voisins, et même plus que des voisins, un groupe soudé : les résidents du Valaubois, personnellement concernés puisqu'ils étaient eux-mêmes en danger si un tueur avait décidé de s'en prendre aux habitants de leur village. On avait affaire à des gens bien élevés, ils ne se seraient pas permis d'interpeller ou d'apostropher les policiers, mais on les sentait nerveux.

– Dites-moi, commandant, s'informa le commissaire lorsqu'ils eurent franchi la double haie confusément menaçante qui s'était formée pour les laisser passer, qu'aviez-vous en tête avec cette histoire de musique, le casse-oreilles que Madame Serallier met pour accompagner sa gymnastique, comment elle appelle ça, déjà ? la zumba ?

– C'est très simple : comme la musique du CD recouvrait tous les bruits, ça lui permettait de sortir et de rentrer sans être entendue de la femme de ménage qui travaillait au même moment dans les chambres de l'étage... Et il n'y avait guère de chance non plus pour qu'elle soit vue : en sortant de la salle de gym, qui est la première pièce du couloir comme vous avez pu le remarquer, on accède directement à l'escalier.

– J'avais bien compris. Mais est-ce à dire que vous soupçonnez Madame Serallier d'avoir tué son mari ?

– Je n'en sais rien. Pour commencer, la femme de ménage a prétendu qu'elle n'avait jamais entendu la musique en question, ni même une musique aussi bruyante. Si Madame Serallier avait mis ce disque de zumba pour la première fois, c'est suspect.

– Oh, cette domestique ne m'a pas semblé fiable. Elle avait l'air d'en vouloir à sa patronne... J'ai plutôt eu l'impression qu'elle racontait n'importe quoi.

– Je suis d'accord avec vous, commissaire. Je vais donc faire examiner le CD. Nous verrons bien s'il est neuf ou usé. S'il est neuf, nous pourrons raisonnablement en déduire que Madame Serallier l'avait acheté exprès. De toute façon, nous allons la convoquer au SRPJ et la soumettre à un interrogatoire serré. Selon les témoignages que j'ai pu recueillir au cours de mon enquête sur la mort de son frère, Edouard était un personnage très autoritaire, despotique, il pouvait même se montrer brutal, enfin le bonhomme ne devait pas être facile à vivre et il était notoire qu'il la trompait. Beaucoup de maris ont été assassinés pour moins que ça.

– Et puis, observa le commissaire, il y a une chose qui me paraît bizarre dans cette famille, c'est que Madame Serallier ne garde pas sa fille, âgée seulement de quatorze ans, auprès d'elle. Pourquoi placer cette enfant en pension ? Il y a de très bons établissements scolaires à Fontainebleau. Voyons, nous avons affaire à une femme sans profession, aidée par deux domestiques, elle aurait eu tout le temps de s'occuper de son enfant... On peut se demander si les parents n'ont pas éloigné la petite pour la mettre à l'abri de leur mésentente, des disputes trop fréquentes entre eux, peut-être même de la violence conjugale ? Les couples d'un certain rang social offrent souvent une façade impeccable, mais derrière, hein... il s'en passe parfois de drôles.

– Il est possible que les Serallier aient eu le désir de protéger leur fille, en effet. A moins que ce soit l'enfant elle-même qui ait demandé à aller en pension. Ce sont des choses qui arrivent. Mais vous avez raison, commissaire, il pourrait être intéressant d'interroger cette jeune fille. En attendant, je voudrais régler le problème de la télécommande du garage. Vous l'avez entendu comme moi, les experts ne l'ont pas trouvée à l'intérieur. Après l'assassinat du frère cadet, mon stagiaire l'avait retrouvée à la sortie, dans un buisson en haut de la rampe d'accès. Mais Thomas a fini son stage et il n'est plus dans le service. Pourriez-vous faire rechercher cette télécommande par vos hommes ?

***

Le lendemain matin, le commandant trouva une note sur son bureau. L'expert avait tenu parole. Il avait téléphoné les premiers résultats de l'analyse balistique à six heures quinze et c'était un lieutenant de l'équipe de nuit qui avait pris le message. Il contenait une information de taille : la balle qui avait tué Edouard Serallier provenait de la même arme que celle qui avait servi à assassiner son frère : il s'agissait du même Beretta 92. Le labo poursuivait ses investigations, concluait la note, restait à procéder à l'autopsie du corps et à analyser les vêtements et la douille. Les résultats seraient communiqués au SRPJ dès que possible.

Leprat savait les conclusions de l'expertise balistique irréfutables : les marques laissées sur les balles (stries, rayures...) par une même arme sont aussi spécifiques que des empreintes digitales. Une seule arme, logiquement, ça laissait penser qu'il s'agissait du même tueur. Et si malgré plusieurs jours de recherches on n'était pas parvenu à mettre la main sur le pistolet qui avait tué Romain, c'était tout simplement parce que l'assassin l'avait conservé en vue de son prochain crime

Si on avait affaire à un seul et même tueur pour les deux assassinats, Florence Serallier ayant un alibi pour le premier (sa cuisinière avait témoigné qu'elle avait passé la première partie de la matinée avec elle à mettre de l'ordre dans la maison après la réception de la veille), ça l'innocentait du deuxième.

A moins que, dans le but d'égarer la police, peut-être d'accord avec sa belle-sœur Eve, elle n'ait commencé par commanditer l'assassinat du frère cadet, mais alors là on côtoyait les sommets de l'histoire du crime, on atteignait à un complot familial digne des Médicis. Le commandant était payé pour envisager toutes les hypothèses, c'était entendu, mais tout de même pas pour échafauder des feuilletons historiques.

Outre que le technicien qui avait examiné son CD la veille avait constaté qu'il était usé et qu'il avait donc servi plusieurs fois. En affirmant qu'elle n'avait jamais entendu cette musique, la femme de ménage s'était trompée ou elle avait menti. En tout cas, on ne pouvait plus suspecter Florence d'avoir acheté exprès un disque bruyant pour couvrir son crime.

Selon toute vraisemblance, Florence Serallier n'était pour rien dans la mort de son mari.

De même, le jeune Kevin Méchin se trouvait hors de cause puisque, à l'heure du second crime, le pauvre garçon se morfondait en prison. Leprat se promit de demander au juge de faire procéder rapidement à son élargissement.

En résumé, l'affaire du Valaubois se présentait mal.

Quand un assassinat est commis chez des gens ordinaires, qui ont un travail régulier, un domicile fixe, une place respectable si modeste soit-elle dans la société et qui, selon la formule consacrée, sont "inconnus des services de police", les enquêteurs commencent par s'intéresser à l'entourage immédiat de la victime : le mari ou la femme, un frère, une sœur, voire les enfants, et tout de suite après les familiers, les amis... Les statistiques le montrent, c'est parmi eux qu'on trouve le coupable dans la majorité des cas. Et ces affaires survenus chez des citoyens qui n'avaient jamais fait parler d'eux ne sont pas les plus difficiles à élucider parce que, tout en se croyant très malins, la plupart de ces criminels d'occasion commettent des erreurs grossières, se fabriquent des alibis mal fichus, s'emmêlent dans leurs explications et ont vite faite de s'effondrer et de passer aux aveux en garde à vue.

C'est quand la piste de la famille et des proches ne conduit nulle part que, pour les policiers, les véritables difficultés commencent car ils se trouvent alors devant l'inconnu. Crime de rôdeur perpétré par hasard ? Folie meurtrière d'un malade mental ? Tueur en série ? Ou peut-être, en s'élevant dans l'échelle sociale, règlement d'un conflit professionnel exécuté par un tueur de métier aussitôt évaporé dans la nature avec armes et bagages ? Autant de cas qui laissent la police démunie, sans mobile identifiable, sans fil conducteur, et qui viennent trop souvent s'ajouter à la pile des affaires non résolues.

Pour le commandant Sylvain Leprat, il existait deux sortes d'affaires non résolues : celles qu'il oubliait très vite, happé par la suivante, et qui s'enfouissaient au fond de sa mémoire comme sous l'épaisse couche de poussière qui ne tardait pas à recouvrir leur dossier archivé au sous-sol ; et celles qui restaient dans un coin de sa tête, et qui resurgissaient par moments avec la frustration de l'échec et le remords au souvenir de la souffrance des proches auxquels on n'avait pas su rendre justice, qui n'avaient pas eu cette consolation.

Le commandant passa une très mauvaise journée. Pessimiste quant à l'issue de l'affaire qu'il avait en charge, mécontent de lui et des autres, fatigué, il rumina pendant des heures des pensées moroses, tombant dans cette sorte d'abattement qui lui faisait parfois détester jusqu'au métier qu'il s'était choisi. Mais, vers la fin de l'après-midi, il eut un sursaut. Tout d'un coup s'opéra dans sa tête un balayage semblable au geste d'impatience d'un joueur qui met bas d'un revers de main un jeu de construction bancal ou embrouille à deux bras un grand puzzle qu'il n'arrive pas à finir... Une table rase pour repartir à zéro.

Il appela son amie Véronique qui par chance n'était pas de garde à l'hôpital ce soir-là. Prendre du recul, c'était ce qu'il lui fallait à présent. Passer une soirée tranquille, s'accorder un moment de vraie vie, finir par s'endormir auprès d'un corps féminin tiède et accueillant... Puis réexaminer toute l'affaire à tête reposée.

*

Le lendemain, la décision du commandant était prise : il allait s'attaquer à la piste professionnelle. Ce qui signifiait procéder à un interrogatoire de masse, interroger un par un tous les employés de SERAVER en espérant que quelqu'un aurait surpris une conversation, entendu une menace, vu passer une lettre bizarre ou un mail inquiétant sur un ordinateur.

Quatre cents personnes à interroger, ce n'était pas une mince affaire. Mais jusqu'ici la police n'avait entendu que des employés licenciés ; les patrons de l'entreprise ne pouvaient-ils pas avoir également un ennemi dans la place ? Et il fallait aussi penser à la concurrence, la compétition pour les marchés, la lutte féroce de certaines entreprises peu regardantes sur les moyens de parvenir à leurs fins. Cette façon radicale de concevoir les affaires consistant à décapiter la société concurrente en éliminant ses deux dirigeants vous avait un petit air mafieux qui n'était pas encore entré dans les mœurs françaises, du moins à la connaissance du commandant, mais sait-on jamais, il y a un commencement à tout.

S'il fallait procéder à un interrogatoire de masse, autant commencer par le sommet de la pyramide, qui rassemblait, en théorie, les collaborateurs les mieux informés. Et la première, la mieux informée de tous, celle qui se trouvait aux premières loges, c'était évidemment la secrétaire personnelle du patron.

Gisèle Germain, quarante-cinq ans, domiciliée à Melun, célibataire sans enfants. Pendant qu'elle déclinait son identité, Leprat se demandait si cette grande femme osseuse et d'aspect sévère avait été la maîtresse d'Edouard. Elle travaillait avec lui depuis une dizaine d'années avait dit la secrétaire de Romain. Dans le genre grande bringue dégingandée, à la trentaine, elle avait pu être attirante. Elle avait de belles mains, et de beaux cheveux châtains coiffés avec chic et simplicité, coupés mi-longs, une raie sur le côté. Et elle ne devait pas être aussi sèche qu'on aurait pu le croire car elle avait les yeux rouges et gonflés, le visage défait d'une femme qui pleure depuis plusieurs jours. On était le 20 juillet, son patron avait été assassiné trois jours plus tôt. En réalité, de toutes les femmes de l'entourage des Serallier que Leprat avait rencontrées depuis la mort du frère cadet, c'était la seule qui eût l'air profondément peinée.
– Comment ça va à l'usine ? lui demanda-t-il.
– Tout doucement. On expédie les affaires courantes. Nous recevons beaucoup d'appels de condoléances de la part des fournisseurs et des clients, mais c'est surtout qu'ils s'inquiètent pour la livraison de leurs commandes ou pour leurs paiements. Et nous aussi, à l'intérieur, nous sommes inquiets. SERAVER va nécessairement être vendue, on ne sait pas par qui elle sera reprise.
– Pourquoi *nécessairement* ?

– Parce que je ne pense pas que ça intéressera Florence de prendre la suite, de se mettre une telle responsabilité sur le dos. Et puis il faut en être capable. Même bien entourée – et encore faut-il savoir choisir ses collaborateurs –, ce n'est pas à la portée de tout le monde de diriger une entreprise de plusieurs centaines de personnes. Un dirigeant incompétent a vite fait de la faire péricliter.

– Vous la connaissez, Florence Serallier ?

– Un peu. Il m'arrivait d'aller travailler avec Edouard certains week-ends, à leur domicile. Parfois elle m'invitait à déjeuner.

– Qu'est-ce que vous en pensez ?

– Je n'ai pas d'opinion.

– Mais encore ?

– Elle se comportait comme une grande bourgeoise. Lisse, polie. Ces femmes-là sont expertes dans l'art de cacher leurs sentiments.

– Vous étiez la maîtresse de son mari ?

Prise de court, Gisèle Germain piqua un fard.

– Oh, reconnut-elle, au début. Pas très longtemps.

– Madame Serallier était au courant ?

– Je n'en sais rien. Je pense que oui. Elle devait bien savoir que son mari n'était pas un modèle de fidélité.

– Et elle l'acceptait ?

– Ça ne semblait pas la déranger beaucoup. Ou bien elle dissimulait parfaitement ce qu'elle ressentait ou bien elle en avait pris son parti. Quand j'ai commencé à travailler pour Edouard, ils étaient mariés depuis quelques années déjà.

(Encore un témoignage en faveur de Florence, nota mentalement Leprat, si elle se fichait des infidélités de son mari, il n'était plus question du crime d'une épouse bafouée.)

– Et vous, vous n'étiez pas jalouse ?

Gisèle accusa le coup, mais éluda :

– Edouard était un homme d'exception. On ne pouvait pas le juger à l'aune habituelle.

– Comment ça, un homme d'exception ?

– C'était quelqu'un, vous savez. Il avait un fort caractère, on comprenait vite qu'on n'avait pas intérêt à le contrarier, mais il avait un charisme extraordinaire. Et une autorité, une volonté, des capacités managériales de premier plan ! C'était un vrai chef d'entreprise, Edouard ! Il demandait beaucoup, c'est vrai, mais...

Une femme amoureuse, pensa le commandant : comme témoin objectif, il était servi.

– Qu'est-ce qu'il demandait ?

– ... Oh, une disponibilité totale, un dévouement absolu.

– Et il vous donnait quoi, lui, en retour ?

Gisèle Germain chercha un instant une réponse et finit par trouver quelque chose :

– Pour vous donner un exemple, il y a trois ans, j'ai été malade. Une mauvaise appendicite. Je suis restée deux semaines à l'hôpital, puis un mois en convalescence. Et bien mon salaire m'a été payé intégralement pendant toute cette période.

– Votre patron est venu vous voir ?

– Non, il n'avait pas le temps. Mais quand j'étais à l'hôpital, le lendemain de mon opération, il m'a fait envoyer une corbeille de fruits avec sa carte pour me souhaiter un prompt rétablissement.

– Une collaboratrice précieuse, ça se ménage, commenta cyniquement le commandant.

– Et puis, continua Gisèle Germain comme s'il n'avait rien dit, Edouard m'emmenait parfois dans ses voyages. C'était pour travailler, je n'avais pas le temps de faire du tourisme, mais ça m'a permis de connaître des villes où je ne serais jamais allée sans lui : Milan, Berlin, Stockholm..., c'était une vraie chance pour moi de travailler à ses côtés. En fait, nous étions ensemble la plupart du temps, conclut-elle avec l'air de satisfaction secrète des secrétaires anciennes qui se voient un peu comme l'épouse-bis de leur patron, et qui souvent en savent beaucoup plus long sur lui que l'épouse légitime.
– Elle constata tristement : Mais tout ça, c'est fini, bien fini... les jours heureux sont derrière moi, ils ne reviendront plus... Pauvre Edouard, un homme si fort, si vivant, mourir si jeune, et de cette façon horrible...

– Vous n'avez pas une idée de qui aurait pu faire ça ? Quelqu'un qui aurait eu des raisons sérieuses d'en vouloir aux patrons de SERAVER. A l'extérieur de l'entreprise peut-être, ou même à l'intérieur ?

– Aucune idée. Je n'arrête pas d'y penser. Mais vraiment, je ne vois pas.

– Comment était-il, votre patron, ces derniers temps ? Vous n'aviez pas remarqué un changement dans son attitude, dans sa façon d'être ? Il ne vous avait pas semblé préoccupé ?

– Ah si, il était très préoccupé. Il avait pris le relais des affaires suivies par Romain. En plus des siennes, et je peux vous dire que ça représentait une grosse charge de travail. Je le secondais de mon mieux parce que le directeur du Marketing qu'il avait engagé pour succéder à Romain n'était pas encore parfaitement au courant.

– Vous avez eu l'impression qu'il souffrait de la mort de son frère ?

– Il ne le montrait pas, mais bien sûr qu'il souffrait. C'était son frère. Mais avec toutes les responsabilités qu'il avait, il ne pouvait pas se permettre de se laisser aller. Il y avait une affaire en cours, très importante, qui l'absorbait complètement. Maintenant qu'il n'est plus là, je ne crois pas qu'on va pouvoir la mener à bien.

– C'était quelle genre d'affaire ?

– Un gros marché de flacons pour un laboratoire de produits pharmaceutiques, PHARMAVIX. Un marché renouvelable par définition. C'était Romain qui s'en occupait, mais ensuite, Edouard a bien été forcé de prendre les rênes. Il bataillait pied à pied pour l'obtenir, ce marché, pour que notre entreprise soit choisie.

– Il y avait des concurrents ?

– Un seul, mais très puissant.

– Alors, maintenant que SERAVER est privée de direction, ils ont toutes les chances de remporter le marché ?

– J'en ai peur.

– Dites-moi, Madame Germain, vous exercez votre profession de secrétaire de direction depuis combien de temps ?

– Vingt-six ans. Avant SERAVER, je travaillais aux établissements Dugueil, un fournisseur de machines-outils pour le moulage du verre. Je suis restée presque quinze ans chez eux. C'est là que j'ai connu Edouard. Il m'a débauchée en m'offrant un salaire supérieur.

– De sorte qu'après tout ce temps vous devez bien connaître le monde des affaires, au moins dans votre domaine. Vous ne pensez pas qu'il pourrait y avoir un rapport entre l'assassinat de vos patrons, un double assassinat très prémédité, froidement exécuté, et ce succès pratiquement assuré pour l'entreprise concurrente ? Pour eux, désormais, la voie est libre...

– Qu'est-ce que vous voulez dire ?

– Euh... eh bien, à votre avis, une entreprise pourrait-elle aller jusqu'à l'élimination physique d'un rival pour remporter un gros marché ?

Gisèle Germain sursauta :

– Certainement pas ! Quelle idée ! Ça n'existe pas en France ce genre de chose, je n'ai jamais entendu parler d'une histoire comme ça dans notre milieu. Surtout qu'en l'occurrence l'entreprise rivale est la filiale "Conditionnement" du plus important groupe verrier français, une société internationalement connue, au-dessus de tout soupçon ! Mais vous avez raison, ce sont eux à présent qui vont obtenir le contrat PHARMAVIX, et ça ne leur suffira pas : en plus, ils vont essayer d'absorber SERAVER, c'est logique, ils seront les premiers à faire une offre d'achat, à profiter de ce moment où SERAVER est affaiblie.

– Et chez vous, dans le personnel de l'entreprise, vous ne voyez pas quelqu'un qui aurait eu des raisons d'en vouloir aux patrons ?

– Honnêtement, au bureau, comme je vous l'ai dit, et j'y connais presque tout le monde, je ne vois personne qui puisse leur en vouloir à ce point, ni même qui soit capable de commettre un tel acte. Un criminel au sein de l'entreprise, vous vous rendez compte ? C'est impensable...

– Oh, Madame, des criminels, au moins des criminels en puissance, il y en a partout. Ça ne se lit pas sur leur figure. On ne sait jamais de quoi les gens sont capables, ce n'est parfois qu'une question de circonstances. Si vous ne voyez personne dans les bureaux, alors peut-être à l'usine ? Dans les ateliers de verrerie ?

– A l'usine, je ne sais pas. J'y vais rarement et on ne vient pas me raconter ce qui s'y passe.

– Plusieurs témoignages sur la personnalité d'Edouard concordent sur le point que c'était un personnage dominateur, orgueilleux, qu'il pouvait parfois se montrer très dur, très cassant...

– Oh, protesta la secrétaire, c'est très exagéré.

– Alors, imaginons un ouvrier qu'il aurait maltraité, insulté, peut-être en présence d'un tiers ? Ou une ouvrière avec laquelle il se serait permis... vous voyez à quoi je pense ? Enfin quelqu'un qui se serait senti gravement humilié. Des crimes sanglants sont commis tous les jours pour ce seul motif : l'humiliation.

– Je ne peux rien vous dire, j'ignore ce qui peut arriver dans les ateliers. Il faudrait demander au directeur de la Fabrication.

– C'est bien ce que nous allons faire.

Le commandant retint encore Gisèle Germain quelques minutes, tout en se gardant de la brusquer. Il était touché par cette femme seule de quarante-cinq ans qui avait perdu, en même temps et d'une façon tragique, l'homme qu'elle aimait, son emploi, sa position sociale, qui se tenait devant lui avec ses yeux rougis et son pauvre visage blessé, mais qui lui avait répondu de son mieux, sans montrer d'impatience, sans s'autoriser d'effusions. Une femme sincère, et qui savait se tenir. Emouvante dans sa dignité.

L'entretien terminé, il la raccompagna jusqu'à la porte et lui serra la main en lui souhaitant bon courage.

*

L'affaire du Valaubois avait pris une dimension nationale. Avec son art consommé de mettre de l'huile sur le feu, la presse quotidienne s'en donnait à cœur joie, rivalisant de titres alarmistes :

LE VILLAGE DE LA PEUR
Les habitants d'une résidence fermée pris pour cible

DOUBLE ASSASSINAT AU VALAUBOIS
(paraphrase du titre d'un célèbre roman policier
d'Edgar Poe : "*Double assassinat dans la rue Morgue*")

CRIMES EN SÉRIE AU PARADIS
Déjà deux morts. A quand la prochaine victime ?

VILLAGE TRAGIQUE :
LE TUEUR DES GARAGES RÉCIDIVE

et ainsi de suite.

Plusieurs magazines féminins et hebdos politiques avaient déjà consacré un article de fond à l'affaire, illustré de photos lugubres des maisons sinistrées et du sous-bois environnant, caméras de surveillance comprises. Trois pages dans ELLE, une double-page de L'EXPRESS et du POINT, à peu près autant dans LE NOUVEL OBSERVATEUR, lequel avait ajouté une enquête socio-économique bien documentée sur les résidences fermées qui, depuis quelques années, poussaient comme des champignons sur le territoire français. – Articles qui s'augmentaient des milliers de "réactions" sur Facebook et sur Twitter, tantôt sur un ton d'indignation vertueuse, tantôt maniant l'humour noir, en fonction des tempéraments.

La télévision n'était pas en reste. Deux fois par jour, ponctuellement, les journaux du Treize heures et du

Vingt heures renchérissaient sur les infos puisées dans la presse écrite, les présentateurs d'une voix caverneuse, les présentatrices – certaines, tragédiennes nées – avec un timbre guttural et une élocution haletante qui vous faisaient passer des frissons dans le dos.

Au Valaubois, les deux tiers des résidents partis en vacances, la cinquantaine demeurés sur place baignaient dans un climat de pure folie. Les gens se barricadaient chez eux, terrorisés, tous volets clos. Plus personne n'osant mettre les pieds dans son garage, les voitures stationnaient n'importe comment autour des maisons ou squattaient le parking des visiteurs. Quand, se risquant à sortir, les habitants se croisaient dans les allées, c'était des lamentations à n'en plus finir : leur petit paradis était devenu le village de la honte, pour toujours entaché par un souvenir horrible. Tout l'esprit, toute la philosophie du Valaubois – la sécurité, le privilège de vivre entre personnes de qualité – étaient anéantis. Le village de l'élite n'était plus qu'une espèce de ghetto où ils étaient parqués, prisonniers de leurs maisons dévalorisées et impossibles à revendre. Après eux, c'était certain, plus personne ne voudrait y vivre, leurs belles demeures se dégraderaient inexorablement, n'en subsisteraient que des ruines, les vestiges d'un monde englouti... Le Valaubois resterait à jamais le village du double assassinat. – "*Double*, pour l'instant, avait fait remarquer un pessimiste, car comment savoir où tout ça s'arrêterait, qui pouvait dire lequel d'entre eux serait la prochaine victime...".

La querelle de l'absence de clôture avait refait surface. Qu'est-ce que c'était que ces maisons plantées sans protection sur une pelouse, ces habitations supposées privées ouvertes à tous les vents ?

Quelqu'un avait observé qu'un malfaiteur capable de franchir le mur d'enceinte n'aurait pas eu plus de mal avec une simple barrière. Entièrement d'accord, s'était alors exclamé Monsieur Galbrun, rappelez-vous, je l'avais bien dit que ce mur ne constituait pas une protection suffisante. C'est des fils de fer barbelés qu'il aurait fallu, à l'imitation de ces prisons bien gardées où de gros boudins barbelés courent au sommet des murs, un dispositif pas très sympathique, j'en conviens, pas très esthétique non plus, mais qui aurait à coup sûr dissuadé l'assassin de tenter une intrusion. Peut-être, avait répliqué une dame à la mine malicieuse, lectrice assidue de romans policiers et moins effrayée qu'intriguée par l'énigme, si l'on présuppose que l'assassin est venu de l'extérieur. Mais comment être sûr qu'il ne se trouve pas ici même, dans notre village, qui nous dit que le tueur n'est pas l'un d'entre nous ?... – De sorte que les habitants avaient commencé à se regarder d'un drôle d'air.

A Versailles, les auditions des quatre cents employés de SERAVER étaient en cours. Un travail méthodique, répétitif et ingrat, pour lequel toute l'équipe avait été mise à contribution mais qui pouvait se prolonger plusieurs semaines sans que surgisse le moindre indice, la moindre information à exploiter.

Le troisième jour, au début de l'après-midi, on était arrivé au samedi 22 juillet, lassé de prêter l'oreille à des phrases vides de sens ou à des ragots sans intérêt pour son enquête, le commandant Leprat laissa ses collègues poursuivre les interrogatoires et se rendit seul au Valaubois. Il avait besoin de se replonger dans l'ambiance du village, de s'imprégner de l'atmosphère du lieu.

Il traîna un moment aux abords des deux maisons Serallier, qu'il savait vides, aussi bien l'une que l'autre, parce qu'il avait autorisé Florence à aller s'installer quelque temps à Louveciennes chez ses parents. Assis sur le rebord de la rampe d'accès, il demeura plusieurs minutes près du garage d'Edouard, comme s'il espérait qu'à la condition d'y penser très fort, de se montrer très réceptif, l'intuition lui viendrait de ce qui s'était réellement passé là cinq jours plus tôt, que la vérité lui serait transmise par une sorte d'osmose. Puis il retourna au bureau des gardiens pour se faire indiquer la maison Vigouroux.

Son propriétaire était dans le jardin du côté façade, occupé à couper de lourds branchages feuillus et à les charger sur une brouette. Voyant le policier s'approcher, il abandonna son travail :

– Bonjour commandant... Vous avez vu ça ? C'est la jungle, ici ! Les pluies d'orage et la canicule ont fait sortir la végétation à toute vitesse. Sans blague, je pouvais presque voir mes fleurs pousser.

Il était un peu plus de quatre heures. Tout en parlant, il dirigeait son visiteur vers une table ombragée de la terrasse.

– Qu'est-ce que je peux vous offrir ? Un thé glacé, une bière ?

– Oh, consentit Leprat, je suis en service, mais pour une fois je m'autoriserais bien une bière.

Demeuré seul, il laissa errer son regard autour de lui. Julien Vigouroux possédait lui aussi une belle maison, moins spacieuse, moins luxueuse que celles des frères Serallier, mais qui devait être agréable et confortable. Comme toutes les autres plantes, l'herbe avait poussé dru, prenant de court le Service du jardinage. Au lieu d'un gazon tondu de près, la pelouse était maintenant recouverte d'un tapis d'herbes hautes et folâtres, qui était comme un pied de nez à la réglementation du Valaubois. La chaleur ayant commencé à tomber, un léger souffle courbait leurs pointes en les faisant onduler gracieusement. Mais surtout il y avait le silence, à peine troublé par les bruits de la forêt, bruissements soyeux de feuillage ou cris lointains d'oiseaux ; le merveilleux silence, "l'espace de l'esprit" comme se souvenait Leprat de l'avoir lu quelque part, en espérant que cet "espace" allait lui permettre d'y voir plus clair.

— On est bien, ici, remarqua-t-il au retour de son hôte.

— On *était* bien, répondit Julien en posant deux verres et deux canettes sur la table, mais les choses ont beaucoup changé depuis les événements. C'est comme une malédiction qui se serait abattue sur le village. Les gens vivent dans un climat de crainte et de suspicion. Une ambiance délétère soigneusement entretenue par les médias et par Internet. Imaginez un peu, on parle de l'affaire jusqu'en Amérique... Ma femme, qui se trouve en ce moment chez notre fils en Californie, a peur pour moi, elle me téléphone trois fois par jour pour que je la rejoigne là-bas. – Il se tut, traversé par une idée, et reprit : Ça arrangerait peut-être un peu les choses si vous vous vouliez bien parler aux habitants du village... Si vous étiez d'accord, je pourrais m'arranger pour organiser une réunion, par exemple au début de la semaine prochaine, lundi ou mardi...

— Pour leur dire quoi ? répondit Leprat sans enthousiasme, guère pressé de se retrouver dans la fosse aux lions, face à des dizaines de visages accusateurs et bombardé de questions culpabilisantes.

— Il s'agirait seulement de les rassurer, de les tranquilliser.

– Pour ça, il faudrait que j'aie quelque chose de précis à leur dire, que l'enquête soit plus avancée. On ne rassure pas les gens avec des mots creux, de simples exhortations à la patience.

– Le problème, commandant, c'est qu'ils s'imaginent être eux-mêmes menacés. Ils croient qu'un tueur en série a pris les résidents du Valaubois dans son collimateur et qu'ils vont être exterminés un par un. Enfin, au moins plusieurs d'entre eux... Les pauvres s'attendent à être décimés.

– Et bien ils n'ont peut-être pas tout à fait tort. C'est regrettable mais nous avons de bonnes raisons, des raisons objectives de penser que nous avons affaire à un tueur en série. Deux hommes exécutés de la même façon, au même endroit, dans leur garage, et au même moment, alors qu'ils se rendaient à leur travail. Mais surtout, et c'est le plus important, avec la même arme. Sans oublier que dans les deux cas la télécommande de la porte basculante a été abandonnée à la sortie, en haut de la rampe d'accès : les policiers de Frémonville qui s'étaient chargés de la recherche ont retrouvé celle d'Edouard Serallier à peu près à la même place que celle de son frère.

– Sans doute, mais ce qui me gêne, voyez-vous, dans l'hypothèse d'un tueur en série, c'est qu'il faut partir du principe que les deux crimes qui nous intéressent ont été commis par le même assassin. Ce n'est peut-être pas le cas.

– C'est tout de même le plus probable. Et je vous l'ai dit, nous sommes devant le même mode opératoire, ce qui est très précisément la marque de cette catégorie de criminels. Cependant je vous accorde qu'il nous manque un troisième assassinat... Dans nos enquêtes, nous n'estimons avoir affaire à un tueur en série qu'à partir du chiffre trois.

– Alors, répondit placidement Vigouroux, je ferais peut-être mieux d'obéir à ma femme et de la rejoindre à San Francisco. Est-ce qu'on sait, ce sera peut-être moi, la prochaine victime...

*

Et puis, comme toujours imprévisible, la chance montra son nez. Le mardi suivant, à la fin de l'après-midi, tel un messie casqué et botté, un motard du labo apparut dans le bureau du commandant et lui remit le rapport complet de l'analyse balistique relative à l'assassinat d'Edouard Serallier.

Se forçant au calme, Leprat décacheta l'enveloppe et en sortit une feuille simple, imprimée recto-verso. Après en avoir pris connaissance, il exhala un bruyant soupir et se laissa aller contre le dossier de sa chaise. Les trois membres de la brigade qui se trouvaient dans la pièce avaient interrompu leur travail et l'observaient avec des yeux ronds. Leprat tendit la feuille au capitaine Lanneret en lui indiquant un paragraphe surligné au feutre jaune. La policière le lut à voix haute :

"La douille analysée présente des rayures identiques à celles de la balle extraite du corps, démontrant qu'il s'agit du même projectile. **Le processus de la fumigation a fait apparaître sur un côté de la douille une empreinte digitale humaine partielle, toutefois suffisante pour permettre une identification.**"

Sa lecture achevée, le capitaine rendit la feuille au commandant et commenta sans enthousiasme excessif :

– D'accord, c'est déjà un grand pas. Mais ça ne nous dit pas l'empreinte de qui.

– On va commencer par effectuer une comparaison avec la base de données, ordonna Leprat. Débrouillez-vous pour que ce soit fait en priorité. Espérons que l'empreinte correspondra à une empreinte déjà répertoriée dans le fichier. Si c'est négatif, il faudra faire un relevé de masse. On convoquera les proches, et la totalité du personnel de SERAVER et des résidents du Valaubois si nécessaire. Ça risque de prendre du temps de faire rappliquer tout ce monde-là, surtout qu'il doit y en avoir pas mal en vacances, mais ça sera moins long que de les interroger.

– Quand même, apprécia un lieutenant en guise de conclusion, ils sont forts, les gars du labo ! C'est pas tous les jours qu'on relève une empreinte sur une douille...

Chapitre 6

Le vendredi 28 juillet, à la fin de la matinée, son corps restitué par les légistes à son épouse, Edouard Serallier s'en alla rejoindre son frère dans le caveau familial du Père-Lachaise. Malgré un temps radieux, l'assistance était encore plus clairsemée que pour Romain. De la famille (il est vrai qu'elle rétrécissait à vue d'œil pour des raisons indépendantes de sa volonté), ne figuraient cette fois que Florence, ses parents et sa fille Isabelle rapatriée de son stage linguistique, auxquels s'était jointe Eve, revenue des Sables d'Olonne pour soutenir sa belle-sœur et pour se réconforter l'une l'autre dans l'épreuve inimaginable qu'elles traversaient.

Les employées de maison étaient absentes : Françoise, la cuisinière, n'avait pas jugé utile d'interrompre ses vacances à Arcachon, et Teresa, la femme de ménage de Florence, ainsi qu'elle le répétait à l'envi à ses copines, ne voulait plus rien avoir à faire avec cette famille. La vérité était que ces femmes simples étaient terrorisées.

Gisèle Germain, la dévouée secrétaire d'Edouard, Madame Maupin, la DRH, et le directeur de la

Fabrication représentaient à eux seuls SERAVER. Le directeur du Marketing récemment engagé pour remplacer Romain, ayant appris par la radio que son nouveau patron venait d'être assassiné et se demandant dans quel enfer il avait mis les pieds, n'avait pas reparu au bureau. De même, les cadres commerciaux qui assistaient aux obsèques précédentes brillaient par leur absence. Incertains quant à leur avenir, et déjà en quête d'une nouvelle situation, ils avaient préféré s'abstenir. Dans le milieu de la Verrerie où tout se sait, de peur d'apparaître comme des "porte-poisse", il valait mieux faire oublier qu'ils sortaient d'une entreprise dont les deux patrons avaient été assassinés à quelques semaines d'intervalle. Les gens sont si superstitieux.

Julien Vigouroux s'étant lui aussi abstenu, le village du Valaubois n'était pas représenté.

Huit personnes, pas davantage. Et cette assemblée réduite faisait un singulier contraste avec l'imposant caveau surmonté d'une stèle de marbre gravée en lettres d'or du nom de ses occupants, et avec le luxe du cercueil qui attendait son tour de les rejoindre.

Car la veuve avait bien fait les choses. En l'absence de l'assistance nombreuse qui accompagne habituellement les gens qui comptent à leur dernière demeure, c'était le moyen qu'elle avait trouvé pour rappeler l'homme d'envergure qu'avait été son époux. Placé à mi-hauteur sur son tréteau d'acier chromé, s'offrait donc à l'admiration des quelques personnes présentes un cercueil d'acajou massif de bonne taille (son occupant dépassait le mètre quatre-vingt), équipé de poignées et de vis dorées à l'or fin, et décoré d'une frise de feuilles artistement sculptée, un remarquable travail d'ébéniste.

Florence s'avança de quelques pas, sortit de sa poche une feuille pliée en quatre et d'une voix haute et claire lut le texte qu'elle avait préparé : "*Adieu, cher Edouard... Isabelle et moi pleurerons à jamais un père et un mari aimant... (...) Notre infortunée famille privée de son chef, c'est moi qui désormais, avec ton souvenir et grâce à ton exemple, m'efforcerai malgré mon chagrin de tenir solidement la barre, en élevant notre fille selon tes principes... (...) A présent, mon cher mari, puisque c'est la volonté de Dieu, je vais continuer seule ma route, jusqu'au moment où nous serons de nouveau ensemble... etc.*"

Prenant la parole à sa suite, au nom de l'entreprise SERAVER toute entière, Gisèle Germain prononça d'une voix vibrante un discours enflammé qu'au contraire de la veuve elle avait pris la peine d'apprendre par cœur : *Adieu à notre bien-aimé patron... Un dirigeant de grand talent, un guide bienveillant pour nous, ses collaborateurs fidèles, inlassablement compréhensif et indulgent à nos erreurs, et dont l'absence va nous laisser tous orphelins... (...) Un homme irremplaçable devenu, j'ose le dire, presque un ami pour moi qui avait le privilège de travailler à ses côtés depuis de nombreuses années...*

"Non mais quel toupet...", chuchota la mère de Florence. – "Laisse, maman. Ça ne fait plus rien, maintenant ", lui répondit sa fille.

Le discours de la secrétaire achevé, on procéda à l'inhumation, non sans mal étant donné le poids de la chose, puis chacun défila devant le caveau une rose à la main pour un dernier adieu au disparu.

La dernière fleur n'avait pas encore atteint son destinataire que surgirent de derrière les arbres quatre policiers qui encerclèrent aussitôt le petit groupe, l'empêchant de se disperser.

Il y eut un branle-bas, des protestations, des cris même, qui troublèrent les cérémonies voisines et firent s'immobiliser une procession endeuillée au milieu d'une allée, laissant son corbillard s'éloigner sans elle.

– Mais qu'est-ce que ça veut dire ? s'indigna le père de Florence. La police à l'enterrement de mon gendre !... Qu'est-ce qui vous prend ? Comment osez-vous venir troubler notre recueillement !...

Le commandant Leprat s'excusa pour la forme puis, assurant qu'on ne les retiendrait pas longtemps, annonça aux personnes rassemblées et dûment gardées par ses collègues, qu'il avait une information importante à leur communiquer et qu'on allait les conduire dans les bureaux de Versailles.

Les appareils photo crépitaient déjà, les caméras ronronnaient. Une brochette de journalistes, restés jusque-là invisibles, dissimulés derrière les stèles ou derrière les troncs d'arbres, venait de faire une turbulente apparition, les plus culottés juchés sur un monument ou debout sur une pierre tombale afin de prendre un peu de hauteur.

L'émotion parvint à son comble. Encadré par les policiers, interpellé bruyamment, parfois bousculé par les reporters, le groupe fut dirigé tant bien que mal vers la sortie et réparti dans trois voitures de police. On promit à ces malheureux embarqués de force – et qui plus est sous les flashs, de sorte qu'ils pouvaient prévoir que ces images infâmantes seraient publiées partout le lendemain – qu'on les raccompagnerait plus tard à leurs propres voitures.

C'est le commandant, informé par le commissaire de Frémonville de la date et du lieu de l'enterrement de la deuxième victime, qui avait eu l'idée de cette espèce de petit coup de filet. Le labo avait fait savoir que ses résultats étaient négatifs, c'est-à-dire qu'il n'avait pas trouvé de concordance entre l'empreinte relevée sur la douille et une empreinte répertoriée dans le fichier central, il ne restait donc plus qu'à faire des relevés systématiques. Leprat avait alors pensé qu'il trouverait forcément réunis au cimetière la famille proche et les cadres de SERAVER (du moins ce qu'il en restait), ce qui éviterait d'envoyer des convocations et permettrait de gagner du temps.

Arrivé au SRPJ, on installa tout ce petit monde dans une salle d'attente. A l'exception d'Isabelle, placée à l'écart sous la garde d'une policière. On n'allait tout de même pas relever les empreintes d'une mineure, d'autant que celle-ci se trouvait en Angleterre, à plusieurs centaines de kilomètres du Valaubois, le jour de l'assassinat de son père.

Puis l'équipe se mit d'accord sur la conduite des opérations. On resterait en liaison avec le labo. Les empreintes digitales scannées seraient aussitôt transmises par ordinateur à l'analyste qui n'aurait qu'à les comparer avec l'empreinte trouvée sur la douille. Tout ça pouvait se faire assez vite. Encore un peu de chance et l'empreinte d'une des sept personnes retenues correspondrait. Leprat, qui n'était pourtant pas pratiquant, s'en remit à Dieu en ébauchant un signe de croix.

Des bruits divers leur parvenaient de la salle d'attente. Un brouhaha d'allées et venues impatientes et de récriminations. "Allez, on y va, ordonna le commandant dès qu'on eut apporté le lecteur d'empreinte. Pas la peine de traîner. Faites les entrer un par un. "

Le père de Florence fut introduit le premier. On prit son nom, son adresse, sa date de naissance, puis il fut poliment prié de placer ses doigts sur la vitre de l'appareil.

– Qu'est-ce que c'est que ce bazar ? fit-il.

– Un lecteur optique d'empreinte, le renseigna un policier.

– Enfin, je ne comprends pas... D'abord vous faites un scandale au cimetière et maintenant vous prenez mes empreintes digitales ? Vous avez vraiment le droit de faire ça ? A quoi ça va vous servir ?

C'était un monsieur impeccable de soixante-seize ans, à la barbe soigneusement taillée, qui faisait un peu penser à un ancien marin ; en fait, il avait tout à fait l'air d'un vieux capitaine de vaisseau. Mais le père de Florence était en réalité un ancien administrateur de l'Education Nationale. Un citoyen irréprochable qui n'aurait jamais imaginé se retrouver un jour dans un bureau de la Police judiciaire. A peine s'il se rappelait être entré une fois ou deux dans un commissariat.

– Ce n'est qu'une formalité. Nous allons les comparer avec une empreinte qui a été relevée dans le garage de votre gendre.

– J'y ai jamais mis les pieds, moi, dans le garage d'Edouard. Qu'est-ce que j'aurais bien pu y faire... Vous nous aviez dit que vous aviez une information à nous communiquer.

– C'est ça, l'information. Nous avons trouvé une empreinte qui est très probablement celle de l'auteur du crime. Et ça représente une avancée notable pour notre enquête. Elle devrait nous permettre de mettre la main sur l'assassin du mari de votre fille.

– Vous me soupçonnez d'avoir tué mon gendre ? s'exclama le vieil homme.

– Non, Monsieur, vous n'êtes pas soupçonné. Il s'agit d'un relevé systématique, une mesure générale pour laquelle nous avons besoin de votre collaboration.

Le père de Florence secoua la tête avec découragement et s'exécuta. L'opération accomplie, au lieu de l'envoyer rejoindre les autres dans la salle d'attente, on le fit passer dans un bureau voisin en le priant de patienter un moment.

Et on fit entrer la personne suivante.

Un quart d'heure plus tard, toutes les empreintes étaient relevées et communiquées au laboratoire. Les policiers retournèrent à leurs occupations en attendant sa réponse. Bien qu'il n'eût pas trop d'espoir, Leprat avait du mal à se concentrer. Il feuilleta machinalement le dossier de l'affaire, alluma une cigarette qu'il alla fumer dans le couloir, se servit un express à la machine à café, puis revint farfouiller dans ses papiers.

Enfin le téléphone sonna. L'analyste était au bout du fil, avec une information d'importance : la comparaison entre les empreintes qui lui avaient été transmises et celle figurant sur la douille faisait apparaître une parfaite concordance avec le pouce de l'empreinte n°4. Il allait l'étudier de plus près, en examiner les détails, les "*minuties*" avec précision, surtout que la douille ne portait qu'une empreinte partielle, mais pour lui il n'y avait aucun doute. Il pouvait d'ores et déjà assurer que c'était la bonne.

La n°4... Les deux premières personnes à passer avaient été le père et la mère de Florence, se rappela le commandant. Et ensuite ç'avait été le tour de leur fille, ou peut-être celui d'Eve Serallier, il n'en était pas sûr...

Il alla vérifier la liste posée près du lecteur optique puis ouvrit grand la porte du bureau voisin où le petit groupe au complet attendait, silencieux. L'agitation du début avait fait place à de l'abattement.

– Mesdames et Messieurs, vous allez pouvoir partir. On va vous raccompagner à vos voitures. Nous vous remercions de votre coopération.

Florence bondit aussitôt sur ses pieds :

– Ma fille ! cria-t-elle. Où est ma fille ?

La voix du commandant se fit plus sévère :

– Votre fille va être confiée à ses grands-parents. Vous, Madame, vous restez ici.

Les parents de Florence qui gagnaient tranquillement la sortie firent volte-face, portant alternativement un regard incrédule sur leur fille et sur le policier. Leprat se souviendrait longtemps de leurs visages effarés.

*

Ramenée dans le bureau du commandant, assise sur une petite chaise au milieu de trois flics, dont une policière à l'expression rébarbative, situation déstabilisante pour la plupart des gens, Florence Serallier attaqua la première avec aplomb :

– Alors, mon père me dit que vous avez trouvé une empreinte dans mon garage ?

Le commandant s'abstint de répondre, prenant le temps de jauger la personne qu'il avait devant lui, se demandant quelle paire, quel couple il allait former avec cette femme énergique et sûre d'elle dans les jours à venir, et pour combien de temps, et ce qu'elle avait à lui apprendre...

– Je ne serais pas étonnée que ce soit l'une des miennes, continua-t-elle avec un sourire.

Intelligente, mais son sourire avait quelque chose de forcé.

– C'est le cas, confirma Leprat.

– Une empreinte à moi dans mon garage ? Dans le garage de *ma* maison ? Comme c'est étonnant... – Et son sourire moqueur s'accentua.

Elle nous prend pour des imbéciles, se dit Leprat. Parfait, c'est un bon début. Il vaut toujours mieux être sous-estimé par l'adversaire.

– Racontez-moi ce que vous avez fait la veille de l'assassinat de votre mari.

Florence s'agita un peu sur sa chaise.

– Qu'est-ce que vous voulez que je vous dise ? C'était dimanche, mon mari n'est pas allé à l'usine.

– Vous avez fait quelque chose de spécial ? Vous êtes sortis ? Vous avez rencontré des gens ?

– Non. Edouard était fatigué, et moi je commençais à préparer mon départ en Bretagne. Je devais partir le surlendemain.

– Comment s'est passée votre journée ?

– Normalement. Edouard a travaillé un peu le matin, puis nous avons déjeuné. L'après-midi, il est monté faire une sieste et moi je me suis occupée des affaires que je voulais emporter. Je n'ai pas pu prendre de bain de soleil parce qu'il pleuvait à verse. Le soir, nous sommes allés nous coucher et mon mari est venu me retrouver dans ma chambre.

– Soyez plus précise.

– Eh bien, comme chaque matin, j'ai d'abord fait ma gym...

– Ensuite ?

– J'ai fait ma toilette et je suis descendue dans la cuisine préparer le déjeuner. Françoise, ma cuisinière, était en vacances. Mais de toute façon le dimanche est son jour de congé, c'est moi qui prépare les repas.

– Qu'est-ce que vous avez fait pour le déjeuner, ce dimanche-là ?

– Une salade niçoise et des côtelettes d'agneau.

– C'est tout ?

– Oui, Edouard essayait de perdre un peu de poids. Françoise et moi nous lui préparions des repas équilibrés mais légers. Après le déjeuner, il est directement monté se reposer. Et moi, j'ai rangé la cuisine et je suis allée lire dans le salon pendant une petite heure.

– Qu'est-ce que vous avez lu ?

– Un gros bouquin de Stephen King. Je ne l'ai pas encore fini. Ce n'est pas de la grande littérature mais c'est quand même très intéressant. "*Misery*". C'est l'histoire d'une dame qui séquestre un écrivain pour l'obliger à écrire ce qu'elle veut. Vous l'avez lu ?

– Je n'ai pas le temps de lire des romans, répondit froidement le commandant. Qu'est-ce que vous avez fait après votre lecture ?

– Eh bien, comme je vous l'ai dit, je me suis occupée des vêtements que je voulais emporter en voyage. J'ai repassé un chemisier et j'ai fait un peu de couture, j'ai repris un ourlet décousu.

– Et après ?

– Je suis redescendue faire le dîner. – C'est très routinier la vie d'une femme au foyer, commenta Florence d'une petite voix ironique.

Le capitaine Elodie Lanneret sauta sur l'occasion :

– Vous n'étiez pas satisfaite de votre vie ?

– Oh si, dans l'ensemble, ça pouvait aller. Je l'aurais préférée plus animée, moins... monotone. Mais bon, objectivement, je n'avais pas à me plaindre.

– Qu'est-ce que vous avez cuisiné pour votre dîner ? demanda le commandant.

– Un gratin de queues d'écrevisses. Enfin, cuisiner... C'est Françoise qui fait les gratins d'avance, ils attendent dans le congélateur. Je n'ai eu qu'à mettre mes écrevisses au four. Pour les accompagner, Edouard a ouvert une bouteille de Château-Climens 2005, un excellent Barsac.

– Vous aviez quelque chose à fêter ?

– Non, c'était dimanche, c'est tout. Mais Edouard s'y connaissait en bordeaux, et en bonnes bouteilles en général parce que son grand-père était de la partie, il était négociant en vin à Paris, boulevard Voltaire. Une belle affaire qu'il avait créée après la guerre et qu'il avait bien développée.

– Après le repas, qu'est-ce que vous avez fait ?

– On a regardé un film, je crois. Un truc à la télévision.

– Quel film ?

Florence émit un soupir significatif, elle commençait à se lasser :

– Je ne sais plus.

– C'est embêtant, dit le capitaine Lanneret. Parce que, justement, je voulais vous demander de nous le raconter, ce film. Moi aussi je m'intéresse au cinéma.

– C'était un de leurs films du dimanche soir. Vous le retrouverez facilement sur le programme.

– Ça ne nous dira pas que vous l'avez regardé ce dimanche-là, le dimanche de la veille du crime.

– Bah, répliqua Florence, c'était sûrement une rediffusion, un film que j'avais déjà vu plusieurs fois. Si je me rappelais le titre, je pourrais vous le raconter, que je l'aie regardé la veille du crime ou pas... Attendez, ça me revient, c'était une comédie avec Sophie Marceau et Vincent Lindon... Une fille qu'il rencontre aux sports d'hiver et qui prépare l'agrégation...

– *L'Etudiante*, proposa Lanneret.

– C'est ça.

– Bon. On vérifiera.

– Vous êtes restés jusqu'à la fin ? demanda Leprat.

– Oui, puis on est allés se coucher. Mon mari a voulu dormir chez moi et nous avons fait l'amour.

– Ça vous arrivait souvent ?

– Quoi ?

– De faire l'amour.

– Comme un couple marié depuis quinze ans.

– C'est-à-dire ?

– Je ne sais pas au juste. Deux ou trois fois par mois. Parfois, il venait dormir avec moi juste pour dormir.

– Vous vous entendiez bien avec lui ?

– Ça dépendait des moments. Comme tous les couples.

– Ces derniers temps, vous vous entendiez bien ? intervint le lieutenant Guépin, qui n'avait encore rien dit. C'était le policier à la mâchoire carrée et à la stature impressionnante, le costaud qui devait assister le commandant pour l'interrogatoire approfondi d'Edouard – celui qui n'avait jamais eu lieu – mais qui était là aujourd'hui pour celui de sa femme.

– Ça pouvait aller. En semaine, je le voyais très peu, à cause de tout ce boulot qu'il avait depuis la mort de son frère.

– Vous avez rencontré votre mari comment ?

– Dans l'usine de parfumerie où je travaillais, près de Corbeil. Je venais d'arriver au Service Marketing, ça faisait à peine six mois que j'étais là. Je sortais de l'école, j'ai fait HEC, c'était ma première entreprise. Et voilà que notre plus gros fournisseur (SERAVER était en charge de tout notre flaconnage) m'invite à dîner. C'était flatteur, pour moi. Et il était très séduisant, Edouard. Au début de la trentaine, plutôt bel homme et en pleine forme physiquement. Enfin, vous voyez, un homme fort, à la tête d'une entreprise de plusieurs centaines de personnes, très persuasif... c'était difficile de lui résister. On est sortis trois mois ensemble, puis il m'a demandé de l'épouser. En fait, je suis arrivée juste au moment où il pensait à fonder une famille. Isabelle est née un an plus tard.

– Du coup, vous avez quitté votre travail ? dit Lanneret.

– Je l'avais déjà quitté. J'ai démissionné un mois avant mon mariage.

– Elle n'a pas été bien longue, votre carrière professionnelle.

– Edouard ne voulait pas que je la poursuive.

– Après la naissance de votre fille, vous avez pensé à reprendre une activité ?

– Oui, quand Isabelle est entrée à la Maternelle. Avec un diplôme d'HEC, je n'aurais pas eu de mal à retrouver une situation. Surtout qu'Edouard connaissait beaucoup de monde, il aurait pu m'aider. S'il l'avait voulu. Seulement, il s'est opposé à mon projet ; il n'était pas question que sa femme, la femme d'Edouard Serallier, travaille.

– Vous lui en aviez gardé rancune ?

– Euh... non. Pas vraiment. C'est plutôt un regret.

– Mais maintenant, vous êtes libre, vous allez pouvoir reprendre une activité.

– Maintenant, j'ai trente-huit ans. Ce ne sera pas aussi facile.

– Il n'avait pas l'air commode, votre époux, remarqua Leprat. Dans son entreprise, il passait pour un patron excessivement autoritaire. Plusieurs de ses collaborateurs s'en sont plaints.

– Qui ? Pas sa secrétaire, en tout cas, pas Gisèle Germain ! Elle était à genoux devant lui.

– Non, mais par exemple Mademoiselle Besnier, la secrétaire de votre beau-frère. D'après elle, Edouard exigeait trop de ses employés, et il pouvait se montrer despotique.

– Des ragots de secrétaire licenciée...

– Vous étiez au courant des affaires de l'usine ?

– Pas plus que ça. Il arrivait à Edouard de m'en dire un mot. Je savais qu'ils avaient dû se séparer d'elle parce que le nouveau directeur qui remplaçait Romain prenait son poste avec sa propre assistante. On ne peut pas ajouter foi aux paroles de Mademoiselle Besnier.

– Pourtant d'autres employés que nous avons entendus ont confirmé ses dires. Ils décrivent votre mari comme un patron strict, intransigeant, souvent cassant dans sa façon de s'adresser à eux. Un homme qui ne supportait pas la contradiction.

– Tous ces gens, on ne les retenait pas de force, hein ? S'ils étaient là, c'est qu'ils le voulaient bien. On leur demandait peut-être beaucoup, je n'en sais rien, mais ce que je sais c'est qu'ils étaient très bien payés. D'accord, mon mari avait son caractère, mais il pouvait aussi se montrer aimable, amical quand il le voulait. Et puis moi, j'étais sa femme. Il ne se comportait pas avec moi comme avec ses employés. J'ai toujours su me faire respecter.

– Pendant les périodes où ça marchait moins bien entre vous, comment ça se passait ?

– Et bien on se disputait, comme tout le monde.

– A quel sujet ?

– Ça dépendait. Souvent pour pas grand-chose. Vous le savez bien, commandant, quand des conjoints s'énervent, qu'ils sont mécontents l'un de l'autre, ils s'engueulent à propos de tout et de rien.

– Elles allaient jusqu'où, ces disputes ? Votre mari vous frappait ?

Florence eut un petit rire sarcastique :

– Ha, ha, sûrement pas ! Je suis tout à fait capable de me défendre.

– Vous voulez dire physiquement ? Vous m'avez dit que vous faisiez du sport. Vous pratiquez un sport de combat ?

– Non, commandant, ça n'allait pas jusque-là, quand même pas... Si vous voulez tout savoir, Edouard m'a frappée une fois, une seule fois, au début de notre mariage. Mais il n'a jamais recommencé, vous pouvez me croire.

– C'était pourquoi ?

– Une bêtise. J'avais acheté sans lui en parler un canapé anglais, un beau Chesterfield de cuir havane. Quand il est rentré le soir, il l'a trouvé en bonne place dans le salon, à la place de l'ancien canapé qui ne me plaisait pas. Je ne m'y attendais pas du tout, moi j'avais cru lui faire une surprise, mais ça l'a mis dans une colère épouvantable. Nous avons eu une belle engueulade, notre première aussi violente. A un moment, j'ai dû l'envoyer sur les roses et il m'a balancé une gifle phénoménale... Pas symbolique, une vraie gifle, un coup de battoir qui m'a laissé un bleu sur la pommette pendant plusieurs jours.

– Il avait bu ?

– Pas plus que d'habitude. Il avait peut-être pris un verre ou deux avec des gens en sortant du bureau. Il arrivait à Edouard de boire un peu trop, en certaines circonstances, mais il n'était pas alcoolique.

– Ensuite, qu'est-ce que vous avez fait ?

– Je suis partie m'enfermer dans la chambre, et le lendemain, pendant qu'il était au bureau, je suis rentrée tout droit chez mes parents, à Louveciennes, avec mon bébé. J'y suis restée presque une semaine. Ce n'était pas une tactique de ma part, à ce moment-là j'avais vraiment l'intention de le quitter. Parce que sa réaction, la brutalité de sa gifle et cette colère totalement disproportionnée pour une histoire de canapé m'avait laissé un sentiment bizarre. J'avais l'impression que ce n'était pas le meuble lui-même qui l'avait mis hors de lui, mais plutôt que j'aie pris une initiative concernant l'aménagement de notre intérieur sans lui en parler. J'avais osé agir sans le consulter, c'était comme un défi à son autorité. Et plus tard je lui ai découvert un côté maniaque. Il avait des idées très précises sur la façon de décorer notre intérieur, qui lui venaient de son éducation, de sa mère, du cadre dans lequel il avait été élevé. Et puis nous recevions beaucoup ; son appartement, c'était un peu sa "vitrine", l'image qu'il voulait donner de sa réussite. D'ailleurs, Edouard ne manquait pas de goût, même si l'ensemble pouvait paraître un peu clinquant, un peu trop riche.

– Vous avez dit "*son*" appartement. Vous étiez mariés sous quel régime ?

– La séparation des biens. Nous avions fait un contrat de mariage. On vient d'ouvrir son testament. Isabelle est sa seule héritière. Elle hérite de ses parts de

SERAVER, ce qui n'est pas rien, ça représente plusieurs millions d'euros, et bien entendu de la maison avec à peu près tout ce qu'elle contient. Mais, après ce qui s'est passé, le Valaubois est devenu le village maudit, personne n'aura envie de venir s'y installer avant longtemps. La maison ne vaut plus grand-chose et nous aurons du mal à la vendre.

— Vous n'allez pas continuer à l'habiter ?

— Evidemment non. Ce serait trop dur pour ma fille. Elle ne peut pas vivre dans la maison où son père a été assassiné.

— Et l'entreprise, qu'allez-vous en faire ?

— Elle va être vendue, elle aussi. Eve ne s'y oppose pas. D'ailleurs, nous avons déjà reçu une proposition.

— De qui ?

— De Saint-Gobain, un très important groupe verrier. Ils ont une filiale "Conditionnement". Ce qui reviendra à ma fille du produit de la vente ira sur un compte à son nom jusqu'à sa majorité. Une partie des intérêts me sera versée pour son éducation, selon des modalités détaillées dans le testament de son père.

— Mais à vous personnellement, votre mari ne vous a rien légué ?

— Rien du tout. Enfin, des babioles. Je conserve mes objets personnels, ma garde-robe, mes bijoux...

— Votre propriété familiale dans le Var, le mas près de Draguignan où vous vous apprêtiez à passer vos vacances, revient également à Isabelle ?

— Oh, "propriété" est un bien grand mot. En fait, ce n'est qu'un tout petit mas, d'à peine plus d'un hectare, plutôt une maison de campagne... Non, le mas provençal m'appartient, il me vient de ma grand-mère paternelle.

— Edouard avait quand même pris une assurance-vie en votre faveur ?

– Ça oui. Il m'interdisait de travailler, c'était logique.

– Qui s'élève à combien ?

– Un million et demi, annonça Florence.

Et le commandant se dit que même en l'absence d'héritage un million et demi d'euros constituait un mobile suffisant pour se débarrasser d'un mari.

– Bref, pendant que j'étais à Louveciennes, Edouard me téléphonait trois fois par jour, mais j'ai tenu bon. Finalement, il est arrivé sans prévenir avec un gros bouquet de fleurs. Mes parents étaient là. J'aime mieux vous dire que ça n'avait pas plu à papa de voir un bleu sur la joue de sa fille. Nous avons tenu un semblant de conseil de famille autour de la table de la salle à manger. Je lui ai déclaré très solennellement que s'il recommençait, s'il se permettait à l'avenir de toucher un cheveu de ma tête, je porterais plainte et je partirais avec notre enfant définitivement. Ça a fait de l'effet. Des disputes, nous en avons eu par la suite et des sérieuses, mais je peux vous assurer qu'il n'a plus jamais osé me frapper. Au fond, Edouard était un homme qui se contrôlait très bien, même ses colères étaient calculées.

– C'est l'opinion que vous aviez de votre mari, vous le jugiez calculateur ?

– Oui, acquiesça Florence. Puis comme si elle sentait qu'elle en avait trop dit, elle recula : – Euh... rationnel, plutôt. Edouard était un esprit rationnel.

– Vous êtes en bonne santé, Madame Serallier ? l'interrogea soudain le commandant.

– Mais oui. Quelle question !

– Vous ne souffrez pas d'une maladie, par exemple d'une pathologie cardiaque qui vous obligerait à vous ménager, à vivre au ralenti ?

– Non. Je suis en excellente forme, merci.

– Alors pourquoi avez-vous mis votre fille en pension ? Vous êtes sans profession, vous aviez tout le temps de vous occuper d'elle...

Pour la première fois, une ombre d'inquiétude passa sur le visage de Florence :

– C'est Isabelle elle-même qui me l'a demandé. C'était en revenant des sports d'hiver. Elle s'était fait une copine à son cours de ski. L'autre petite fille était pensionnaire aux Roches et elles en avaient parlé entre elles.

– Isabelle avait quel âge ?

– Onze ans. Elle est entrée à l'école des Roches, en sixième, au début du secondaire.

– Une enfant si jeune qui demande à quitter ses parents, ça ne vous a pas semblé bizarre ?

– Les petites s'étaient prises d'amitié. Elles ne voulaient pas être séparées après les vacances.

– Et vous, vous avez obéi, vous avez fait ce que votre fille de onze ans désirait ?

Florence resta coite, de plus en plus embarrassée.

– Ce n'était pas plutôt pour la soustraire à votre mésentente avec votre mari ? tenta de l'aider Leprat. Pour la mettre à l'abri de vos disputes... peut-être de vos bagarres ?

– Mais non.

– Alors c'était pourquoi ?

– Pour ce que je vous ai dit... Et puis je n'étais pas fâchée d'éloigner Isabelle de son père.

– Ah ? Pour quelle raison ?

– Eh bien, c'est difficile à concevoir, mais Edouard lui faisait peur.

– Son père lui faisait peur ? Qu'est-ce que je dois comprendre ? Il lui tenait des propos inconvenants, se permettait des gestes déplacés ? Vous vous inquiétiez pour elle et c'est pour ça que vous l'avez mise en pension. Pour la soustraire à des allusions douteuses, peut-être même à des attouchements ?

– Mais non voyons, il ne s'agit pas de ça ! Je ne l'aurais pas permis une seule seconde.

– C'était quoi alors ?

– Edouard était trop dur avec elle. Et puis tout d'un coup trop gentil, charmeur, presque enjôleur. Une attitude anormale avec une petite fille et qui me mettait mal à l'aise. En fait, il la soumettait à une douche écossaise permanente. C'est terrible à dire mais j'avais le sentiment que mon mari jouait avec sa fille, qu'il la manipulait. Il la déstabilisait sciemment. C'était sa chose, elle lui appartenait, il pensait avoir tous les droits sur elle. Et moi je me rendais bien compte qu'Isabelle en souffrait, elle ne se comportait pas comme une petite fille heureuse, épanouie. Au moins, aux Roches, elle était à l'abri la plus grande partie de la semaine.

– C'est grave, ce que vous nous racontez là, observa le capitaine Lanneret. Vous deviez en vouloir beaucoup à votre mari de son attitude envers votre fille.

– Où elle est, ma fille ? s'enquit Florence sans répondre. Qu'est-ce que vous en avez fait ?

– Elle est repartie avec vos parents.

– Je voudrais aller les retrouver, maintenant. Je suis fatiguée. Je ne sais pas ce que je fais là.

Et à la voir si posée, si cohérente, on aurait pu se le demander en effet. On en oubliait presque pour quel motif on l'avait retenue. Les trois policiers échangèrent un regard perplexe, et, sur un petit signe du commandant, décidèrent de changer de tactique.

Mais Florence avait dû sentir un flottement :

– Je veux m'en aller, répéta-t-elle en amorçant le geste de se lever. Je n'ai rien à faire ici.

– Pas si vite, l'arrêta le lieutenant Guépin. Rasseyez-vous. Nous n'en avons pas fini avec vous.

– Qu'est-ce que ça veut dire, "pas fini avec moi" ? s'insurgea Florence. Vous ne me soupçonnez quand même pas d'avoir assassiné mon mari ?

– Vous l'avez fait ? C'est vous qui avez tiré sur lui ?

– Certainement pas. Vous dites n'importe quoi.

– Et bien moi, vous voyez, je suis sûr que c'est vous. Et je vais vous dire comment ça s'est passé. C'est pas compliqué. Ce matin-là, le lundi, le lendemain de votre dimanche pépère, vous avez interrompu votre séance de gym, vous avez laissé la musique très fort pour que la femme de ménage qui travaillait à l'étage ne vous entende pas, puis vous êtes sortie en douce et vous êtes descendue dans la cuisine. Une fois là, vous avez fait semblant de vous occuper en attendant que votre mari quitte son bureau et traverse la pièce pour se rendre au garage. L'instant d'après vous l'avez rattrapé et, alors qu'il était déjà dans sa voiture et s'apprêtait à partir, vous vous êtes approchée de lui en prétendant que vous aviez oublié de lui dire quelque chose et vous l'avez tué par derrière d'une balle dans la nuque. Une exécution bien propre, sans bavure. Après quoi vous êtes tranquillement remontée continuer votre gym.

– Vous ne manquez pas d'imagination, riposta Florence, vous devriez écrire des romans. – Mais il y avait de l'aigreur dans sa voix et son joli teint hâlé avait viré au gris.

Conciliante, Lanneret lui tendit une perche :

– Vous avez tué votre mari, Madame Serallier, parce qu'il vous menait la vie dure, à vous et à votre fille, parce que vous n'en pouviez plus, et parce qu'il vous trompait. Ça peut se comprendre. N'importe quel jury le comprendrait.

– Oh, les infidélités d'Edouard, je m'en fichais pas mal, ricana Florence. Elles n'avaient pas d'importance pour lui. Ce n'était pas un sensuel, mon mari, les choses du sexe ne l'intéressaient pas vraiment, je suis bien placée pour le savoir. Edouard était un partenaire très expéditif. Ce qui l'intéressait surtout, c'était la domination, la victoire.

– Toutes les jeunes femmes de son bureau y passaient, c'était de notoriété publique.

– Justement, il y avait longtemps que j'étais au courant. Et ça m'était bien égal.

– Votre époux s'en prenait même aux femmes de votre famille, même à votre belle-sœur. Nous en avons la preuve. Nous pouvons vous montrer un film pris chez vous par une caméra de surveillance, dans votre propre maison, le jour même de l'anniversaire de son frère... Il ne respectait rien ni personne, Edouard. Il vous humiliait.

– Vous ne m'apprenez rien. Je m'étais aperçue depuis longtemps de son manège avec Eve. Mais elle ne voulait pas de lui, j'en étais certaine. C'était facile à deviner, rien qu'à le voir s'agiter, tournailler autour d'elle. S'il avait pu l'avoir, il s'en serait aussitôt désintéressé. Non, mais est-ce que vous me croyez assez bête pour ignorer ce qui se passe chez moi ?

– Alors, fit le lieutenant Guépin, reprenant la main, l'air finaud, si ça vous était tellement égal, c'est pas parce que vous aussi vous vous autorisiez des libertés, parce que vous aussi vous aviez des amants ?

– Mais je ne vous permets pas !

– Vous avez un amant, Madame Serallier ? gueula-t-il.

– Ça ne vous regarde pas.

– Et comment que ça nous regarde ! Moi, je crois que vous en avez un, un amant bien serviable, et que vous vous êtes arrangée avec lui pour vous débarrasser de votre mari !

– Vous déraisonnez ! Allez, ça suffit, j'en ai assez entendu. Tout ça commence à bien faire. Vous n'avez aucun droit de me retenir. Je veux rentrer chez moi. – Et une fois encore Florence attrapa son sac et se leva pour partir.

– Ne bougez pas, lui ordonna le commandant. A partir de maintenant, Madame Serallier, vous êtes en garde-à-vue.

Elle sursauta :

– Qu'est-ce que vous dites ? Et pour quelle raison ? Parce que je suis l'épouse de la victime et parce que vous avez trouvé une empreinte à moi dans *mon* garage ? C'est complètement ridicule... Mais qu'est-ce qui se passe, à la fin, qu'est-ce que vous me voulez, qu'est-ce que vous avez tous après moi !...

Ménageant son effet, Leprat la laissa protester, s'énerver.

– Nous avons bien trouvé votre empreinte dans votre garage, l'informa-t-il enfin avec fermeté, mais c'est sur la *douille* de la balle qui a tué votre époux que nous l'avons trouvée !

Florence vit immédiatement ce que ça signifiait. Ses yeux se remplirent d'étonnement et d'effroi. Une fraction de seconde, ils roulèrent de droite à gauche, cherchant la sortie.

– C'est impossible... balbutia-t-elle. Vous bluffez.

Mais le commandant avait ce qu'il voulait. Son objectif était atteint. Tout ce qui avait précédé, la première partie de l'interrogatoire, les questions des policiers d'abord douces puis agressives n'avaient servi qu'à faire diversion, à fatiguer le témoin, pour finir par lui asséner la preuve qu'ils détenaient par surprise et observer sa réaction. Et la réaction de Florence était claire. Le commandant Leprat avait maintenant la conviction que Madame Serallier avait assassiné son époux.

Il sortit du bureau, entraînant à sa suite le capitaine Lanneret.

– C'est elle, dit-il, ça ne fait plus de doute. C'est elle qui a tué Edouard. Je vous la laisse, continuez sans moi un moment et tâchez de la faire avouer. Mettez le paquet s'il le faut. Mais, à mon avis, ça ne devrait pas être trop difficile. Florence Serallier est mauvaise comédienne et c'est une criminelle amateur. Elle ne devrait pas tarder à craquer. En attendant, j'ai la dalle, je descends à la brasserie d'en bas manger quelque chose. Je vous fais monter des bières et des sandwiches.

Au premier tournant de l'escalier, il tomba sur Thomas Cassin, son stagiaire du mois précédent, bronzé et souriant.

– Qu'est-ce que tu fous là, toi ? dit Leprat.

– Bonjour commandant. Justement, je venais vous voir.

– Je te croyais en vacances. Qu'est-ce que tu veux ?
– Leprat avait déjà repris sa descente.

– C'est pour mon rapport de stage, dit Thomas en dévalant l'escalier derrière lui. J'aurais besoin d'un conseil.

– Pas le temps. On est très occupés.

– Ça, je m'en doute. Il y en aura pas pour longtemps.

– Je vais manger un morceau, là. Tu peux m'accompagner, si tu veux. T'as déjeuné ?

– Oui, commandant. Il est trois heures et demie.

– Ah, c'est vrai. Alors je t'offre un café. Mais fais-la courte, hein. J'ai vraiment autre chose en tête en ce moment.

La brasserie se trouvait à deux pas ; en fait, c'était plus ou moins la cantine du SRPJ, une grande partie des membres du service y déjeunaient plusieurs fois par semaine. Leprat se dirigea vers sa place habituelle, la table du fond à l'angle de la vitre, d'où il avait vue sur l'ensemble de la brasserie et sur la rue. Voyant le policier pénétrer dans la salle de restaurant déserte, le serveur se précipita.

– Des spaghettis bolognaise et une salade verte, lui commanda Leprat. Avec un verre de Côtes-du-Rhône et un café. – Il se cala confortablement sur la banquette rembourrée, content de pouvoir souffler un peu : Alors, mon petit Thomas, comment ça va ? T'as passé de bonnes vacances ?

– Oui, commandant. J'étais à Vallouise avec des potes, dans le massif des Ecrins.

– Tu fais de l'alpinisme ?

– Pas vraiment. On a surtout fait de l'escalade et après on a grimpé jusqu'au refuge du Glacier Blanc, à 2500 mètres. C'est pas de la haute montagne, mais c'était quand même chouette, je peux vous dire qu'on s'en est payé.

– Tant mieux, en tout cas t'as bonne mine. Allez, dis-moi ce qui t'amène. Qu'est-ce que c'est ton problème ?

– Et bien, commandant, j'ai commencé à rédiger mon rapport de stage et j'en suis pas très content, voilà. Je me demandais si vous accepteriez d'y jeter un coup d'œil.

– Tu tombes mal. J'ai pas l'esprit à ça et j'aurai pas le temps de le lire. T'as qu'à m'en parler, si tu veux. Tu me dis ce qui te gêne.

– Et bien dans mon rapport, je raconte l'enquête du Valaubois, forcément, hein, puisque c'est là-dessus que j'ai travaillé. Mais comme l'enquête n'est pas terminée, ça fait que mon histoire reste en suspens... C'est ça qu'est gênant, on a une impression de pas fini.

– Mais c'est souvent le cas. C'est la réalité. Dans nos enquêtes, quand on n'arrive pas à trouver le coupable, ça nous laisse une impression de pas fini. Avec un sentiment de frustration.

– Oui, mais pour mon rapport, j'aurais préféré une enquête bouclée. Une enquête où on aurait identifié le coupable. Ça ferait une histoire plus cohérente, plus, euh... élégante. Il y aurait une conclusion logique.

– Alors parce que, toi, tu voudrais que les enquêtes de police soient "élégantes" ? s'amusa le commandant.

– Oui. Et puis, après mon stage, j'ai continué à suivre l'affaire dans les journaux, et quand j'étais à la montagne, j'ai appris qu'il y avait eu un deuxième crime, un deuxième assassinat au Valaubois, tout pareil au premier. Du coup, ce que j'avais rédigé n'avait plus de sens, parce que l'affaire prenait un tour complètement différent. J'y ai pas mal pensé pendant mes vacances, quand on marche on a le temps de réfléchir.

– Qu'est-ce que tu veux, au juste ?

– Et bien je crois que mon rapport serait bien plus intéressant si l'affaire était résolue, et si c'est pas possible, si on trouve pas le coupable, il faudrait que je puisse au moins parler du second crime, que mon récit soit plus proche de la réalité de l'enquête, plus "à jour", si vous voulez. Sans ça, c'est un peu comme si je m'étais arrêté au milieu du film.

– En somme, c'est pas un conseil que tu veux. Ce que tu veux, c'est revenir dans le service et continuer à suivre l'enquête. T'es un petit malin, toi.

– Elle est quand même bizarre cette affaire, répondit prudemment Thomas. C'est difficile de ne pas s'y intéresser.

Leprat considéra un instant le stagiaire. Il savait que c'était un garçon sérieux et bosseur, qui promettait de devenir un élément de valeur pour la PJ. Et après tout ce n'était plus un gamin.

– C'était ta dernière année à l'Ecole de Police, je crois ? Tu vas bientôt faire partie de la maison. T'es presque un vrai flic, maintenant.

– Oui, commandant, confirma Thomas avec enthousiasme.

– Alors, si tu me donnes ta parole de garder ce que je vais te dire pour toi, je vais t'apprendre quelque chose pour ton rapport. La presse n'en a pas encore été informée ; si ça lui venait aux oreilles, ça risquerait d'entraver l'enquête, tu comprends. Tu dois le rendre quand, ce rapport ?

– Début septembre.

– Alors ne le sors pas de chez toi et n'en parle à personne avant.

– Vous pouvez compter sur moi, commandant ! Vous avez ma parole.

– Jusqu'ici, il n'y a pas eu de fuites. Si on commençait à en parler dans les journaux, je saurais tout de suite que l'info vient de toi. Ça te ferait pas un bon début dans la Police.

– Ça risque pas, commandant.

– Bien. Alors voilà : nous savons de façon certaine que c'est la même arme qui a tué les deux frères, et nous avons toutes les raisons de penser que c'est Florence qui a assassiné son mari.

– Sans blague ? Madame Serallier ? Celle que j'ai vue le jour du premier crime dans la maison de la victime ?

– Tu te souviens d'elle ?

– La belle-sœur. Une femme canon, plutôt baraquée, l'allure sportive ?

– Florence Serallier n'est pas seulement sportive. Elle a fait une grande école, c'est une personne qui a de la tête.

– Ça, j'en reviens pas, commandant. Elle avait pourtant l'air d'une femme bien... Mais alors, s'il n'y a eu qu'une seule arme, ça voudrait dire qu'elle aurait aussi assassiné le frangin ?

– Logiquement, oui. Et avec toutes ces similitudes dans les deux exécutions...

– Mais pourquoi elle aurait fait ça ? Pourquoi les deux frères ?

– Pour égarer la police, proposa Leprat.

– Possible, convint Thomas. Mais il objecta : D'un autre côté, ça pourrait être la même arme et pas le même tueur.

– C'est marrant, t'es la deuxième personne qui me dit ça. Et c'est ce que je commence à penser, moi aussi. Florence Serallier m'a toujours fait l'effet d'une femme équilibrée. Je ne la vois pas concevoir et mettre à exécution toute cette mise en scène macabre, un vrai scénario de film d'horreur, assassiner deux hommes juste pour se débarrasser de son mari. Mais bon, on ne sait jamais. On peut toujours avoir des surprises.

– Ah, commandant, s'écria Thomas en forçant un peu son attention passionnée, si vous étiez d'accord, j'aimerais continuer à travailler sur l'enquête avec vous, comme le mois dernier. Il n'y aurait pas moyen d'arranger ça ? Je ne pourrais pas avoir une prolongation de stage ?

– Une prolongation de stage, n'y compte pas, mon petit gars ; à ma connaissance, ça s'est jamais fait. Mais rien ne t'empêche de venir nous dire un petit bonjour dans le service de temps en temps.

Le visage de Thomas s'illumina :

– Ah oui, compris ! Merci, commandant.

– Et puis, le taquina Leprat, n'oublie pas, tu as ton rapport à finir, tu vas sûrement avoir besoin de conseils.

*

Florence fut plus longue à "craquer" que les policiers ne l'imaginaient. Ce premier jour, ils avaient poursuivi leur interrogatoire jusqu'à une heure avancée, en se relayant. Florence avait refusé l'avocat qu'ils lui proposaient, déclarant qu'elle n'en avait pas besoin. Et rien que ça, c'était déjà suspect, car on ne pouvait pas soupçonner une femme de cette classe d'être naïve, il ne pouvait s'agir de la naïveté d'un témoin soupçonné par erreur et qui se figure qu'il n'a pas besoin d'un avocat parce qu'il est innocent. Pour les policiers, c'était clair : Florence ne voulait pas d'avocat parce qu'elle savait qu'elle lui aurait menti et que ça n'aurait fait que compliquer les choses. Elle entendait décider seule de ce qu'elle avait à faire.

Convaincus qu'ils tenaient leur coupable, ils l'avaient bombardée de questions sans discontinuer, soufflant le chaud et le froid, alternant douceur et brutalité, hélas sans résultat. Elle avait maintenu qu'ils bluffaient, qu'il était impossible de trouver une empreinte sur une douille, que la chaleur du coup de feu les effaçait. "Vous connaissez les armes ?" s'était alors écriée Lanneret, croyant la coincer. Florence avait répliqué que, comme elle le leur avait déjà dit le jour où ils étaient venus fouiner chez elle, elle avait fait partie pendant quelques années d'une société de chasse, ce qui l'avait conduite à prendre quelques leçons au stand de tir. Puis, quand les policiers lui avaient mis sous le nez le rapport du laboratoire balistique, elle avait continué à nier l'évidence, soutenant que les analystes s'étaient trompés, que le fragment d'empreinte qu'ils avaient décelé ne pouvait pas lui appartenir.

A minuit, découragés, épuisés par dix heures d'interrogatoire, les policiers avaient expédié leur témoin en cellule de garde à vue. Florence y avait passé les pires heures de son existence. Cette pièce exiguë étant privée de bat-flanc, elle avait dû s'étendre à même le sol, sous une couverture malpropre et malodorante, sans même un semblant d'oreiller, épiée par une caméra et dans la lumière d'un projecteur braqué sur elle la nuit durant. Dans cette situation dégradante, incommodée par les blagues stupides et les gros rires des gardes qui luttaient contre le sommeil dans la pièce à côté (et, à les entendre vociférer, pas uniquement avec des cafés forts), elle n'avait pas pu fermer l'œil.

Au matin, après lui avoir apporté un breuvage insipide, on l'avait réintroduite dans le bureau du commandant et les policiers avaient recommencé à la questionner. Mais là, alors que, bien reposés pour leur part, ils s'apprêtaient à mener un nouvel interrogatoire-marathon, leur enquête avait pris un tournant décisif.

Moins d'une heure après le retour de Florence sur le gril, prêchant le faux pour savoir le vrai selon une technique policière éprouvée, Leprat lui avait présenté un scénario lourdement accusateur : c'était elle, plus personne n'en doutait, qui avait tué son mari, mais elle avait d'abord fait assassiner Romain pour faire croire à un crime de fou, à un tueur en série, ou peut-être à une espèce de complot maffieux fomenté par un concurrent pour mettre la société SERAVER en difficulté et la racheter à bas prix. Il s'agissait simplement d'accréditer l'idée d'un tueur étranger à la famille.

C'était bien joué, car Florence prit peur. Sa nuit blanche, si inconfortable qu'elle ait pu être, lui avait porté conseil et elle avait bien compris que son empreinte sur la douille l'accusait formellement. Craignant qu'on ne lui mette les deux crimes sur le dos, elle se concentra un instant puis finit par lâcher : "Vous êtes loin du compte. Ce n'est pas moi qui ai fait tuer Romain, c'est Edouard lui-même. J'ai la certitude que mon mari a commandité l'assassinat de son frère."

Ces quelques mots éclatèrent dans la pièce comme une petite bombe. Une étape importante venait d'être franchie. Soulagés, les trois policiers échangèrent un regard entendu : l'horizon se dégageait.

– Bien, Madame Serallier, approuva le commandant. Alors vous allez gentiment nous raconter ça. – Et cette fois, pour la récompenser de ce commencement d'aveu et l'encourager à persévérer, Florence eut droit à un vrai café.

– A présent, l'entreprit le capitaine Lanneret dès qu'elle eut reposé sa tasse, il faut nous dire ce que vous savez exactement. *Tout* ce que vous savez. Et d'abord, qu'est-ce qui vous fait penser que votre mari a fait tuer son frère ? Il vous en avait parlé ?

– Mais bien sûr que non ! Je ne l'aurais pas laissé faire, je ne me serais pas rendue complice de son crime ! Pour bien vous faire comprendre ce qui s'est passé, je dois d'abord vous dire que, quelques jours avant, j'avais ressenti une drôle d'impression. A cause de cette fête, la garden-party qu'Edouard avait organisée pour l'anniversaire de Romain. C'était la première fois que mon mari organisait une réception d'anniversaire, même pour le sien ou pour le mien il ne l'avait jamais fait. A part les goûters d'enfants que j'avais pu arranger pour Isabelle, nous avions l'habitude de célébrer nos anniversaires en famille. Comme je lui exprimais ma surprise, Edouard avait prétendu que c'était l'occasion d'inaugurer notre nouvelle maison, notre nouvelle vie à la campagne, de profiter de notre jardin... Mais ce qui m'avait le plus étonnée dans son initiative, c'est que je savais que, juste à ce moment-là, il avait avec Romain un grave différend. Il était mal disposé envers lui et n'avait donc aucune raison de lui faire plaisir...

– Quel différend ? l'arrêta le commandant.

– Romain voulait vendre ses parts de l'usine pour aller s'installer dans le Bordelais. Il avait l'intention d'acheter une propriété viticole. Edouard s'en était plaint à moi plusieurs fois. Le projet de son frère le contrariait au plus haut point. Il ne décolérait pas.

– J'ai déjà entendu parler de cette histoire. Et selon vous, c'était une intention sérieuse ? Votre beau-frère voulait vraiment vendre ses parts de SERAVER et s'en aller ?

– Tout ce qu'il y a de plus sérieuse. Romain voulait réellement partir, commencer une nouvelle vie en Gironde. Son grand-père était négociant en vin ; la vigne était dans ses gènes, prétendait-il.

– Et vous pensez que c'était un motif suffisant pour qu'Edouard fasse assassiner son propre frère ?

– Connaissant mon mari, je peux vous répondre oui. Il ne disposait pas personnellement des importantes liquidités nécessaires pour racheter les actions de

Romain et l'arrivée d'un acquéreur extérieur lui aurait fait perdre une grande partie de son pouvoir dans sa propre entreprise. Une entreprise familiale, fondée par son père qui plus est.

– Et ensuite ?

– Eh bien, j'ai fait ce que mon mari souhaitait, je l'ai aidé à organiser sa fête. Finalement, je m'étais dit qu'il devait avoir ses raisons, qu'il y voyait peut-être un moyen de se réconcilier avec son frère et de le faire changer d'avis. Mais je me trompais. L'unique but de cette réception, et du discours affectueux qu'il avait adressé à Romain devant tous les invités, était de détourner les soupçons. Et puis, au cours de la garden-party, vers le milieu de l'après-midi, il s'est passé quelque chose qui m'a intriguée...

– Quoi donc ?

– J'ai entendu le bruit d'une moto. Un bruit très reconnaissable. C'était la moto de Stephen Garoux, un garçon qui venait bricoler à la maison de temps en temps. J'ai d'abord cru que mon mari l'avait invité à boire un verre, mais presque aussitôt j'ai entendu la moto repartir. Je suis allée demander à Edouard ce que le jeune homme était venu faire. Il m'a répondu d'une manière évasive qu'il avait quelque chose à lui dire à propos de la chaudière et qu'il allait revenir au début de la semaine y jeter un coup d'œil. Sur le coup, ça m'avait un peu étonnée que Stef se dérange un dimanche après-midi pour une question de travail, mais bon... C'est après la mort de Romain que j'y ai repensé.

– Qu'est-ce qui est arrivé après la mort de Romain ?

– Pour commencer, Stef n'est pas venu examiner la chaudière comme Edouard me l'avait dit, je n'ai d'ailleurs jamais revu ce jeune homme. Et vous vous souvenez du raffut que l'assassinat de mon beau-frère a fait dans les journaux. Quand j'ai lu dans *Le Courrier* que l'arme du crime avait été identifiée et que c'était un Beretta 92, j'ai commencé à m'inquiéter. Je savais qu'Edouard possédait un pistolet de ce type – il avait un permis de port d'arme – et qu'il le gardait avec ses fusils dans son bureau. Le lendemain matin, j'ai attendu que mon mari parte pour l'usine et je suis allée regarder dans l'armoire du râtelier. Le pistolet avait disparu, le tiroir où il le rangeait était vide ! Puis, peu de temps après, j'ai appris que Stef avait été mis en garde à vue, qu'on le soupçonnait donc d'être impliqué dans l'affaire. J'ai tout de suite fait le rapprochement entre sa visite à Edouard la veille du crime et la disparition du pistolet. Pour moi, c'était la vraie raison de la visite de Stef ce dimanche-là : il était venu chercher l'arme que mon mari devait lui fournir pour tuer son frère.

– Mais vous n'en aviez pas la preuve. Et Stef avait un alibi, il a très vite été relâché.

– Dans mon esprit, il avait pu transmettre le pistolet à quelqu'un d'autre, servir seulement d'intermédiaire. Et puis, peu de temps après, j'ai appris par les journaux que son copain, Kevin Méchin, avait été placé en détention provisoire. J'ai tout de suite pensé que ce gamin était le coupable, que c'était lui qui avait été chargé d'exécuter Romain. Ça me paraissait évident. Le puzzle s'assemblait logiquement.

– Pourquoi n'en avoir pas parlé à la police ?

– Et bien, comme vous venez de le dire, même si j'en avais l'intuition, presque la certitude, à ce moment-là je n'en avais pas encore la preuve absolue.

– Et maintenant, vous l'avez ?

– Ne me bousculez pas, s'il vous plaît, commandant. Laissez-moi vous raconter l'histoire à ma façon. Dans l'ordre où les événements se sont produits. Autrement, je vais m'embrouiller.

– Vous auriez pu au moins venir nous parler de la disparition de l'arme, insista Leprat.

– Mais vous ne vous rendez pas compte... Les conséquences gravissimes pour ma famille, pour Isabelle, pour moi-même... Je ne savais pas quoi faire... J'étais perdue, paralysée.

– Vous avez eu une discussion franche avec votre mari ?

– Sûrement pas. Je n'ai jamais rien dit. Je m'efforçais d'avoir un comportement normal, de faire comme si de rien n'était, comme si je ne m'étais pas aperçue de la disparition du pistolet, mais je ne sais pas jouer la comédie. Il a dû lire dans mes yeux que je soupçonnais quelque chose, et c'est là que j'ai commencé à avoir peur.

– Peur de quoi ?

– Peur de lui.

Florence s'interrompit, prise de vertige. Elle était devenue très pâle.

– Vous n'auriez pas quelque chose à manger ? demanda-t-elle. Je n'ai pas pu avaler ce qu'on m'a donné ce matin.

– Tout de suite, Madame Serallier, on va vous apporter quelque chose, s'empressa Elodie Lanneret.

– Qu'est-ce qui vous ferait plaisir ? s'informa le lieutenant Guépin avec la gentillesse qui lui était naturelle quand il ne s'employait pas à terrifier les témoins.

– Des toasts ou des croissants, si c'est possible. Et j'aimerais bien un autre café noir, s'il vous plaît.

Ce fut l'occasion d'une petite pause. La laissant se restaurer sous la surveillance de Guépin, le commandant et Lanneret se rendirent ensemble à la machine à café du couloir.

– Elle a l'air bien partie, observa le capitaine, tu crois qu'elle se prépare à nous servir un bobard ?

– On verra. En tout cas, son histoire sur la disparition du Beretta sonne juste. Occupe-toi immédiatement de faire arrêter Stef. On l'interrogera quand on en aura fini avec Florence. Et Kevin, hein, plus question de l'élargir, il reste où il est. On va procéder à des confrontations, chez nous et chez le juge. En somme, elle les accuse tous les deux d'avoir trempé dans l'assassinat du cadet. Ça promet d'être joyeux.

– Et celui de l'aîné, l'assassinat d'Edouard ?

– Je sens qu'on va y venir. En attendant, dépêche-toi, débrouille-toi pour mettre la main sur Stef en vitesse.

Et Leprat regagna son bureau.

Adossé contre un mur, les bras croisés, le lieutenant Guépin observait Florence sans rien dire. Elle avait fini son petit-déjeuner et tirait sur la cigarette qu'il venait de lui offrir. Elle avait l'air d'aller mieux.

– Vous avez meilleure mine, dit Leprat. Reprenons. On en était où ?

– Elle nous disait que son mari lui faisait peur.

– J'ai jamais dit ça, rectifia Florence. J'ai dit que j'ai commencé à avoir peur de lui *à ce moment-là*, à partir du moment où je me suis mise à le soupçonner à cause de cette arme qui s'était envolée.

– Qu'est-ce qui vous inquiétait ?

– Il avait une drôle de façon de me regarder, comme s'il cherchait à sonder mes pensées. Au début de notre rencontre, Edouard me disait qu'une des choses qu'il appréciait le plus chez moi, c'était que mes pensées étaient claires comme de l'eau de roche, qu'il pouvait lire en moi comme dans un livre. Evidemment, il avait compris que je m'étais aperçue de la disparition du pistolet et il se demandait si j'avais fait le rapport avec l'assassinat de Romain. Et surtout si j'avais l'intention d'aller raconter tout ça à la police. Bref, à partir de là, je n'étais plus en sécurité.

– Vous aviez peur de quoi, exactement ?

– Mais qu'il m'élimine moi aussi ! Pas tout de suite, on l'aurait immédiatement suspecté. Mais plus tard, quand l'affaire de Romain – non résolue – serait classée. Je pensais que s'il avait été capable de tuer son propre frère, il n'hésiterait pas davantage à se débarrasser de moi en faisant passer son deuxième crime pour un accident. Un accident de voiture, par exemple. Ou une chute mortelle en montagne. Nous étions bons skieurs tous les deux. Il lui aurait été facile, en faisant du hors piste, de me pousser dans un ravin ; c'est aussi sûr que pousser quelqu'un d'une falaise : le crime parfait, impossible à prouver. Dans un an, dans trois ans, je ne savais pas quand ça arriverait, mais j'étais sûre qu'il finirait par le faire, parce que, sachant quelque chose que la police et la presse ignoraient, la disparition de son pistolet, je risquais de le dénoncer un jour. Quand mon mari était de bonne humeur, qu'il venait de conclure une affaire et qu'il avait bu quelques verres pour fêter son succès, il avait l'habitude de nous raconter que le secret de sa réussite résidait dans sa capacité à *anticiper*. C'est-à-dire détecter les menaces et les prévenir. Alors voilà, il avait "anticipé" la vente des actions en se débarrassant de son frère, et il se préparait à "anticiper" de nouveau en m'éliminant à mon tour. En montant dans ma voiture, en faisant du sport, en m'endormant même, je n'aurais plus eu une seconde de paix. Je me serais sentie perpétuellement en danger. Je savais qu'un jour ou l'autre, il passerait à l'acte.

Le commandant commençait à comprendre.

– Continuez, intima-t-il à son témoin.

– Alors j'ai cherché un moyen de me protéger. Le dénoncer à la police, je n'arrivais pas à m'y résoudre. Pour ma fille, pour moi, pour préserver l'honneur de notre nom, aussi bien que celui de l'entreprise familiale, SERAVER, car un scandale aussi énorme aurait gravement entaché son image et lui aurait fait perdre une grande partie de sa valeur. Non, il fallait que je trouve un autre moyen de me sortir de là.

– Tuer votre époux, conclut le lieutenant, flegmatique.

– C'était lui ou moi. Mais pour n'être pas soupçonnée, je devais m'arranger pour faire croire que l'assassinat d'Edouard, comme on le supposait pour celui de Romain, avait été commis par un fou criminel étranger à la famille. Il fallait que les deux crimes soient attribués au même tueur. Et le moyen d'y parvenir était d'utiliser pour tuer mon mari l'arme même qui avait servi pour l'assassinat de son frère. Une seule arme ferait penser *a priori* à un seul tueur.

– Mais comment vous l'êtes-vous procurée ? s'étonna Leprat, se rappelant que, malgré tous leurs efforts, les équipes de recherche n'étaient jamais parvenues à la retrouver.

– J'ai beaucoup réfléchi à la question et j'ai fini par me dire que celui que je pensais être l'assassin de Romain, Kevin Méchin, l'avait peut-être gardée et que, si je m'y prenais adroitement, c'est-à-dire si je lui donnais une bonne raison de le faire, il finirait par indiquer l'endroit où il l'avait cachée. Je n'étais pas sûre qu'il l'avait toujours, et encore moins qu'il voudrait bien révéler sa cachette, mais c'était une chance à courir.

Alors, un soir, je suis allée attendre sa mère à la sortie de son travail...

– Vous la connaissiez ?

– Non, mais je m'étais souvenue que Kevin était employé dans un garage et j'avais conservé des numéros du *Courrier* qui parlaient de l'affaire. J'ai retrouvé le nom du garage dans un article et j'ai téléphoné en prétendant que j'étais visiteuse de prison et que je m'intéressais au jeune Kevin Méchin. Et c'est la secrétaire qui m'a donné le nom de la boutique où travaillait sa mère, "*Little Manhattan*".

Je suis donc allée me poster devant la boutique à l'heure de la fermeture. A sept heures vingt-cinq, les lumières se sont éteintes et une femme est sortie du magasin. Une très jolie femme, avec un air triste, apparemment très abattue. Je suis descendue de ma voiture et je suis allée à sa rencontre. C'était bien la maman de Kevin. Je me suis présentée et nous avons fait quelques pas sur le trottoir. Et je me suis vite rendu compte qu'elle attirait tous les regards, ceux des hommes, mais aussi ceux des femmes. Il faut dire que Nathalie Méchin a un physique peu commun, elle ressemble à cette actrice, là, vous savez, une très belle brune aux yeux bleus...

– Isabelle Adjani ?

– C'est ça. Vous l'avez vue ? Ah, c'est vrai, vous l'avez vue, c'est la mère de l'assassin de Romain... Ce pauvre gosse, je me demande ce qui a pu lui passer par la tête, commenta Florence, ajoutant sur un ton objectif : Tout ça, hein, c'est de la faute d'Edouard... – Moi, évidemment, ça ne m'arrangeait pas qu'elle se fasse ainsi remarquer et qu'on me voie en sa compagnie. Alors, après lui avoir dit que j'avais à lui parler de son fils, je l'ai invitée à prendre un verre dans une auberge de

Samois, un endroit peu fréquenté les jours de semaine, au bord de la Seine, à quelques kilomètres de Fontainebleau.

– C'était quel jour ? Vous êtes allée voir Madame Méchin quel jour exactement ?

– C'était un mercredi. Ça devait être le 10 ou le 11 juillet. La semaine avant le...avant que je...

– Avant que vous n'assassiniez votre mari. Alors ? Vous lui avez dit quoi à la maman de Kevin ?

– J'ai menti. J'ai prétendu que j'avais la preuve que son fils était coupable, mais que s'il lui disait ce qu'il avait fait de l'arme du crime, et si elle me la remettait, je lui trouverais un bon avocat qui le ferait sortir de prison.

– Vous n'éprouviez aucune compassion pour cette jeune femme ?

– Si, bien sûr. Mais remarquez, commandant, je ne la trompais pas tout à fait : si un deuxième crime était commis avec la même arme pendant que Kevin était en détention, il y avait toutes les chances qu'il soit relâché.

Leprat se souvint qu'en effet, en apprenant l'assassinat d'Edouard, il avait été sur le point de faire libérer le garçon.

– Elle le savait, elle, que son fils était coupable ?

– Je n'en sais rien. Il m'a semblé que non. Mais elle n'a pas non plus paru très étonnée. Elle n'a pas protesté. Elle s'est tassée sous le choc, l'air accablé, mais elle ne m'a pas demandé ce que c'était que cette preuve. Ce n'était pas ce qui la préoccupait pour l'instant. Ce qui la tourmentait, et terriblement, c'était que son fils ne supportait pas la prison. Il y était depuis quinze jours à peine et il en était déjà malade. La maison d'arrêt où on l'avait envoyé était surpeuplée. Chaque fois qu'elle allait le voir, il se plaignait parce qu'ils étaient trois dans sa cellule, qu'il n'y avait que deux couchettes, et que lui, le dernier arrivé, il dormait par terre en attendant qu'on lui trouve une autre place. Elle m'a dit que son fils n'était pas bien épais physiquement et que les autres détenus le malmenaient, le brutalisaient. Certains le menaçaient même de lui "faire sa fête". Kevin craignait d'être violé. Elle avait lu dans un magazine que c'était surtout les prévenus qui se suicidaient en prison, et que la moitié des suicides se produisaient dans les premiers mois suivant leur incarcération. Un suicide tous les 3 jours... La pauvre femme n'en dormait plus, elle pleurait la moitié de la nuit. Alors ça n'a pas été très difficile de la convaincre. Sans la brusquer, je lui ai répété que tout accusait son fils, que s'il continuait à nier il ne sortirait pas de prison avant vingt-cinq ans, s'il tenait jusque-là, mais que si elle obtenait qu'il lui dise ce qu'il avait fait de l'arme du crime, et si elle pouvait me l'apporter, je lui paierais un bon avocat qui le ferait libérer, au moins jusqu'au procès, que je paierais même sa caution si nécessaire. Nathalie Méchin est une personne confiante, très touchante ; elle ignorait qu'on met rarement en liberté provisoire des prévenus suspectés de faits aussi graves. Et ça a marché. Je ne sais pas comment elle s'y est prise, mais le surlendemain elle m'a téléphoné pour me dire qu'elle avait ce que je lui avais demandé, et je suis retournée l'attendre à son travail.

Les deux policiers se consultèrent du regard, sidérés par tant de machiavélisme.

– Va chercher Madame Méchin à Fontainebleau et ramène-la ici le plus vite possible, ordonna le commandant au lieutenant.

– Elle vous dira la même chose que moi, dit Florence.

– Elle est à quelle adresse, la boutique ? demanda Guépin.

– Je ne me souviens plus du numéro. C'est tout au début de la rue Grande, *Little Manhattan*, une boutique de mode.

– Et envoie-moi quelqu'un pour taper la déposition de Madame Serallier.

Le lieutenant sorti, Leprat se retourna vers Florence :

– Donc vous avez l'arme, le Beretta 92 utilisé pour tuer Romain. Qu'est-ce qui vous prouve que c'est bien celui d'Edouard ?

– J'ai vérifié, tiens ! J'ai comparé son numéro de série avec celui qui figurait sur la facture de l'armurier. Edouard conservait les papiers relatifs à ses armes dans un dossier spécial de son classeur.

– Votre mari ne s'en était pas débarrassé ? réagit le commandant, surpris.

– Si, il s'était débarrassé de la facture d'achat, elle n'était plus dans le dossier. Mais j'ai trouvé une facture de réparation qu'il avait dû oublier. Et si ça ne vous suffit pas, vous retrouverez facilement la trace de son acquisition dans le registre du vendeur : Edouard avait acheté son Beretta six ou sept ans plus tôt chez Gastinne-Renette, l'armurier qui lui vendait ses fusils... Enfin, les numéros correspondaient et j'avais donc la preuve de ce que je soupçonnais depuis le début : c'était bien mon mari qui avait fait assassiner son frère, avec son propre pistolet.

– Ensuite vous avez vérifié ce qui restait dans le chargeur, continua Leprat, et c'est là que vous avez laissé vos empreintes sur les balles. En particulier, malheureusement pour vous, celle qu'on a retrouvée sur la douille...

Florence se tut, le feu au visage. Elle mesurait l'étendue de son erreur, l'énormité de ses conséquences.

– ... Puis vous avez attendu le bon moment. Vous avez passé un week-end paisible avec votre mari, comme un ménage sans histoire, et le lundi matin vous avez quitté en catimini votre salle de gym et, cette fois en prenant la précaution de mettre des gants, vous l'avez exécuté d'une balle dans la nuque. Ensuite, vous êtes sortie du garage, vous avez refermé la porte basculante, vous avez jeté la télécommande à proximité, exactement comme l'avait fait précédemment l'assassin de votre beau-frère, et vous êtes rentrée chez vous par l'extérieur. Qu'avez-vous fait de l'arme ?

– J'ai attendu la nuit et je suis allée l'enterrer dans le petit bois, pas loin de la maison de Romain. Là où les policiers avaient déjà fait des recherches. Je m'étais dit qu'ils n'y retourneraient plus.

– Eh bien, il ne nous reste plus qu'à aller la déterrer, dit Leprat, vous nous montrerez le chemin. – Il pensa à voix haute : Voilà ce qui s'appelle un crime commis de sang-froid ou je ne m'y connais pas...

Préfigurant la stratégie de son avocat aux assises, Florence répondit :

– C'était de la légitime défense, commandant. Autrement c'était moi qui y passais. J'ai fait comme mon mari, que voulez-vous, j'ai "anticipé".

– Ça, madame, on verra ce qu'en penseront les jurés.

A la fin de l'après-midi, Florence renvoyée depuis un bon moment dans sa cellule, le lieutenant Guépin rentra au bureau en compagnie de Nathalie Méchin. La jeune femme était livide. Le commandant n'eut pas de mal à la faire parler ; en fait, elle ne demandait que ça, il était évident que parler la soulageait.

Son récit concorda avec celui de Florence. Madame Serallier en personne, la belle-sœur de Romain Serallier, l'homme qui avait été assassiné au Valaubois, était venue la chercher un soir à son travail. Elle lui avait demandé de s'arranger pour lui procurer l'arme du crime en lui promettant de faire libérer son fils. Et c'est ce que Nathalie avait fait. Mais en apprenant quelques jours plus tard que le mari de la dame avait été assassiné à son tour, elle avait réalisé qu'elle avait commis une très grosse bêtise et qu'elle s'était rendue complice d'un assassinat. – A ce moment de son récit, Nathalie éclata en sanglots. Leprat la laissa pleurer un instant puis lui tendit un mouchoir pour l'aider à sécher ses larmes.

– Mais cette arme, lui demanda-t-il quand elle fut un peu calmée, comment est-elle arrivée entre vos mains ?

Nathalie acheva de se tamponner les yeux et reprit :

– Le lendemain tombait un jeudi, jour de visite à la maison d'arrêt. Je suis allée voir Kevin, j'y allais trois fois par semaine – ma patronne m'y autorisait, c'est une femme gentille et elle s'était montrée très compréhensive depuis son incarcération. Il allait très mal, mon fils, ce jour-là, il avait une mine épouvantable, et il avait encore maigri. Il faut vous dire qu'il supportait mal la prison, que ses codétenus le maltraitaient. Et puis, Kevin, il a l'air de rien, il est mince, presque malingre en apparence, pas sportif pour un sou, mais il a une volonté terrible, dans sa tête, c'est une vraie bête sauvage. Il ne supportait pas d'être enfermé, ça le révoltait, il en devenait presque fou, et moi j'avais peur qu'il finisse par se suicider...

– Vous pensiez qu'il était coupable ?

– Je ne savais pas. Jusqu'à la visite de Madame Serallier, je croyais que non, qu'on l'avait arrêté par erreur. Kevin avait déjà fait des bêtises quand il était petit et il avait été placé deux fois en établissement pénitentiaire, ça vous devez le savoir. Mais depuis, il n'avait plus jamais eu d'ennui avec la police, il avait un travail, son métier de mécanicien lui plaisait, et son patron, qui est un bon ami à moi, avait promis de lui faire un CDI dans quelques mois... Moi, je croyais que ses bêtises de gamin, c'était du passé, des mauvais souvenirs, que mon fils avait mûri, qu'il était devenu un jeune homme raisonnable. Mais Madame Serallier m'a affirmé que c'était bien lui qui avait tiré sur son beau-frère, qu'elle en avait la preuve. Alors je ne savais plus. Et j'ai commencé à penser que si vous l'aviez mis en prison, ça ne pouvait pas être sans raison... J'ai supplié Kevin de m'avouer la vérité et de me dire ce qu'il avait fait de son arme, et je lui ai promis que, s'il faisait ce que je lui demandais, quelqu'un allait s'occuper de le faire sortir de là et qu'il serait laissé en liberté jusqu'à son procès.

Mais lui, têtu comme une mule, comme toujours, il ne voulait rien entendre. Il continuait à secouer la tête et il ne faisait que répéter qu'il ne supportait plus d'être enfermé, qu'il étouffait là-dedans, qu'il avait besoin d'air et que ce qui lui manquait le plus, c'était les promenades en forêt, les escalades qu'il faisait dans les rochers quand il était petit... – Il me disait : Tu te rappelles, maman, là où tu m'emmenais me promener, les rochers de Fontainebleau que j'escaladais... Il m'a répété ça plusieurs fois, au moins trois ou quatre fois, et ce n'était pas le genre de Kevin de se répéter comme ça, mon fils a toujours eu un caractère renfermé, il n'est pas bavard. Alors, en quittant la maison d'arrêt et en repensant aux paroles qu'on avait échangées et à sa drôle de façon de se répéter, d'insister sur cette histoire d'escalade, j'ai fini par comprendre : Kevin n'avait rien voulu dire au parloir et c'était sa manière de m'indiquer où il avait caché le pistolet... Je suis allée chercher dans les rochers, à l'endroit où j'avais l'habitude de l'emmener grimper quand il était gosse, et j'ai fini par trouver le pistolet tout au fond d'une anfractuosité qui lui servait de cachette.

Le commandant était consterné. Il n'avait pas de mal à deviner le calcul de Kevin : ce que le garçon avait naïvement espéré en révélant où se trouvait l'arme, le Beretta 92 qu'il avait eu l'imprudence de conserver après son crime en se disant qu'il pourrait toujours lui servir, c'était qu'une fois en liberté provisoire, il s'envolerait vers un pays lointain et n'apparaîtrait jamais à son procès.

– Madame Serallier vous a manipulés tous les deux, expliqua doucement Leprat à sa mère. Mais enfin, Nathalie, qu'est-ce que vous avez cru ? En réalité, votre fils n'avait aucune chance d'être remis en liberté après un assassinat.

– Je sais. Cette dame m'a menti, elle s'est moquée de moi. Et maintenant, demanda-t-elle en levant sur le commandant ses magnifiques yeux pleins d'angoisse, moi aussi je vais aller en prison ?

– Ça dépendra du juge d'instruction.

– Et qui va s'occuper de mon fils quand je ne pourrai plus aller le voir, lui apporter ce qu'il lui faut... – Ses larmes se remirent à couler de plus belle : Mon Kevin, mon petit garçon, qu'est-ce qui va lui arriver, à présent... Mon Dieu, répétait-elle en sanglotant, mais qu'est-ce qui lui a pris... on était si bien... pourquoi il a fait ça... pourquoi il a fait ça ?

Le soir même, le commandant, le capitaine Lanneret – elle venait de ramener Stef qui avait aussitôt été placé en garde à vue – et deux autres policiers allèrent chercher Florence dans sa cellule et l'embarquèrent avec eux en direction du Valaubois où elle prétendait avoir enterré l'arme du crime – ou plutôt l'arme *des* crimes, puisqu'il était avéré que le même pistolet avait servi pour les deux.

A leur arrivée au village, il était presque neuf heures, mais il faisait encore jour. Après les avoir conduits jusqu'à la maison de Romain, Florence les entraîna à sa suite dans le petit-bois qui la bordait en partie. Au bout d'une cinquantaine de mètres, elle s'arrêta devant un grand hêtre. "C'est là, dit-elle en désignant le pied de l'arbre, le pistolet est ici."

Un policier s'accroupit et commença à creuser. Il avait une pelle métallique à manche court et l'enfonçait avec précaution dans la terre, un peu à la manière des archéologues, de peur d'endommager l'arme quand il tomberait dessus. Au bout de trois minutes, il se releva et écarta les bras dans un geste d'impuissance :

– Je trouve rien.

– Creusez encore, dit Florence. Je l'ai enterré plus profond.

Le policier reprit son travail, sans résultat.

La tension montait dans le petit groupe. Leprat, impassible mais bouillant intérieurement d'impatience, commençait à se demander si elle avait réellement l'intention de leur remettre l'arme ou bien si elle n'était pas en train de les emmener en bateau et si elle n'allait pas subitement faire celle qui ne savait plus où elle l'avait enfouie dans la forêt. Il lui adressa un regard mauvais.

– J'ai dû me tromper, déclara-t-elle, le pistolet doit être sous l'arbre d'à côté.

Le policier se remit à creuser, sans plus de succès.

– Ça, alors... fit Florence.

– J'espère pour vous que vous ne vous êtes pas foutue de nous, la menaça le capitaine sur un ton acerbe.

Florence se concentra, fronçant les sourcils.

– Ah, ça me revient maintenant, s'écria-t-elle, c'est bien sous le premier arbre que je l'ai enterré, mais à l'arrière, juste derrière le tronc...

Enfin, le policier exhuma l'objet et le tendit délicatement à Lanneret qui le prit entre ses mains gantées et le fit glisser dans un sac en plastique.

Très attentif, Leprat suivait chacun de leurs mouvements : "La voilà enfin, l'arme mystérieuse, songeait-il, on peut dire qu'elle nous aura fait courir, celle-là...".

En revenant vers la voiture, se remémorant le manège de Florence, il comprit qu'elle s'était amusée à les faire marcher, qu'elle avait fait semblant d'hésiter pour le simple plaisir de mettre à son tour les policiers sur le gril. Avant la prison, Madame Serallier s'était offert une petite vengeance.

*

Le lendemain matin à la première heure, Stephen Garoux fut extrait sans ménagement de sa cellule et conduit, menotté, devant les policiers. Une fois là, on le poussa brutalement sur une chaise.

– Tu sais ce que c'est, ça, dit le capitaine Lanneret en balançant sous son nez le Beretta dans son sac de plastique.

Stef secoua négativement la tête.

– Tu le reconnais pas ? Vraiment ? – Elle bluffa : Pourtant on a trouvé tes empreintes dessus.

Se souvenant que ses empreintes avaient été relevées lors de sa première garde à vue, serré de près par quatre flics menaçants, Stef prit la mesure de la situation.

Il inspira profondément et souffla :

– Moi j'ai rien fait. Je l'ai seulement donné à quelqu'un.

Et ce fut comme un déclic ; on n'eut pas besoin de le bousculer, il déballa toute l'histoire d'un seul jet.

Chez les Serallier, il ne faisait pas que bricoler, il leur fournissait aussi de la coke, de temps en temps, pour leurs soirées, pour leurs fêtes, et c'est ce qui avait fait penser à Edouard Serallier qu'il devait connaître des gens et qu'il pourrait lui trouver quelqu'un pour éliminer son frère. Il avait dit qu'il se chargerait de fournir l'arme et il avait tout de suite annoncé le prix qu'il était prêt à payer : ce serait vingt mille euros pour lui, l'intermédiaire, et cent mille pour l'exécutant. C'était pas dans les habitudes d'Edouard de mégoter.

En réalité, Stef ne connaissait personne. Il ne fréquentait pas le milieu des dealers, ni les voyous en général. Tout ce qu'il faisait, c'était dealer un peu, des petites quantités, juste de quoi vivre, parce que les travaux de bricolage qu'il faisait chez les uns chez les autres ne lui rapportaient pas assez. Son fournisseur était un de ses copains du lycée technique...

– Kevin Méchin, suggéra Lanneret.

Stef acquiesça. Alors, en quittant Edouard, il était allé directement le voir chez lui et il lui avait parlé de l'affaire. Kevin avait dit qu'il allait y penser, chercher quelqu'un, mais finalement il l'avait rappelé le lendemain pour lui dire qu'il ferait le travail lui-même.

Le samedi, la veille de la fête d'anniversaire, Stef l'avait emmené au Valaubois pour lui faire repérer les lieux, l'emplacement de la maison de Romain, la disposition du garage. Et le dimanche, le jour de la réception, il était revenu chez Edouard chercher l'arme et une enveloppe contenant une avance d'argent pour

Kevin. Ils avaient discuté quelques minutes, puis il était allé remettre l'enveloppe et le Beretta chargé à Kevin, et lui transmettre les consignes : l'heure à laquelle Romain partait pour le bureau, à quel moment et de quelle façon il devait agir. "Voilà, termina Stephen, c'est tout ce que je sais. Je peux rien vous dire de plus."

– Et l'argent ? demanda Leprat. Le reste de l'argent que Serallier vous devait, vous l'avez récupéré comment ?

– Le lendemain du...enfin quand la chose a été faite, j'ai été attendre Edouard Serallier sur la route de Fontainebleau, la route qu'il prenait tous les matins pour aller à l'usine. Le rendez-vous était dans le premier sentier sur la droite après le rond-point, juste avant le panneau de signalisation des chevreuils. J'ai garé ma moto hors de vue, un peu plus loin dans le sentier. Lui, en arrivant, il a laissé sa voiture sur la route et il m'a apporté une boîte à outils avec l'argent dedans. J'ai pris ma part et j'ai été donner le reste à Kevin.

L'atmosphère se détendit d'un coup, les quatre policiers s'ébrouèrent. Le lieutenant Guépin se décolla du mur auquel il était adossé, sa position favorite pendant les interrogatoires, et fit quelques pas sur place pour se dégourdir les jambes. Accompagnée de l'autre lieutenant, Elodie Lanneret sortit fumer une cigarette et discuter dans le couloir. Le commandant contourna son bureau, sur lequel il était assis, et se laissa tomber dans son fauteuil.

– Bien, bien, bien, fit-il, tout ça est très intéressant. Mais maintenant il va falloir aller t'expliquer devant le juge. Et devant ton copain. Tu penses bien qu'il va y avoir une confrontation. On verra si Kevin raconte la même histoire que toi.

– J'en sais rien, ce qu'il va raconter, mais moi j'ai rien fait.

– T'as balancé ton pote, constata Guépin. Il va pas être content.

Stef rougit et baissa la tête.

– J'ai tué personne.

– Mais t'as bien aidé. T'es complice. T'as pas l'air de te rendre compte mais tu risques autant que lui. Complicité d'assassinat, ça peut aller jusqu'à perpète.

*

"Connard..." siffla Kevin à l'adresse de Stef en pénétrant dans le bureau du juge d'instruction. Et leur conversation s'arrêta là.

A la grande satisfaction du juge Lepage qui, comme toujours était surchargé (les protagonistes de l'affaire suivante se trouvaient déjà dans sa salle d'attente), l'entrevue se déroula assez vite.

Entre le récit circonstancié que Stef réitéra devant le magistrat et la vue du Beretta, dont il avait été assez stupide pour indiquer la cachette, exposé bien en évidence sur le bureau, Kevin estima qu'il ne servait à rien de persister à nier. Très concerné par son affaire, qui allait être jugée aux assises et lui apporterait un début de notoriété, son jeune avocat commis d'office lui avait fait comprendre que tout ce qu'il avait à gagner en indisposant les jurés c'était une peine encore plus lourde et qu'il avait intérêt, tout au contraire, à tâcher de gagner leur sympathie.

Le plus difficile fut de lui faire dire ce qu'il avait fait de l'argent. Il commença par prétendre qu'il avait joué au casino l'acompte de 30.000 euros qui lui avait été envoyé en même temps que l'arme par le commanditaire, et qu'il avait perdu.

– Quel casino ? lui demanda Leprat.

– Un casino en ligne. Sur mon ordi.

– Sur quel site ? T'as joué à quel jeu ?

– A la roulette, répondit Kevin après une hésitation. Et au poker. Je me rappelle plus quel site c'était.

– Il faut s'inscrire pour jouer en ligne, dit Leprat. Ça sera facile à vérifier. Et il faut un compte en banque. Ça non plus on n'aura pas de mal à le vérifier. On saura vite si t'as placé 30.000 sur un compte.

Kevin prit un air buté. Il sentait qu'il s'enferrait.

Son histoire ne tenait pas la route, le juge et le commandant n'en croyaient pas un mot. Elle ne collait pas avec la personnalité du prévenu. Avec son studio spartiate, sa garde-robe réduite au strict minimum et sa vieille Twingo retapée, Kevin n'avait pas le profil du gamin flambeur.

– Et le reste ? Qu'est-ce que t'as fait du reste ? C'était combien d'abord ? Il t'a remis combien, Serallier, après l'assassinat de son frère ?

– 70.000, lâcha Kevin à regret. Mais on me les a volés.

– Où tu les avais planqués ?

Il fallut au prévenu un temps de réflexion. Décidément, il avait mal préparé son affaire. Il improvisait.

– Avec l'arme, dit-il. Dans les rochers.

– Ta mère nous en a pas parlé.

– Justement. Maman a rien vu. L'argent avait été volé avant.

– Je crois plutôt que ta mère a emporté cet argent et qu'elle est allée le cacher quelque part, dans un endroit que tu lui as indiqué, dit le juge. Hélas pour elle, ça ne va pas arranger son affaire. C'est une circonstance aggravante.

Les poings serrés, Kevin gronda :

– Laissez maman tranquille. Elle a rien caché du tout. Elle était au courant de rien.

Et les vannes s'ouvrirent, donnant libre cours à la vérité. Une vérité qui laissa le magistrat et le commandant pantois.

Le jeune Kevin Méchin avait un compte *offshore* ! A sa majorité – il précisa : le lendemain de ses dix-huit ans –, avec l'aide d'un conseil spécialisé dans ce genre d'opération qu'il avait trouvé sur Internet, Kevin avait ouvert un compte dans une banque luxembourgeoise pour y placer le produit de son petit commerce – la drogue, et Dieu sait ce qu'il pouvait trafiquer encore –, ce qu'il appelait pudiquement ses "économies". En quatre ans, il avait amassé une jolie somme, mais qui n'était pas suffisante pour réaliser son projet. Car Kevin, excellent mécanicien, avait un projet : il voulait s'acheter un garage et se mettre à son compte. Alors quand Stef était venu lui proposer l'affaire Serallier, il avait cru toucher au but : 100.000 euros d'un coup, avec ce qu'il avait déjà "économisé", il y était presque ! Il compléterait avec un emprunt bancaire si nécessaire et il n'aurait plus qu'à se trouver un garage. Un garage à lui, dont il serait le patron ! Il avait retourné cette idée toute la nuit dans sa tête, et le lendemain matin il avait téléphoné à Stef que c'était d'accord et qu'il ferait le boulot lui-même.

D'un geste symbolique, le juge Lepage referma le dossier ouvert. Il était satisfait. Ceux de Florence déjà enregistrés, il avait maintenant des aveux complets. La greffière vint faire signer leurs dépositions aux prévenus (cette fois, Kevin signa sans même se relire) qui furent aussitôt emmenés par les gardes.

Le double cas Serallier était quasi bouclé.

– Quel gâchis, observa le commandant, encore stupéfait par la volonté et la détermination du jeune Kevin. Il avait toutes les qualités pour réussir, ce môme, l'ambition, la suite dans les idées...

– Sans doute, il avait des qualités, reconnut le juge. Mais il lui manquait l'essentiel : la patience. C'était tout, tout de suite, hein... et à n'importe quel prix. Résultat, il a brisé sa vie et mis sa maman chérie dans le pétrin. Cette malheureuse jeune femme, on peut dire qu'elle s'est fait avoir dans les grandes largeurs avec cette histoire de pistolet... Espérons que les jurés seront indulgents.

– Je me demande ce qui a pris à Serallier de s'en remettre à ces deux gamins. Il aurait pu engager un tueur professionnel.

– A mon avis, il a eu peur de se retrouver entre les pattes de vrais voyous, et qu'après le crime ils ne le fassent chanter. Il a dû penser que des amateurs sans casier judiciaire avaient peu de chances d'être soupçonnés par la police et que lui-même, en y mettant le prix, resterait le maître du jeu. Lourde erreur.

– Ça, pour le prix, il n'a pas lésiné, remarqua ironiquement le commandant. 120.000 euros pour un assassinat, c'était très au-dessus du marché. – Et sa femme, qui pourtant connaissait un peu les armes et qui n'a pas ramassé la douille...

– C'était pour parfaire la ressemblance avec le premier crime. Elle a voulu trop bien faire. Un zèle qui va lui coûter cher.

– Elle nous a déjà fait savoir qu'elle paierait un bon avocat à la mère de Kevin, dit Leprat. Elle doit avoir des regrets.

– J'inclinerais plutôt à penser que Madame Serallier a commencé sa stratégie de défense, répliqua le juge, sceptique. Il y a fort à parier qu'au tribunal elle jouera les victimes et essaiera d'attendrir les jurés avec la comédie du remords. Vous verrez que cette femme à la tête froide se fera passer pour un ange.

*

Les reconstitutions eurent lieu la semaine suivante.

On commença par le premier crime, en comité relativement restreint. Etaient présents le juge Lepage, un expert, deux policiers du commissariat de Frémonville, deux du SRPJ, sans oublier Thomas Cassin, leur ex-stagiaire, qui leur collait aux basques, plus un reporter du *Courrier* avec son photographe et un cameraman de la télévision régionale, dûment avertis. Il fallait bien que le public soit informé des progrès de l'enquête, le monde devait savoir que la police n'était pas restée les bras croisés.

A sept heures du matin (on avait jugé inutilement compliqué de reconstituer les événements la nuit, à l'heure exacte où ils s'étaient produits), Kevin fut amené au Valaubois, au pied du mur d'enceinte. Il était vêtu d'un sweat à capuche emprunté à un gars du SRPJ. Tous les jeunes flics du service en possédaient un. Il n'y avait pas plus courant que ce genre de sweat.

Kevin lança sur le mur une corde équipée d'un grappin – pareille à celle qu'il avait utilisée – et monta en un clin d'œil. Arrivé en haut, il attira la corde à lui et la laissa tomber sur le sol, côté village. Puis il sauta et atterrit souplement. C'est à ce moment précis que, le jour du crime, à un peu plus de trois heures et demie du matin, la caméra de vidéosurveillance numéro six l'avait enregistré. Leprat reconnut l'attitude du garçon à l'instant de sa réception et de son élan vers l'abri des arbres. C'est vrai qu'il avait quelque chose de félin.

Muni comme la nuit du crime d'une lampe de poche – cette fois éteinte –, Kevin s'enfonça rapidement dans le bois, suivis au petit trot par le groupe dans un bruyant crissement de feuilles et de brindilles. Une centaine de mètres plus loin, il s'arrêta et désigna l'endroit où il avait attendu le lever du jour et le moment d'agir. Il précisa qu'il n'avait pas dormi ; il aurait pu rater l'heure, c'était une question de minutes. De toute façon, il était trop tendu pour fermer l'œil.

Puis il conduisit son escorte jusqu'au garage. Courbé en deux, il descendit rapidement la rampe d'accès et se rencogna dans l'angle entre le mur de la rampe et la porte basculante.

Au moment convenu, un policier qui se trouvait dans le garage au volant de la voiture de Romain, actionna la télécommande. La porte commença à se lever et Kevin se précipita à l'intérieur. Il fit mine de tirer deux fois, la deuxième presque au hasard. Il expliqua aux policiers qu'il n'avait pas l'habitude des armes et qu'il s'était affolé. Désobéissant aux consignes d'Edouard qui voulait faire passer l'assassinat de son frère pour un crime crapuleux, il n'avait pris que la télécommande, s'en était servi pour refermer la porte et l'avait balancée dans un buisson. Et il s'était enfui sans rien voler.

Il avait filé jusqu'au mur, l'avait de nouveau franchi à l'aide de la corde, puis il avait couru dans les fourrés, en évitant les sentiers, jusqu'aux rochers qui se trouvaient à deux kilomètres. "Je vous y emmène ?", proposa Kevin à cet endroit de son récit.

Deux kilomètres à pied à travers les fourrés, non merci, les policiers ne s'en ressentaient pas. Ils jugèrent plus commode de s'y rendre par la route et en voiture.

Une fois sur place, Kevin leur montra le trou où il avait caché l'arme, une profonde anfractuosité, à la base d'un rocher, invisible d'en haut. Une bonne cache, une cache sûre, dit-il. Quand il était gamin, personne n'avait jamais trouvé ses trésors.

Leprat ne pouvait se défendre d'un sentiment de compassion. Il se demandait ce que ressentait le garçon devant ce qui, même pas huit ans plus tôt, avait été pour lui un lieu d'exploration, de liberté, de rêves, et où il revenait maintenant encadré par des policiers, avant d'être emprisonné pour de longues années. Un beau gâchis, oui. Une existence bousillée.

Tout de suite après, poursuivait Kevin, il avait mis la corde dans un sac-poubelle et s'en était débarrassé dans une benne à ordures. Ensuite, il était resté caché jusqu'à midi puis il était sorti du bois pour aller déjeuner chez sa mère. Avant de monter, il s'était rafraîchi la figure au robinet de la cour, pour donner l'impression qu'il sortait de sa douche. Puis après le repas il s'était rendu à son travail comme d'habitude.

Le temps était de nouveau à l'orage, des craquements lointains se faisaient entendre ; quelques gouttes commencèrent à tomber. Sa tâche accomplie, le groupe se sépara en hâte. Remenotté, Kevin fut embarqué en direction de la maison d'arrêt d'où, désormais, il n'était pas près de sortir.

Accélérant le pas vers sa voiture, Leprat entendit qu'on courait derrière lui. Thomas Cassin.

– T'es encore là, toi ? fit-il.

– Ah bien oui, je voulais vous remercier, commandant. J'ai presque fini mon rapport, il va être cohérent maintenant.

– Bonne nouvelle, plaisanta Leprat, tu vas enfin nous débarrasser le plancher.

– Justement, répondit Thomas sans se démonter, je vais être affecté quelque part à présent, on va bientôt nous distribuer les postes. Et moi, ce qui me plairait, ce serait de travailler dans votre service, alors je me demandais si vous pourriez pas intervenir...

A l'appui de sa requête, jugeant opportun de donner un aperçu de sa sagacité, de l'enquêteur affûté qu'il ferait, il ajouta :

– Vous n'allez pas me croire, commandant, mais quand j'étais à Vallouise, j'y avais pensé aux rochers de Fontainebleau. Un matin, en faisant de l'escalade, ça m'est venu tout d'un coup. Je me suis dit que pendant qu'on était après l'arme, on avait oublié de chercher là.

Naturellement, le commandant Leprat ne le crut pas.

On procéda à la deuxième reconstitution dès le lendemain et ce fut le point culminant, comme le couronnement de l'enquête. Les abords de la maison d'Edouard Serallier étaient noirs de monde. Pendant qu'à l'intérieur Florence répétait ses gestes du matin de l'assassinat, depuis sa sortie furtive de sa salle de gym en laissant la musique hurler jusqu'à la froide exécution de son mari, au volant de sa décapotable, d'une balle tirée presque à bout portant dans la nuque, en dépit de la pluie qui s'était remise à tomber, un public nombreux – habitants de Frémonville et du Valaubois, journalistes de la presse régionale et nationale, cameramen de plusieurs chaînes de télévision – piétinait autour du garage.

Enfin la porte basculante se souleva. Aussitôt, la foule se porta en avant, retenue à grand peine par les policiers. On se serait cru sur le tournage d'un film, ou à l'ouverture d'un festival, avec toutes ces caméras brandies et la foule des badauds se pressant pour apercevoir la star. Sur un tournage plutôt, car Florence, comme au cinéma, rejouait une petite scène. Avant que la porte se fût complètement soulevée, elle se glissa dessous, la referma, balança la télécommande par dessus le muret, puis elle remonta la rampe en courant et rentra chez elle par l'extérieur.

Le spectacle était terminé. La pluie redoublant, une pluie d'été dense et persistante, le public se retira.

A l'abri d'un grand parapluie noir, le juge Lepage, le commandant Leprat et Julien Vigouroux attendaient que la foule se soit dispersée.

– Tout est bien qui finit bien, commenta platement Vigouroux. Mais il était sincèrement heureux que le drame qui avait frappé son village soit terminé.

– Vous allez pouvoir rassurer votre épouse, dit Leprat.

– C'est déjà fait, commandant. Je la rejoins à San Francisco la semaine prochaine pour prendre quelques jours de vacances.

– Drôle d'affaire, tout de même, dit le juge. Une affaire gigogne. En vingt ans d'exercice, j'avais jamais vu ça.

– Et Florence était à deux doigts de réussir, fit observer Vigouroux. A un seul doigt, même. Si votre labo n'avait pas trouvé l'empreinte de son pouce sur la douille...

On serait encore en train de patauger, continuèrent en pensée le juge et le commandant, et pendant des mois, des années peut-être nous nous obstinerions à chercher un rôdeur, un tueur fou qui n'existe pas, un criminel-fantôme.

Mais ils gardèrent leurs pensées pour eux.

Original déposé à :

www.ingramcontent.com/pod-product-compliance
Lightning Source LLC
Chambersburg PA
CBHW052023020726
47501CB00004B/1210